Hinweise zu den Autoren finden Sie ab Seite 273.

Sebastian Fitzek (Hrsg.)

# P.S. Ich töte dich

## 13 (+1) Zehn-Minuten-Thriller

Deutsch von
Knut Krüger, Franz Leipold,
Antje Rieck-Blankenburg,
Lotta Rüegger, Helene Weinold,
Holger Wolandt und Sophie Zeitz

Die graphologischen Kurzgutachten im Anhang
erstellte Christiane Sarreiter –
www.graphologische-gutachten.de

*Besuchen Sie uns im Internet:*
*www.knaur.de*

Erweiterte Taschenbuchausgabe Januar 2012
Knaur Taschenbuch
© 2010 Droemer Verlag
Ein Imprint der Verlagsgruppe
Droemer Knaur GmbH & Co. KG, München
Redaktionelle Bearbeitung: Franz Leipold
Covergestaltung: ZERO Werbeagentur, München
Satz: Adobe InDesign im Verlag
Druck und Bindung: CPI books GmbH, Leck
ISBN 978-3-426-50857-2

8  7  6  5

# Inhalt

# Vorwort des Herausgebers

Vorworte sind langweilig. Todlangweilig. Um genau zu sein, fast so schlimm wie Danksagungen, in denen man mit Namen traktiert wird, die man eh nicht kennt und die bei männlichen Autoren immer mit der Verbeugung vor der selbstlosen Ehefrau enden, die die Phase des Schreibens »geduldig ertragen hat« und die »trotz allem« noch mit einem zusammen ist. Als hätte ein Schriftsteller die ehebelastendste Tätigkeit der Welt, schlimmer noch als ein Pathologe, der seine Arbeit gern mit nach Hause nimmt …

Dabei gibt es doch eigentlich nichts Schöneres als einen Lebenspartner, der völlig selbstvergessen stundenlang auf einen Computermonitor starrt und der es nicht bemerken würde, wenn man mal kurz (also für ein halbes Jahr etwa) mit Freunden in den Urlaub fährt.

Es gibt nur eine Situation, in der eine Autorin oder ein Autor wirklich zu einer Belastung für seine Umwelt wird. Dann, wenn er mitten in seinem neuen Buch steckt und den Anruf eines Kollegen bekommt: »Sag mal, hast du nicht Lust, was für meine Anthologie zu schreiben? Ich weiß, du bist zeitlich dicht, aber ist ja nur eine Kurzgeschichte …«

*Nur eine Kurzgeschichte.* Was für ein Widerspruch in sich.

Es gibt in meinen Augen keinen schlechteren Rat, den man Anfängern geben kann, als es »erst einmal« mit einer Short Story zu versuchen. Denn diese braucht alles, was ein Leser von einem großen Thriller verlangt: eine aufregende Handlung, interessante Figuren, einen unverwechselbaren Stil und eine überraschende Pointe. Und, im Gegensatz zum Roman, benötigt die Kurzgeschichte sogar noch mehr: Auf 500 Seiten können Sie sich einige Längen erlauben, Unstimmigkeiten abschleifen und vielleicht sogar Fehler vertuschen. Bei einer Short Story fahren Sie damit gnadenlos vor die Wand. Hier muss jeder Satz, am besten jedes Wort, stimmen.

Ein kluger Kopf schloss einen elend langen Brief einst mit den Worten: »Es tut mir leid, ich hatte keine Zeit, mich kurz zu fassen.« Die Autorinnen und Autoren, die ich fragte, ob sie einen Beitrag zu *P.S. Ich töte dich* beisteuern wollen, können diesen Satz nur unterstreichen. Sie wissen aus langjähriger Erfahrung, dass sich gute Geschichten nicht einfach so aus dem Ärmel schütteln lassen. Umso erstaunter war ich, wie viele von ihnen auf meine schamlosen Überredungskünste reingefallen sind, wofür ich allen ganz herzlich danke. Damit ich diese Sammlung kurzer Thriller nun nicht durch eine lange Vorrede verhunze, will ich schnell zum Punkt kommen und mich zum ersten Mal im Voraus bei Ihnen, den Leserinnen und Lesern, bedanken. Die lange Danksagung am Ende, die Sie von meinen Romanen gewöhnt sind, entfällt aus gegebenem Anlass. Dafür finden Sie dort etwas viel Besseres: nämlich einen Einblick in die Seele der jeweiligen Autoren. Allen Geschichten ist eine Original-Handschriftenprobe ihrer Verfasser vorangestellt. (Seien Sie froh, dass Sie mein klägliches Gekritzel nicht in voller Länge lesen müssen!) Anhand dieser Schriftproben hat die Graphologin Christiane Sarreiter psychologische Kurzgutachten erstellt, aus denen Sie nun ablesen können, was die Handschrift über das Innerste ihrer Urheber verrät.

Nur so viel – bei mir stimmt jedes Wort …!

Ich hoffe, Sie haben beim Lesen dieser Sammlung ebenso viel Spaß wie ich beim Zusammenstellen!

Liebe Grüße, Ihr Sebastian Fitzek
Berlin, im Juli 2010, bei gefühlten 50 Grad im Schatten

# Nicht einschlafen

Sebastian Fitzek

Unter normalen Umständen hätte es sich nie
vorstellen können, an einem Ort wie diesen Sex zu
haben. Dabei war seine Vorstellungskraft weiß Gott
nicht die schlechteste, wie ihm sein Psychiater unlängst
bescheinigt hatte. Allein die Vorstellung, hier mit
Jemanden zu schlafen, war ebenso absurd, wie die
Umstände, die ihn ins Verd in dieser Hotelzimmer geführt
hatten.

Niemand, der schon einmal eine Mücke unter dem
Mikroskop gesehen hatte, würde sich freiwillig auf einen
blamen Laken wälzen, dessen fleckige Oberflächen strahlen
an einen Mix aus Exkreten erinnert; nicht die
einzige Hinterlassenschaft der Menschheit an besten die
vor ihm hier gemütlich hatten.

*U*nter normalen Umständen hätte er sich nie vorstellen können, an einem Ort wie diesem Sex zu haben. Dabei war seine Vorstellungskraft weiß Gott nicht die schlechteste, wie sein Psychiater ihm unlängst bestätigt hatte. Allein der Gedanke, hier mit jemandem zu schlafen, war ebenso absurd wie die Umstände, die Martin Vahl in dieses Hotelzimmer geführt hatten. Niemand, der schon einmal eine Milbe unter dem Mikroskop gesehen hat, würde sich freiwillig auf diesem Laken wälzen, dessen Flecken an einen Mix aus Essensresten und Körperflüssigkeiten erinnerten; nicht die einzige Hinterlassenschaft der unzähligen Gäste, die vor ihm hier genächtigt hatten. Die Wände waren mit fettigen Fingerabdrücken übersät; auf dem Boden lag ein zerschlissener Teppich, und man hätte gut und gerne eine Stunde damit verbringen können, all seine Brandlöcher zu zählen. Und die Putzfrau, wenn es denn eine gab, hatte sich nicht einmal die Mühe gemacht, die ausgetretene Zigarette vor der Heizung vom Fußboden zu kratzen.

*Was soll's. Hier ist es scheiße, aber ich bin glücklich*, dachte Martin und sah zur Badezimmertür, hinter der er das Wasser rauschen hörte. In dieser Hinsicht war Nadja der Mann in ihrer Beziehung. Während die meisten Frauen, die er kennengelernt hatte, nach dem Sex immer stundenlang kuscheln wollten, rannte sie sofort nach dem Orgasmus unter die Dusche. Am Anfang ihrer Beziehung hatte er sich noch darüber gewundert; heute freute er sich über dieses vertraute Ritual. Lange hatte er geglaubt, es nie wieder erleben zu dürfen.

*Fast hätte ich sie verloren,* dachte er melancholisch. *Und dann wäre ich allein gewesen. Allein mit meinen Stimmen.*

Die Sprungfedern knackten bedrohlich, als Martin sich zur Seite drehte, um die Nachttischschublade aufzuziehen. Er hätte sich nicht gewundert, ein gebrauchtes Kondom oder ein schimmliges Wurstbrötchen darin zu finden; umso erstaunter war er über den tadellosen Zustand der Bibel. Das Neue Testament, in Leder gebunden, mit Goldprägung und Lesezeichen.

Martin war kein besonders gläubiger Mensch. Eher einer von der Sorte, die sich mit der Behauptung: »*Ich denke, es muss eine höhere Macht geben, aber ich würde sie nicht Gott nennen*«, herauslog, wenn man ihn nach seiner Konfession fragte. Er war konfirmiert, aber das auch nur, weil ihm damals seine Mutter ein Computerspiel für seinen Kniefall versprochen hatte. Als ihm Jahre später mit der ersten Gehaltsabrechnung die Höhe der Kirchensteuer bewusst wurde, trat er sofort wieder aus. Daher suchte er heute weder Trost noch Bestätigung in der Bibel, sondern einfach nur Ablenkung.

Martin hatte mehrere Macken. Und von allen Macken, derer er sich bewusst war, zählte diese sicher zu den unbedeutendsten: Er konnte nicht einschlafen, ohne zuvor noch wenigstens eine Seite gelesen zu haben. Dabei war es ihm ganz egal, *was* er las. Ein Buch, eine Illustrierte, die Rückseite einer Packung Cornflakes oder die Inhaltsangabe auf einer Shampoo-Flasche; sogar eine Gebrauchsanweisung erfüllte ihren Zweck. Nach einem langen Tag (und heute war ein *verdammt* langer Tag gewesen) fühlte er sich meist, als ob in seinem Kopf ein Überdruckventil geplatzt wäre. Und es gab nur eine wirksame Methode, um den Pfeifton zu ersticken, den seine wild schweifenden Gedanken erzeugten: lesen, egal was.

*Meinetwegen auch eine Bibel, wenn es hier nichts anderes gibt.*

Mangels eines Fernsehers lag in diesem Null-Sterne-Loch nicht einmal die obligatorische TV-Zeitschrift aus. Normalerweise hatte Martin immer ein Buch (meistens einen Thriller) im Gepäck, wenn er auf Reisen ging. Doch Nadja und er hatten sich so spontan entschlossen, für ihre zweiten Flitterwochen auf die Malediven zu fliegen, dass ihnen gerade mal Zeit blieb, Badesachen, Kosmetika und Medikamente einzupacken. Den Rest, also auch Bücher, wollten sie am Flughafen kaufen, doch hatte der Schneesturm ihre Pläne im Keim erstickt.

Martin schlug zufällig die Bergpredigt auf, die Passage, in der Jesus zu den Menschen spricht: »Liebet eure Feinde.« Er fragte sich kurz, ob Liebe denn eine Entscheidung sei, die man bewusst treffen könne, oder nicht viel eher ein Gefühl, das sich nicht erzwingen ließe. Ebenso wenig, wie er sich befehlen könnte, dieses nach Schweiß und Schimmel stinkende Hotelzimmer zu lieben. Manche Dinge lagen einfach außerhalb jeder bewussten Kontrolle. Die Tatsache, dass er sich hier wohl fühlte – obwohl die Schränke mit einer Staubkruste überzogen waren und die Fenster sich nicht öffnen ließen –, war einzig und allein dem Umstand geschuldet, dass das hier, verglichen mit all dem, was er zuvor durchgemacht hatte, das Paradies war.

*Ein Paradies ohne Stimmen. Ohne tödliche Befehle.*

Er schloss die Augen und versuchte, seine morbiden Gedanken abzuschütteln. In den letzten Wochen hatte er sehr viel schlimmere Orte besucht. Orte, die vor ihm noch nie ein

Mensch betreten hatte, denn sie befanden sich nicht in der realen Welt, sondern ...

... *ausschließlich in meinem Kopf.*

Mit den Stimmen hatte alles angefangen, damals kurz nach der Fehlgeburt, die Dr. Jonas Gorman für den Auslöser seiner Halluzinationen hielt. Sie kamen aus der Wand, plötzlich und ohne Vorwarnung, wie aus dem Nichts. Das erste Mal hörte er sie unter der Dusche. Er hatte den Strahl auf kochend heiß gestellt, als ob er damit die schlechten Neuigkeiten einfach aus seinem Bewusstsein brennen könnte, die man ihnen erst wenige Stunden zuvor in der Kinderwunschklinik mitgeteilt hatte: »*Eine Gelbkörperhormonschwäche. Das nächste Mal nehmen wir Utrogest zum Aufbau der Gebärmutterschleimhaut.*«

Das nächste Mal. Scheiße. Es gab kein nächstes Mal.

»*Es sei denn, du tötest sie.*«

Zuerst hatte er sich gefragt, was zum Teufel in ihn gefahren war, so etwas Morbides zu denken; dann hatte er das Wasser abgestellt und gemerkt, dass es gar nicht seine *Gedanken* waren, die er gehört hatte. Sondern *Stimmen*, die zu ihm sprachen. Kinderstimmen. Verschiedene, die alle das Gleiche sagten:

»*Du musst sie töten.*«

Von diesem Tag an war nichts mehr wie zuvor. Martin war selbst Psychiater, spezialisiert auf psychosomatische Orthopädie; das bedeutete, er musste sich mehr mit Phantomschmerzen im Arm als mit schizophrenen Wahnvorstellungen im Kopf beschäftigen. Trotzdem war er genügend sensibilisiert, um die ersten Anzeichen ernst zu nehmen und sich nicht die Welt zurechtzubiegen. Denn das war das Wesen einer jeden Geisteskrankheit: die Realität zu leugnen, während man nach Argumenten suchte, weshalb die eigene

Wahrnehmung richtig und die der anderen falsch war. Die vielen unterschiedlichen Kinderstimmen, die ihn später bis in seine Träume verfolgten und ihm wieder und wieder befahlen, »*sie*« zu töten, bevor er selbst sterben würde, waren nur ein Hirngespinst. Darum aber waren sie nicht weniger gefährlich.

Er suchte Dr. Jonas Gorman auf, einen alten Freund aus Studientagen, der ihn medikamentös einstellte, nicht ohne ihn vor den schweren Beeinträchtigungen zu warnen, die damit auf ihn zukommen würden. Und weder Gorman noch der Beipackzettel hatten zu viel versprochen. Mundtrockenheit, Hautekzeme, Übelkeit, Migräne, depressive Verstimmungen, Gewichtszunahme – Martin hatte ein Best-of-Medley aller gängigen Nebenwirkungen seiner Psychopharmaka abgearbeitet.

Kein Wunder, dass ihre Ehe in jenen Tagen »Schlagseite« bekam, wie sein Vater es formuliert hätte. Bereits die ewigen Fehlversuche hatten sie zermürbt und ihre Spuren hinterlassen. Und gerade jetzt, da alle Hoffnung schon wieder zerstört schien, hätte Nadja einen psychisch starken Partner an ihrer Seite gebraucht, keinen Schizo mit Visionen. Selbst noch betäubt von der Faust des Schicksals, die ihr in den Unterleib geschlagen und das Ungeborene entrissen hatte, wollte Nadja den Beteuerungen der Ärzte keinen Glauben schenken, dass bis zu 70 Prozent aller Schwangerschaften abgehen, die meisten davon unbemerkt. Sie machte ihr fortgeschrittenes Alter für die Fehlgeburt verantwortlich, verfiel erst in Selbstvorwürfe, zu lange mit dem Kinderwunsch gewartet zu haben, dann in Selbstmitleid, gleich doppelt gestraft zu sein: mit einer schwachen Gebärmutterschleimhaut *und* mit einem noch schwächeren Mann. Ihr Mitleid steigerte sich in Wut und später sogar in Hass, wenn sie im

Fernsehen Berichte über ungewollte Schwangerschaften junger Mütter sah. Und Martin konnte ihre Wut verstehen. Gott musste – falls es ihn wirklich gab – einen exzentrischen Sinn für Humor haben, wenn es ihm gefiel, bei einer drogensüchtigen Kinderprostituierten das Kondom des Freiers platzen zu lassen, während er Nadja – einer Mutter, die ihr eigenes Leben für das Wohl ihres Babys opfern würde – einfach einen Strich durch die Hormonrechnung machte.

Nadja litt darunter, dass die Welt auf einmal mit Kinderwagen, werdenden Müttern und erschöpften Vätern bevölkert zu sein schien. Die Werbung pries nur noch Windeln, Babynahrung und Kindersitze an, und es verging kein Tag, an dem nicht irgendeine Bekannte anrief, um Glückwünsche für einen positiven Schwangerschaftstest loszuwerden. Wie sollte sie so jemals ihre Trauer verarbeiten und neue Hoffnung schöpfen können? Noch dazu mit einem Mann an der Seite, der ihr nicht zuhörte, weil er von imaginären Kinderstimmen abgelenkt wurde, die in seinem Kopf herumtobten.

»*Töte sie. Schnell. Bevor es zu spät ist.*«

Martin schreckte aus seinem Dämmerzustand hoch. Fast wäre ihm die Bibel aus der Hand gefallen.

»Süße?«, rief er in Richtung Badezimmer, doch seine Worte wurden vom Wasser verschluckt, das in die alte, emaillierte Badewanne prasselte. Nadja duschte niemals unter einer halben Stunde, würde also frühestens in zehn Minuten herauskommen. Anfangs hatte er sich oft darüber aufgeregt, dass sie zu den wenigen Menschen zählte, die mehr Wasser beim Duschen als beim Baden verbrauchten. Heute, nach all den Schicksalsschlägen, wollte er einfach nur, dass sie glücklich war; dafür durfte sie gerne den Atlantik trockenlegen, wenn das ihr Wohlbefinden steigerte.

Er streckte sich und drehte den Kopf so heftig zur Seite, dass seine Halswirbel knackten. Dann warf er wieder einen Blick in die Bibel, die er die ganze Zeit über geöffnet gehalten hatte. Verwundert las er den letzten Absatz. Er konnte sich gar nicht erinnern, bis zu der Stelle vorgeblättert zu haben, an der Jesus seinen Jüngern befahl, die Kinder zu ihm kommen zu lassen.

*Den Kindern gehört das Reich Gottes, na klar. Deshalb rufst du sie auch so schnell zu dir nach oben, was?*

Martin gähnte. Die Lektüre zeigte ihre einschläfernde Wirkung.

*Noch einen Absatz, dann bin ich weg,* dachte er, als er spürte, wie sich ein Fremdkörper aus den Seiten löste.

Der Zettel entfaltete sich bereits im Fallen. Noch bevor er auf die Bettdecke traf, konnte Martin die dünnen, ungelenken Striche auf dem Papier erkennen. Im selben Moment dachte er daran, einfach die Augen zu schließen.

*Gar nicht beachten. Der Zettel hat nichts zu bedeuten.*

Wahrscheinlich hatte jemand eine Telefonnummer notiert, eine Uhrzeit oder einen Namen. Dinge, die man eben auf einen Notizblock kritzelte, wenn man am Telefon den Termin bestätigte, der einen in diese Absteige verschlagen hatte.

*Nichts Interessantes. Unbedeutendes Geschreibsel.*

Martin war müde, wollte endlich schlafen. Er spürte allerdings, dass ihn der Sekundenschlaf, aus dem er eben aufgeschreckt war, wieder aufgeputscht hatte. Jetzt musste er wenigstens noch eine weitere Seite lesen, sonst würde es ihm nicht gelingen, ein zweites Mal wegzudämmern.

*Also kann ich mir auch gleich den Zettel vornehmen,* dachte er, amüsiert darüber, wie einfach doch die menschliche Neugier zu entfachen war. »*Stell zehn Menschen vor ein Schlüsselloch und mach etwas Lärm hinter der Tür. Neun* werden sich bücken und hindurchschauen«, hatte ihm sein Vater einmal gesagt.

Martin legte die Bibel zurück auf den Nachttisch, gähnte lautstark und griff nach dem Papier in seinem Schoß.

*Zwei Sätze.*

Beide in einer ungelenken, nervösen Handschrift verfasst, alles in Großbuchstaben. Er musste schmunzeln, als er die ersten beiden Worte las. Dann drehte er den Zettel, um den zweiten Satz lesen zu können, der unter dem Knickfalz stand. Es dauerte eine Weile, bis er die Bedeutung der Worte begriff.

*Den Zusammenhang. Den Befehl.*

Zuerst dachte er immer noch an einen Scherz, allerdings an einen sehr, sehr schlechten, denn auf dem Zettel stand:

> Nicht einschlafen ...
> oder sie bringen dich um.

Von dieser Sekunde an war Martin hellwach.

Sein erster Gedanke galt Nadja, die mittlerweile unter der Dusche zu summen begonnen hatte (»Autumn Leaves«, das Stück, das der Klavierspieler im Restaurant bei ihrem allerersten Kuss gespielt hatte) und die nicht wusste, was hier draußen gerade mit ihm geschah.

*Was in mir geschieht!*

Dann dachte er an sein Handy und an die einzige Nummer im Speicher, die er jetzt wählen konnte. Er legte den Zettel auf den Nachttisch und stand auf.

Irgendetwas bohrte sich in seine Fußsohle, als er barfuß zu seiner Jacke ging, die er an einen Haken neben der Tür gehängt hatte. Das unangenehme Gefühl sorgte zumindest für eine Unterbrechung seiner verwirrten Gedanken. Anders als seine Angst war der Schmerz in seinem Fuß real, und für einen kurzen Augenblick gelang es ihm, sich etwas zu beruhigen.

*Ruhig, ganz ruhig,* dachte er. *Du machst dich lächerlich. Das hat nichts zu bedeuten.*

Immerhin waren es keine Stimmen, die er hörte. Und der Zettel hatte sich *echt* angefühlt.

*Und er ist echt! Ich sehe ihn immer noch neben der Bibel liegen,* dachte Martin und zwang sich zu lachen. Dr. Gorman hatte ihm zwar gesagt, dass die haptischen Visionen die akustischen Halluzinationen ablösen könnten, wenn es schlimmer werden würde. Aber dieser Zettel war nichts als ein schlechter Scherz eines wütenden Gastes, der ihn aus reiner Bosheit für seinen Nachfolger dort plaziert hatte, damit dieser in diesem Drecksloch auch nicht einschlafen konnte.

*Reiner Zufall, dass er gerade mir in die Hände gefallen ist.*

Ausgerechnet einem Patienten, der wegen seiner schizophrenen Schübe behandelt wurde.

*Alles okay, kein Grund zur Panik. Du hast keinen Rückfall.*

Martins Puls sank langsam ab, und vermutlich hätte er sich wieder vollständig beruhigen können, wenn sein Blick nicht zur Eingangstür gewandert wäre.

»Jonas?«, rief er aufgeregt in sein Handy, nur eine halbe Minute nachdem er den zweiten Zettel gefunden hatte. Er stand direkt vor dem schlierigen Fenster seines Hotelzimmers und starrte auf eine Batterie Mülltonnen in einem verschneiten Hinterhof.

»Ist was passiert?«, fragte Dr. Gorman mit belegter Stimme. Man konnte ihm anhören, dass er überlegte, ob das Telefonat noch Teil des Traums war, aus dem Martin ihn gerade gerissen hatte.

»Ja. Ich glaube ja. Wir haben sie zu früh abgesetzt.«

Martin hörte das Rascheln von Bettwäsche, dann:

»Der Reihe nach. Was ist los bei dir?«

»Ich habe wieder Visionen.«

»Stimmen? Hörst du Stimmen?«

»Nein«, antwortete Martin seinem Freund und Psychiater.

»Diesmal ist es haptisch. Ich finde Nachrichten.«

Gorman seufzte und entschuldige sich bei jemandem im Hintergrund, vermutlich seiner Frau, die nun ebenfalls aufgewacht war. Während der Psychiater offensichtlich das eheliche Schlafzimmer verließ, um ungestört reden zu können, legte Martin die zweite Botschaft, die er unmittelbar vor der Eingangstür gefunden hatte, auf das Fensterbrett. Er drehte den Zettel um, denn er wollte den Befehl nicht noch ein zweites Mal lesen müssen.

Töte sie!

»Wo zum Teufel bist du gerade?«, meldete sich Gorman wieder.

Martin seufzte.

»Die Pension nennt sich Hotel Vier Jahreszeiten, klingt hochtrabend, ist aber nur eine windschiefe Bude am Rande einer Landstraße irgendwo zwischen Hof und Plauen.«

»Was hast du da verloren?«

»Wir wollten verreisen, ein spontaner Entschluss. Du selbst hast doch gesagt, etwas Sonne würde nicht schaden.«

Tatsächlich hatte Gorman ihm die Idee mit den zweiten Flitterwochen in den Kopf gesetzt, zur Feier der Entwicklung, dass die medikamentöse Behandlung endlich erste Erfolge zeigte. Und das nicht nur bei Martin. Mit den Stimmen in seinem Kopf verschwanden zuerst die Erschöpfung und schließlich der Trübsinn aus Nadjas Seele. Nicht sofort, sondern in kleinen Schritten, die sie nun aber wieder mit ihrem ansprechbaren Ehemann gemeinsam zurücklegen konnte.

»Als ich sagte, ihr sollt mal Urlaub machen, um wieder zueinanderzufinden, meinte ich die Karibik oder den Indischen Ozean, nicht den Frankenwald«, sagte Gorman.

»Wir wollten ja auch auf die Malediven. Scheiße, das war einfach so eine fixe Idee, weil es uns beiden wieder bessergeht; wir haben gar nicht lange nachgedacht.«

Martin sah kurz zur Badezimmertür; das Rauschen des Wassers hielt unvermittelt an.

»Wir wollten heute noch abfliegen, aber die einzige freie Maschine ging von Leipzig aus, also haben wir uns ins Auto gesetzt und sind losgefahren. Leider ohne Winterreifen. Als ich zum Pinkeln kurz im Wald halten wollte, hab ich die Karre festgefahren. Und auf dem Weg zur nächsten Werkstatt sind wir dann hier vorbeigekommen.«

*Hier, in diesem Drecksloch.*

Schon das kaputte Neonschild über dem Eingang des Hotels war eher eine Warnung als eine Einladung. Und der Mann an der Rezeption hatte sie wie Außerirdische angestarrt, als sie einchecken wollten.

»*Ein Zimmer?*«, hatte er nachgefragt und dabei die Stirn in Falten gelegt, als könnte er sich nur dunkel daran erinnern, so etwas in seinem Hotel anzubieten. Dabei hatte er mit seinem behaarten Zeigefinger über das leere Papier eines Reservierungsbuchs gestrichen. Schließlich hatte er ihnen wortlos den Schlüssel mit der Nummer 211 gereicht, noch bevor Martin Nadja vorschlagen konnte, doch besser ein anderes Hotel zu suchen.

Gorman räusperte sich, dann fragte er vorsichtig:

»Okay, und jetzt hörst du wieder diese unheimlichen Botschaften?«

»Nein, ich höre sie nicht. Ich *sehe* sie. Gottverdammt, ich hätte die Pillen nicht so früh absetzen dürfen. Sag mir bitte, was ich machen soll, Jonas. Nadja kommt in zwei Minuten aus dem Bad. Wir waren gerade wieder über dem Berg, ich darf das nicht schon wieder versauen, verstehst du? Du musst mir helfen.«

»Was sind das für Nachrichten?«

»Befehle!«

Martin erzählte ihm von der Drohung und auch von dem zweiten Zettel, den er direkt vor der Tür gefunden hatte.

»Du sollst Nadja töten?«

»Ja.«

Stille. In den folgenden Sekunden sagte sein Freund und Kollege kein Wort. Dann, es war bestimmt eine halbe Minute vergangen, seufzte Gorman:

»Hör mir gut zu. Ich weiß, das ist jetzt schwer zu verstehen, aber du musst dich auf meine Worte konzentrieren, ja?«

»Ich versuch es.«

»Du hast vermutlich recht.«

»Es geht wieder los?«

»Ja. Aber das ist nicht schlimm, verstehst du? Dadurch, dass du mich angerufen hast, hast du die erste Hürde bereits genommen.«

»Was soll ich tun?«

*Was zum Teufel ist die zweite Hürde?*

»Du musst dich deiner Angst stellen«, riet ihm der Psychiater.

*Angst ist die Giftschlange des Todes,* erinnerte sich Martin an eine weitere Lebensweisheit seines Vaters.

*Füttere sie nicht zu oft, sonst zieht sie dich in ihr Nest.*

»Wie?«, fragte er.

*Wie soll ich mich der Angst stellen?*

»Geh zu Nadja hinein.«

»Das kann ich nicht.«

»Ruhig, Martin. Ganz ruhig. Atme tief durch und sprich mir nach: Es gibt keine Zettel. Keine Befehle. Das alles ist nicht real.«

Martin wiederholte die Worte seines Freundes, ohne wirklich daran zu glauben.

»Aber was, wenn ich selbst die Zettel dort plaziert habe?«, fragte er danach. »Was, wenn ich wirklich eine Gefahr bin?«

Er hörte, wie Gorman ungeduldig mit der Zunge schnalzte.

»Das bist du nicht. Glaube mir, Martin, ich kenne dich zu gut. Darüber haben wir in all den Sitzungen doch schon hundert Mal gesprochen. Du würdest keinem Menschen etwas zuleide tun. Erst recht nicht deiner Frau. Du liebst sie, oder?«

»Ja.«

»Und du hast keine Waffe in deiner Hand?«

»Nein.«

»Nichts, womit du Nadja gefährlich werden könntest, richtig?«

»Richtig.«

Während sie sprachen, war Martin ziellos im Zimmer auf und ab gelaufen. Jetzt hielt er atemlos inne, direkt vor der geschlossenen Badezimmertür.

»Geh hinein«, sagte Gorman. »Öffne die Tür, schau ihr in die Augen. Umarme sie. Du wirst sehen, dann ist der Bann gebrochen. Du bist nicht gefährlich. Du wirst deiner Frau nichts tun.«

Martin nickte und legte seine zitternden Finger auf die Türklinke. Plötzlich presste er die Hand auf den Mund, um einen Schrei zu unterdrücken.

»Was?«, fragte Gorman.

»Da ist noch einer.«

»Wer ist da noch?«

»Ein Zettel.«

Martin ging in die Knie. Sein Zeigefinger strich über die roten Druckbuchstaben auf dem rauhen Klopapier, so wie vorhin der Finger des merkwürdigen Mannes an der Rezeption über das leere Reservierungsbuch. Diesmal war die Nachricht offenbar mit einem Lippenstift verfasst worden.

»Glaub nicht, was du siehst«, sagte Gorman. »Es gibt keinen Zettel.«

»Doch«, widersprach er. »Ich halte ihn gerade in meiner Hand!«

Dann las er die Nachricht ab:

Geh ins Badezimmer. Töte sie!

Gorman stöhnte entnervt.

»Du irrst dich. Darüber haben wir doch schon so oft gesprochen. Das alles geschieht nur in deinem Kopf, verstehst du?«

»Nein, ich verstehe nichts«, sagte Martin, und das entsprach der Wahrheit.

Hinter der Holztür quietschte ein Wasserhahn. Das Rauschen hatte aufgehört. Die Stille, die jetzt das gesamte Hotelzimmer verschluckte, wirkte wie ein Fremdkörper. Fremd und unwirklich.

*Wie ein Zettel, der aus einer Bibel fällt.*

»Nimm dich zusammen, Martin, du schaffst das.«

»Meinst du wirklich?«

»Ja. Alles, was du tun musst, ist, durch die Tür vor dir zu gehen. Ist sie verschlossen?«

»Nein«, sagte Martin nach einem kurzen Blick auf das Schloss. »Ich glaube nicht.«

»Dann los. Klopf an. Ruf ihren Namen.«

*Ich kann das nicht*, dachte Martin und war am Ende selbst erstaunt, dass er es doch fertigbrachte.

»Nadja?« Er klopfte zaghaft an die Tür, das Handy immer noch an seinem Ohr.

»Lauter«, riet ihm Gorman, doch Martin fühlte sich bereits durch sein Flüstern erschöpft. Um sich besser konzentrieren zu können, legte er das Telefon auf den Boden. Direkt neben das Stück Toilettenpapier mit der Lippenstiftbotschaft.

## ... Geh rein. Töte sie. Sonst ...

»Los, weiter«, drängte Gorman, doch Martin konnte ihn schon nicht mehr hören. Er hatte sich wieder aufgerichtet und begann zu zählen. Bei drei wollte er die Tür aufreißen. Letztlich kam er nicht mehr dazu. Seine Frau war schneller.

✦

Mit Nadja drang ein Schwall heißer Luft in das Schlafzimmer. Ihre warme Haut war gerötet, und ihre glänzenden, langen Haare dufteten nach Lavendel.

»Was hast du?«, fragte sie erschrocken, als Martin ihr ins Gesicht fassen wollte. Sie wich zurück. Ihr Lächeln gefror und wich einem undefinierbaren Gefühlsausdruck.

»O Nadja«, hörte Martin sich selbst schluchzen. Er zitterte vor Erschöpfung, und ihm wurde schwindelig. Er wankte in das überhitzte Badezimmer und setzte sich, bevor er vollends das Gleichgewicht verlor, auf den geschlossenen Toilettendeckel. Langsam lichtete sich der Dampf, der die hässliche Einrichtung bislang verhüllt hatte. Der Duschvorhang hing nur noch an drei von zehn Ringen auf der Schiene, mehrere Bodenfliesen waren lose oder fehlten völlig, und selbst der Spiegel über dem Waschbecken war zerbrochen. Wahrscheinlich hatte irgendein betrunkener Gast mit der Faust hineingeschlagen.

Martin versuchte, sich wieder zu sammeln, und folgte Nadja zurück ins Schlafzimmer.

»Tut mir leid, Liebes. Ich fürchte, ich bin völlig durcheinander«, sagte er. Sie hatte sich in ihr Bett gelegt, in dem sie sich noch vor einer halben Stunde so nahe gewesen waren. Jetzt schienen Welten zwischen ihnen zu liegen.

»Es tut mir so leid, aber ich habe wieder …«

… *wieder diese Visionen*. Er traute sich nicht, die Worte auszusprechen, die sie noch weiter voneinander entfernen würden. Nur aus diesem Grund waren sie doch überhaupt in diesem Loch gelandet. Wegen ihrer euphorischen Hochstimmung. Wegen ihrer Freude darüber, dass mit ihm wieder alles in Ordnung war. Dass sie wieder eine gemeinsame Zukunft hatten.

Mit Kindern.

*Ohne Stimmen.*

»Was ist passiert?« Nadja rutschte unruhig unter dem Laken hin und her, das sie bis zum Kinn hochgezogen hatte.

»Ich hab überall diese Zettel gefunden …«

Er zögerte, dann ging er zu seiner Seite des Bettes und suchte nach der ersten Warnung, die aus der Bibel gefallen war.

*Die ich auf den Nachttisch gelegt hatte.*

»Was für Zettel?«, fragte Nadja, während Martin auf die leere Ablage starrte.

»Eben war er noch da«, krächzte er heiser, dann lief er zum Fensterbrett, doch auch hier war die Notiz mit dem tödlichen Befehl verschwunden, ebenso wie das Stück Klopapier. Vor der Badezimmertür lag jetzt nur noch das Handy, und das Display war dunkel.

*Hat Jonas etwa aufgelegt? Oder hab ich gar nicht mit ihm telefoniert?*

Martin spürte, wie sich seine Augen mit Tränen füllten. Er blickte zur Decke hoch, als könne er dadurch ein Überlaufen verhindern.

»O Nadja, es tut mir so leid«, schluchzte er erneut.

»Was stand denn drauf, auf diesen Zetteln?«

»Ach, nur dummes Zeug.« Er setzte sich auf die Bettkante und vergrub den Kopf in beide Hände.

»Dass ich nicht einschlafen dürfte, sondern zu dir ins Bad gehen müsste, um dich …« Er stockte.

»Um was zu tun?«, hörte er sie hinter sich fragen.

Und dann biss sie zu.

Die Angst.

*Die Giftschlange des Todes.*

Martin begann wieder zu zittern und suchte nach einer rationalen Erklärung, weshalb die Stimme, die er eben gehört hatte, nicht länger die von Nadja war.

*Sondern ihre.*

*Die der Kinder.*

Langsam, als könne er das Unvermeidliche dadurch hinauszögern, drehte er sich zu seiner Frau.

»Suchst du die hier?«, fragten die Lippen in ihrem Mund, jedes Wort mit einer anderen kindlichen Stimme artikuliert.

*Das sind sie. Die Stimmen, die ich immer gehört habe.*

*Deretwegen ich in Behandlung war!*

Seine Frau hatte das Laken zurückgeschlagen. Sie öffnete ihre Hand und zeigte ihm die Zettel. Sie musste sie eingesammelt haben, während er im Bad den Schwächeanfall überwunden hatte.

»Du hättest auf Nadja hören sollen«, sagten die Stimmen aus ihrem Mund, und schlagartig wurden Martin mehrere Dinge zugleich bewusst: dass nicht er, sondern seine Frau über den Verlust des Babys wahnsinnig geworden war. Dass die Stimmen, die er gehört hatte, den verschiedenen multiplen Persönlichkeiten gehörten, in die sie nach der Tragödie zersplittert war.

*Sie haben zu mir geredet. Ich habe sie gehört. Über die Wasserrohre, wenn ich unter der Dusche stand. In meinen Träumen, wenn sie neben mir lag und mit mir sprach.*

Jetzt verstand er, dass Nadja ihn in ihren lichten Momenten mit den geschriebenen Hinweisen angefleht hatte, diese Stimmen in ihr zu töten – bevor er selbst zum Opfer würde.

*Töte sie. Geh rein, bring sie um, sonst …*

Zuletzt begriff Martin, dass er alle Zeichen falsch gedeutet hatte, dass er auf die falschen Stimmen gehört hatte. Und als er das Spiegelbild seiner Augen in dem Splitter sah, der sich nur einen Wimpernschlag später in seine Halsschlagader bohren sollte, erinnerte er sich, dass der Spiegel zu den wenigen Einrichtungsgegenständen gezählt hatte, die bei ihrer Ankunft in dieser Absteige noch intakt gewesen waren.

# Schöne Bescherung

Val McDermid

A chrysanthemum burst of colour flooded the sky.
'Oooh,' said the man, his blue eyes sparking with reflected light.

'Aaah,' said the woman, managing to invest the single syllable with irony and good humour. Her shaggy blonde hair picked up colour from the fireworks, giving her a fibre optic punk look at odds with the conservative cut of her coat and trousers.

'I've always loved fireworks.'

'Must be the repressed anarchist in you.'

Dr Tony Hill, clinical psychologist and criminal profiler, pulled a rueful face. 'You've got me bang to rights, guv.' He checked out the smile on her face. 'Admit it, though. You love Bonfire Night too.'

# 1

Der Himmel war ein einziges Farbenmeer. »Oooh«, entfuhr es dem Mann; aus seinen blauen Augen schienen Funken zu sprühen.

»Aaah«, sagte die Frau. Obwohl sie nur diese eine Silbe ausstieß, war der ironische Unterton nicht zu überhören. Ihre wuscheligen blonden Haare erstrahlten in den Farben der Raketen und ließen sie wie eine Punklady aussehen – im krassen Gegensatz zum traditionellen Schnitt ihrer Jacke und ihrer Hose.

»Ich hatte schon immer eine Schwäche für Feuerwerk.«

»Könnte es sein, dass tief in deinem Inneren ein Pyromane steckt?«

Dr. Tony Hill, klinischer Psychologe und Profiler im Polizeidienst, machte ein reuevolles Gesicht. »Ertappt, Chef.« Er registrierte ein Lächeln auf ihrem Gesicht. »Aber gib es schon zu. Du stehst doch auch auf die Bonfire-Night.« Feuerwerkskörper überzogen den Himmel mit roten und grünen Streifen und hinterließen tanzende Farbpunkte, sobald er seine Augenlider schloss.

Detective Chief Inspector Carol Jordan schnaubte zornig. »Überhaupt nicht. Kinder werfen Knallfrösche in die Briefkästen fremder Leute, Betrunkene stecken sich brennende Feuerwerkskörper in den Hintern, Verrückte schmeißen mit Steinen, wenn die Feuerwehr ausrückt und sich um Freudenfeuer kümmert, die außer Kontrolle geraten sind – ich könnte mir keine schönere Nacht vorstellen.«

Tony schüttelte den Kopf; so einfach wollte er sich ihrem Sarkasmus nicht geschlagen geben. »Das ist lange her, dass du dich mit solchem Mist herumärgern musstest. Heutzutage sind es doch die Topverbrecher, die dir das Leben schwermachen.«

Wie auf Kommando schrillte Carols Handy. »Schrecklich«, seufzte sie, drehte sich zur Seite und steckte einen Finger ins andere Ohr. »Was gibt es, Sergeant Devine?«

Tony blendete den Anruf aus und widmete seine ganze Aufmerksamkeit wieder dem Feuerwerk. Plötzlich spürte er Carols Hand auf seinem Arm. »Ich muss los.«

»Soll ich mitkommen? Brauchst du mich?«

»Ich weiß nicht. Es wird schon nicht so schlimm werden.«

*Das wäre das erste Mal.* Tony folgte Carol zum Wagen, während hinter ihnen der Himmel zischte und brodelte.


Es roch nach verbranntem Fleisch – ein süßer, widerlicher, durchdringender Geruch, der sich in Carols Nasenlöchern festsetzte und noch tagelang nachwirken sollte. Angeekelt inspizierte sie die schreckliche Szene, die sich ihr bot.

Das Feuer war nicht besonders groß, aber es musste eine riesige Stichflamme entwickelt haben. Jemand hatte es am Rand eines brachliegenden Feldes entzündet, direkt neben einem Gatter, so dass es von der Straße aus nicht zu sehen war. Der leichte Abendwind hatte ausgereicht, um Funken in die angrenzende Hecke zu blasen, und die schnell auflodernden Flammen riefen die Feuerwehr auf den Plan. Nachdem der Brand gelöscht war, untersuchten die Feuerwehrleute die nassen, noch dampfenden Überreste. Schnell hatten sie die Quelle für den bestialischen Gestank ausgemacht, der sogar den Geruch des Benzins überdeckte, das als Brandbeschleuniger benutzt worden war.

Tony streifte am Rande des Feldes umher und inspizierte den Ort, der Schauplatz für ein weitaus schlimmeres Verbrechen als Brandstiftung war. Inzwischen befragte Carol den Einsatzleiter der Feuerwehr. »Das Ganze hat nicht lange gedauert«, meinte er. »Dem Geruch nach könnte er eine Mischung aus verschiedenen Brandbeschleunigern wie Petroleum und Aceton verwendet haben. Lauter Zeug, das normalerweise in jeder Garage herumsteht.«

Tony starrte auf die menschlichen Überreste; er runzelte die Stirn. Dann drehte er sich um und rief dem Einsatzleiter zu: »Lag der Körper zu Beginn des Feuers in der Mitte, so wie jetzt?«

»Sie meinen, ob das Holz um ihn herum aufgeschichtet worden ist?«

Tony nickte. »Genau.«

»Nein. Schauen Sie, wie das umliegende Holz in sich zusammengefallen ist. Daraus können Sie erkennen, dass er oben auf dem Holzstoß gelegen haben muss.«

»Wie ein Opfertier.« Das war keine Frage. Die Antwort des Einsatzleiters hatte nur bestätigt, was Tony die ganze Zeit schon vermutet hatte. Sein Blick traf Carol. »Jetzt brauchst du mich doch.«

Tony schmetterte den Ball wieder über das Netz zurück und kam gerade noch an den Return heran, als die Türglocke schellte. Er warf seinen Wii-Controller aufs Sofa und ging zur Tür. »Wir haben die vorläufigen Ergebnisse der Autopsie«, sprudelte Carol heraus und stürmte ins Zimmer, ohne auf seine Aufforderung zu warten. »Ich dachte mir, du würdest gern einen Blick darauf werfen.« Sie reichte ihm die Akte.

»Im Kühlschrank steht eine offene Flasche Wein«, murmelte Tony, während er es sich im Sessel bequem machte, ohne den Blick von den Unterlagen zu wenden. Carol war in der Küche verschwunden und kehrte mit zwei Gläsern zurück. Sie stellte eines auf den Tisch neben Tonys Sessel, nahm ihm gegenüber auf dem Sofa Platz und beobachtete fasziniert das Spiel seiner Gesichtsmuskeln, während er den Bericht studierte.

Das Opfer war männlich, zwischen 25 und 40 Jahre alt und hatte noch gelebt, als es auf den Holzstoß gelegt wurde. Die eigentliche Todesursache war Rauchvergiftung, aber der Mann musste fürchterliche Schmerzen erlitten haben, ehe ihn der Tod erlöste. Seine Hände und Füße waren mit Draht gefesselt, und seinen Mund hatte man mit Klebeband verschlossen. Tony dachte kurz darüber nach, welche Befriedigung der Täter aus den Torturen seines Opfers gezogen hatte. Doch nur für einen Moment. »Kein Ausweis?«, fragte er.

»Wir glauben, dass es sich um Jonathan Meadows handelt. Seine Freundin hatte ihn am Tag zuvor als vermisst gemeldet. Wir warten nur noch auf die Bestätigung durch die zahntechnische Untersuchung.«

»Und was wissen wir über Jonathan Meadows?«

»Er ist 26 Jahre alt, Automechaniker, wohnt mit seiner Freundin in einem Apartment in Moorside …«

»Moorside? Das ist ziemlich weit weg von der Stelle, wo man seine Überreste gefunden hat.«

Carol nickte. »Einmal quer durch die ganze Stadt. Er hat pünktlich seine Arbeit beendet und wollte laut Aussagen seiner Freundin und seiner Arbeitskollegen ins Fitness-Studio, das er drei- oder viermal wöchentlich besucht. An diesem Abend ist er dort aber nicht aufgetaucht.«

»Also ist er irgendwann zwischen sechs und acht Uhr je-

mandem begegnet, der ihn überwältigt, gefesselt und geknebelt, auf einen Holzstoß gelegt und verbrannt hat?«

»So muss es sich in etwa abgespielt haben. Fällt dir irgendetwas auf?«

»Es ist keine leichte Sache, so etwas durchzuziehen.« Tony
blätterte nochmals in den Unterlagen. Seine Gedanken lo-
teten in Windeseile verschiedene Möglichkeiten aus. Welche Botschaft steckte hinter diesem Verbrechen? Was konnten ihm die Knochenreste erzählen? »Er ist ein Opfer mit
einem äußerst niedrigen Risikoprofil«, meinte er schließlich. »Wenn ein junger Mann wie er gewaltsam stirbt, dann
für gewöhnlich nicht auf diese Art. Eine Schlägerei im Pub,
ein Streit um eine Frau, meinetwegen auch eine Ausein-
andersetzung unter Drogenhändlern oder Zuhältern –
aber doch nicht eine vorsätzlich geplante Tat! Vielleicht ist
er nur zufällig als Opfer ausgewählt worden? Aber dann
wäre es viel wahrscheinlicher, dass sich der Mörder einen
Obdachlosen oder einen Betrunkenen auf dem Heimweg
ausgesucht hätte, jemanden, der wehrlos ist. Nicht jemanden mit einem Job, einer Partnerin, einem ausgefüllten Leben.«

»Du glaubst also an ein persönliches Motiv?«

»Schwer zu sagen, ehe wir nicht mehr über Jonathan Meadows wissen.« Er deutete auf den Untersuchungsbericht.
»Jedenfalls hat die Spurensicherung am Tatort nicht viel er-
geben.«

»Die Einfahrt zu diesem Feld ist leider asphaltiert, so dass
wir keine brauchbaren Reifenspuren gefunden haben. Es
gibt ein paar Fußabdrücke, aber sie sind sehr undeutlich.
Laut unserer Spurensicherung hat der Mörder Schuhe mit
einer Art Überzug getragen, ähnlich denen, die wir am
Tatort benutzen.« Carol verzog das Gesicht, was die Ironie

noch betonte. »Keine Zigarettenstummel, Coladosen oder gebrauchten Kondome.«

Tony legte die Akte aus der Hand und trank einen Schluck Wein. »Ich glaube nicht, dass es sich um einen Anfänger handelt. Dafür war die Tat zu gut geplant und ausgeführt. Er hat es schon zuvor getan. Mindestens einmal.«

Carol schüttelte den Kopf. »Ich habe die Datenbank gecheckt: In den letzten fünf Jahren hat es in ganz Großbritannien keinen ähnlichen Fall gegeben.«

*Genau deshalb braucht sie mich*, dachte Tony. Ihre Gedankengänge waren geradlinig, eine durchaus nützliche Eigenschaft für eine Polizistin, denn genauso – auch wenn sie es sich nicht gern eingestehen – denken die meisten Kriminellen. Dagegen hatten viele Jahre an Training und Erfahrung die Windungen seines Gehirns so glatt geschliffen, bis sein Verstand nichts außer verborgenen Absichten erkennen konnte, die wie die Bilder in einem unendlichen Spiegel mal in die eine, mal in die andere Richtung wiesen.

»Weil du nach einem Brand gesucht hast«, antwortete Tony. Carol sah ihn an, als ob er völlig von der Rolle sei. »Nun ja«, sagte sie, »immerhin wurde das Opfer verbrannt.«

Tony sprang aus seinem Sessel und begann, auf und ab zu laufen. »Vergiss das Feuer. Das ist nicht relevant. Du musst nach Opfern mit geringem Risikoprofil suchen, die mit Draht gefesselt und mit Klebeband geknebelt wurden. Um das Feuer geht es gar nicht. Das ist nur Dekoration, Carol.«

Carol trommelte mit ihrem Kugelschreiber auf den Aktenstapel, der sich auf ihrem Schreibtisch türmte. Manchmal war es schwer, bei Tony nicht an übernatürliche Kräfte zu glauben. Er sagte, es müsse mindestens ein weiteres Opfer geben, und es sah ganz so aus, als würde er recht behalten.

Nachdem Carols Computerspezialistin einige Tage lang die Datenbanken anhand neuer Parameter durchsucht hatte, stieß sie schließlich auf einen zweiten Fall, der dasselbe Schema aufwies.

Die Leiche von Tina Chapman, einer 37 Jahre alten Lehrerin aus Leeds, wurde einige Tage vor dem Mord an Jonathan Meadows aus dem Leeds-Liverpool-Kanal gezogen. Bei einer routinemäßigen Reinigung des Kanalbetts hatte sich der Bagger verhakt, und als man genauer nachforschte, stieß man auf den grausigen Fund. Ihre Hände und Füße waren mit Draht gefesselt, und ihren Mund hatte man mit Klebeband verschlossen. Dann wurde sie auf einem Holzstuhl festgebunden, der mit einem Zementblock beschwert war, und in den Kanal geworfen. Sie lebte noch, als sie ins Wasser eintauchte. Todesursache: Ertrinken.

Die alleinerziehende Mutter war von ihrem 13-jährigen Sohn als vermisst gemeldet worden. Ihre Kollegen bestätigten, dass sie zur gewohnten Zeit die Schule verlassen hatte. Ihr Sohn erinnerte sich, dass sie auf dem Heimweg noch im Supermarkt einkaufen wollte, aber weder ihre Kredit- noch ihre Kundenkarte waren benutzt worden.

Carol hatte mit dem Leiter des Ermittlungsteams gesprochen. Er musste zugeben, dass sie nur mühsam vorankamen. »Wir haben lediglich einige Tage später ihr Auto gefunden. Es stand auf dem Parkplatz eines Hotels, ungefähr eine halbe Meile vom Supermarkt entfernt, in dem sie laut Aussage ihres Sohnes einkaufen wollte. Der Wagen war am äußersten Ende abgestellt, in einer dunklen Ecke, die leider nicht mehr im Bereich der Überwachungskameras liegt. Ich habe keinen blassen Schimmer, was sie da wollte. Und bis jetzt gibt es auch keine brauchbaren Ergebnisse von der Spurensicherung.«

»Irgendeinen Verdacht?«

Sein müdes Seufzen erinnerte Carol an eigene Fälle, mit denen sie sich im Laufe der Jahre abgemüht hatte. »Um ehrlich zu sein, es sieht nicht gut aus. Sie hatte einen Freund, aber sie haben sich vor etwa sechs Monaten getrennt, anscheinend in gutem Einvernehmen. Einen anderen oder eine andere gab es nicht, ihre Beziehung hatte sich wohl einfach überlebt. Der Freund nimmt den Jungen nach wir vor zum Rugby mit. Nicht der Hauch eines Motivs.«

»Und das ist alles?« Carol war fast schon so frustriert wie ihr Kollege. »Was ist mit dem Vater des Jungen?«

»Nun ja, er ist nicht gerade das, was man einen verantwortungsvollen Vater nennen würde. Er hat sich aus dem Staub gemacht, als der Junge ein paar Monate alt war.«

Carol war noch nicht bereit, den Strohhalm fahren zu lassen, an den sie sich klammerte. »Vielleicht hatte er plötzlich Lust, seinen Sohn zu sehen?«

»Wohl kaum. Er starb bei der Tsunami-Katastrophe am 26. Dezember 2004. Damit sind wir wieder am Nullpunkt angelangt, und ich habe nicht die geringste Idee, wo wir ansetzen könnten.«

Carol wollte noch nicht so einfach aufgeben. »Was ist mit ihren Kollegen? Gab es irgendwelche Probleme an der Schule?«

Fast konnte sie sein Schulterzucken hören. »Wenn ja, dann ist keiner damit rausgerückt. Niemand hat etwas Schlechtes über Tina gesagt, und ich glaube nicht, dass sie über Tote generell nur Gutes sagen. Sie hat über vier Jahre an dieser Schule gearbeitet, und in der ganzen Zeit gab es anscheinend keinen Zoff mit Kollegen, anderen Angestellten oder Eltern. Ich bin nicht Ihrer Ansicht, dass dieser Fall irgendetwas mit Ihrer Leiche zu tun haben könnte, aber eines verspreche ich Ihnen: Sollten Sie mir irgendeinen Hinweis liefern, der einen Zusammenhang wahrscheinlich macht, spendiere ich Ihnen einen extragroßen Drink.«

Zusammenhänge finden, Dinge verstehen – genau dafür wurde Tony von der Bradfield Police bezahlt. Manchmal war es einfach, doch dieser Fall zählte nicht dazu. Carol hatte die Akten über Jonathan Meadows und Tina Chapman im Bradfield Moor Secure Hospital abgegeben. In dieser abgelegenen Klinik verbrachte Tony Hill seine Zeit mit kriminellen Geisteskranken, einer Kundschaft, deren persönliche Veranlagungen ihm manchmal gar nicht so verschieden von denen der »normalen« Bevölkerung erschienen.

Zwei Opfer, keine Gemeinsamkeiten. Es gab keinen Hinweis, dass sich ihre Wege jemals gekreuzt hätten. Sie lebten 30 Meilen voneinander entfernt. Carols Team hatte schnell herausgefunden, dass Tina Chapman mit ihrem Wagen niemals die Werkstatt aufgesucht hatte, in der Jonathan Meadows arbeitete. Meadows wiederum hatte niemals eine der Schulen besucht, in denen Tina Chapman Lehrerin war. Sie besaßen auch keinerlei gemeinsame Interessen. Jeder andere an Tonys Stelle hätte wahrscheinlich längst aufgegeben, eine Verbindung zwischen den beiden Morden zu suchen. Auch Carol war mittlerweile skeptisch: Sie glaubte ebenso wenig wie ihr Kollege in Leeds daran, dass die Fälle zusammenhängen könnten. Tonys Instinkt sagte etwas anderes.

Beim Lesen machte er sich Notizen. *Wasser, Feuer, vier Elemente?* Das wäre eine Möglichkeit, doch das brachte ihn nicht weiter. Wenn sich der Killer für seine Morde Methoden ausgesucht hatte, die Feuer, Wasser, Erde und Luft widerspiegeln sollten, was könnte das bedeuten? Und warum hatte er sie gerade bei diesen beiden Opfern angewendet?

Tina Chapman war Lehrerin für Französisch. Was hatte das mit Wasser zu tun? Und welcher Bezug bestand zwischen einem Automechaniker und Feuer? Nein, solange er keine überzeugenderen Argumente finden konnte, führte die Vier-Elemente-Hypothese nicht weiter.

Er las noch einmal die Akten und breitete die Blätter auf dem Wohnzimmerboden aus, um alle Informationen gleichzeitig im Blick zu haben. Und dieses Mal zog etwas viel Interessanteres seine Aufmerksamkeit auf sich.

Carol starrte auf die zwei Blätter und fragte sich, was es da zu sehen gab. »Worauf soll ich achten?«

»Die Daten«, antwortete Tony. »31. Oktober, 15. November.«

Langsam dämmerte es. »Halloween, Bonfire-Night.«

»Genau.« Wie immer, wenn er einer neuen Idee hinterherjagte, lief Tony im Zimmer umher, blieb ab und zu am Esstisch stehen und kritzelte irgendwelche merkwürdigen Notizen aufs Papier. »Was ist das Besondere an diesen beiden Tagen, Carol?«

»Die Leute feiern auf besondere Art. Es ist Tradition.«

Tony grinste und schwang seine Arme in die Luft. »Tradition. Genau das ist es. Du hast den Nagel auf den Kopf getroffen, Carol. Es sind traditionelle britische Feiertage.«

»Halloween stammt aber aus Amerika«, hielt ihm Carol entgegen. »Süßes oder Saures, das ist nicht britisch.«

»Aber ursprünglich war es das. Es leitet sich vom keltischen Samhain-Fest ab, dem Fest des Winteranfangs. ›Trick or treat‹ ist eine Variante der schottischen Tradition, sich zu verkleiden. Glaub mir, Carol, es wurde erst zu einem amerikanischen Fest, nachdem es die Iren mit über den Atlantik genommen hatten, aber seine Wurzeln lagen hier bei uns.«

Carol stöhnte. »Manchmal glaube ich, das Internet ist ein schlimmer Fluch.«

»Nicht für Leute mit einem wachen Geist. Wir haben also zwei traditionelle britische Feste. Ich frage mich, ob darin die Wurzel allen Übels liegt. Tina starb wie eine Hexe auf dem Tauchstuhl, Jonathan wie ein Opfertier auf dem Scheiterhaufen. Die Art und Weise, wie sie ermordet wurden, passt zum jeweiligen Datum.« Er drehte sich auf den Fersen herum und ging zu Carol zurück.

»Deshalb frage ich mich, ob unser Killer jemand ist, der einen Hass auf Großbritannien und unsere Traditionen hegt. Jemand, der sich von diesem Land beleidigt fühlt? Oder jemand, der unter rassistischer Verfolgung zu leiden hat? Immerhin sind die Opfer Weiße, Carol. Und der Killer hat das Diwali-Fest nicht weiter beachtet. Okay, das Eid al-Fitr, das Fest des Fastenbrechens, steht noch aus, aber ich wette, dass er an diesem Tag kein Opfer sucht. Carol, ich glaube, ich bin auf einer heißen Spur.«

Carol zog die Stirn in Falten. »Offen gesagt, diese Theorie klingt noch viel verrückter als all deine bisherigen. Selbst wenn du recht hättest, erklärt das noch nicht, warum er gerade diese beiden Personen ausgewählt hat.«

Tony blieb stehen und starrte auf seine Notizen. »Ich weiß es nicht, noch nicht.« Sein Blick suchte den ihren. »Aber etwas ist ganz sicher.«

Er konnte die Angst in ihren Augen sehen. »Was?«

»Wenn wir den Killer nicht bald finden, wird das nächste Opfer ein toter Weihnachtsmann sein, der in einen Kamin gesteckt wurde.«

Später sollte sie sich an Tonys Worte erinnern. Sie klangen in ihrem Kopf nach, als sie es am wenigsten erwartete. Carol saß gerade in der Kantine, ihre Aufmerksamkeit halb auf die

Lasagne vor sich und halb auf den Bildschirm an der Wand gerichtet, als sie von einer Nachricht erschüttert wurde, die sie stärker frösteln ließ als der Novemberschnee:

Weihnachtsmann auf offener
Straße entführt.

## 2

Tonys Studienzeit lag zwar schon lange zurück, aber seinen Forscherdrang hatte er bis heute nicht verloren. Seine Ermittlungen gingen jedoch in eine andere Richtung als die von Carol und ihrem Team, denn er war überzeugt, dass der Schlüssel zur Aufklärung der Morde in den Verbindungslinien läge. Eine gründliche polizeiliche Ermittlung würde zwar viele Tatsachen ans Licht bringen, aber es blieb immer etwas zurück, das in irgendwelchen schwarzen Löchern verschwand. Die Leute waren abergläubisch, wenn es um das Ausplaudern von Geheimnissen ging. Sogar diejenigen, die ihre Informationen bereitwillig weitergaben, hielten stets etwas zurück. Teilweise, weil sie nicht anders konnten, aber auch, weil sie das vermeintliche Gefühl der Stärke auskosten wollten. Tony war ein Mann von außergewöhnlichem Einfühlungsvermögen; das war sein wertvollstes Instrument, aber zugleich seine größte Schwäche. Außerdem besaß er ein unglaubliches Talent, Leute zu überzeugen, dass sie nicht mehr ruhig schlafen könnten, ehe sie ihm nicht alle ihre Informationen weitergegeben hätten.
Und deshalb richtete er seine ganze Aufmerksamkeit darauf, die wunden Punkte im Leben von Tina Chapman und Jona-

than Meadows zu finden. Als Erstes fiel ihm auf, dass Tina Chapman gerade mal vier Jahre an der Schule war. In seiner Welt warf die Geschichte einen langen Schatten, und die Wurzeln eines Verbrechens führten häufig weit in die Vergangenheit zurück. Tony fragte sich, was Tina Chapman gemacht hatte, bevor sie nach Leeds kam, um Französisch zu unterrichten.

Er wusste, dass er seine Neugier durch einen Anruf bei Carol womöglich schnell stillen konnte, aber er hatte ihre spöttischen Bemerkungen über das Internet noch nicht vergessen; so entschloss er sich, es zunächst ohne ihre Hilfe zu versuchen. Die Google-Recherche nach Tina Chapman brachte lediglich einen Eintrag bei Facebook, in dem Tina als »jedermanns Lieblingssprachlehrerin« beschrieben wurde, außerdem die Besprechung einer Oberstufen-Aufführung von »Der eingebildete Kranke«, bei der sie Regie geführt hatte, und jede Menge neuer Beiträge über den Mord. Einer von ihnen enthielt einen interessanten Hinweis. Tinas Sohn hieß nicht Ben Chapman, sondern Ben Wallace. »Sehr schön«, sagte Tony laut. Wenn Wallace der Nachname von Bens Vater war, bestand zumindest eine kleine Chance, dass ihn auch seine Mutter eine Zeitlang angenommen hatte.

Er gab »Tina Wallace« in die Suchmaschine ein, worauf mehrere Akademiker und ein Immobilienmakler aus Wyoming ausgespuckt wurden. Danach versuchte er noch »Martina Chapman«, »Christina Chapman«, »Martina Wallace« und schließlich »Christina Wallace«. Er starrte auf den Bildschirm und konnte nicht glauben, was er da sah. Es gab keinen Zweifel. Wenn es jemals ein Motiv für Mord gegeben hat, dann dieses.

Detective Inspector Mike Cassidy kannte Carol Jordan nur vom Hörensagen. Dass sich ihr Team um die wichtigsten Fälle kümmerte, wurde von den übrigen Kollegen in Bradfield gleichzeitig mit Neid und mit Bewunderung gesehen, je nachdem, ob sie sich Hoffnungen machten, selbst einmal dazuzugehören, oder ob sie wussten, dass sie dafür niemals gut genug sein würden. Cassidy gehörte keinem der beiden Lager an. Mit 42 Jahren war ihm klar, dass er zu alt war, um neben der Topermittlerin des Polizeichefs noch eine Nische zu finden. Trotzdem missgönnte er ihr nicht den Erfolg wie so viele andere. Cassidy verbarg nicht seine Überraschung, als Carol mit selbstbewusster Miene in sein Arbeitszimmer stürmte. Er stand auf und kam hinter seinem Schreibtisch hervor, um nicht in eine nachteilige Position zu geraten. »DCI Jordan«, begrüßte er sie mit einem förmlichen Nicken. Er wartete, dass sie aus der Reserve kam.

Carol nickte ebenfalls. »DI Cassidy. Wie ich höre, kümmern Sie sich um die Entführung in der Market Street?«

Cassidys Lippen verzogen sich zu einem spöttischen Lächeln. »Der Fall des gestohlenen Weihnachtsmannes? Nennt man ihn nicht so in der Kantine?«

»Es ist mir egal, wie man den Fall in der Kantine nennt. Ich jedenfalls finde es nicht komisch, wenn ein Mann am helllichten Tag mitten in Bradfield gekidnappt wird.«

Cassidy trug den Verweis mit Fassung. »Ich sehe das genauso wie Sie, Ma'am. Für Tommy Garrity oder seine Familie ist es bestimmt kein Spaß. Und außerdem schauen wir bei dieser Geschichte ziemlich dumm aus der Wäsche.«

»Wie weit sind Sie schon?«

»Tommy Garrity war als Weihnachtsmann verkleidet und sammelte Geld für die Organisation ›Christmas for Children‹. Plötzlich fuhren zwei Männer, die Sturmhauben und blaue Overalls trugen, mit einem weißen Transit in die Fuß-gängerzone. Sie stoppten vor Tommy, zerrten ihn in den Wagen und rasten davon. Wir haben den Van mit Hilfe von Überwachungskameras verfolgt; es stellte sich heraus, dass er heute Morgen auf einer Baustelle gestohlen wurde.« Cassidy ging zu seinem Schreibtisch zurück und zog eine Karte aus einem Stapel Papiere, der neben seiner Tastatur lag. Er reichte sie Carol. »Die rote Linie markiert die Route, auf der die Täter aus der Innenstadt geflüchtet sind. Wir ha-ben sie in Höhe Temple Fields verloren. Sobald man den Campion Way hinter sich lässt, genügt die Reichweite nicht mehr.«

Carol seufzte. »Typisch. Was ist mit den Kennzeichen-Über-wachungskameras?«

»Nichts. Immerhin wissen wir, dass sie die City nicht auf einer der großen Ausfallstraßen verlassen haben.«

»Und Tommy Garrity? Irgendetwas Brauchbares?«

Cassidy schüttelte den Kopf. »In den Akten gibt es nichts über ihn. Er arbeitet im Irish Club in Harriestown hinter der Bar und engagiert sich in seiner Freizeit für verschiedene Wohltätigkeitsorganisationen. Er ist 55 Jahre alt, hat drei Kinder und zwei Enkelkinder. Seine Frau arbeitet in der Schulkantine. Ich habe mein Team von Tür zu Tür geschickt, aber bis jetzt ist Garrity ein unbeschriebenes Blatt.«

Carol zog die Linie auf der Karte nach. »Genau das macht mir Sorgen.«

Cassidy konnte seine Neugier nicht länger zurückhalten. »Entschuldigen Sie bitte, Ma'am, wieso interessiert Sie die-ser Fall? Ich möchte ja die Bedeutung einer Entführung am helllichten Tag nicht herunterspielen, aber das fällt doch nicht in Ihren Bereich?«

Carol ließ die Karte auf Cassidys Schreibtisch fallen. »Das

Gleiche hat mir jemand schon vor einigen Wochen gesagt. Würden Sie mich bitte auf dem Laufenden halten?«

Cassidy blickte ihr nach, als sie sein Büro verließ. Sie war nicht leicht zu durchschauen, und normalerweise berührte ihn das nicht weiter. Doch Carol Jordans Interesse an diesem Fall hatte ihn ziemlich verwirrt. Was zum Teufel sollte er davon halten?

Im Allgemeinen kümmerte sich Tony nicht um die neuesten Nachrichten. Seine Arbeit verschaffte ihm genügend Abwechslung, so dass er nicht noch weiteren Beispielen menschlicher Schwäche hinterherjagen musste. Da er jedoch die Vermutung aufgebracht hatte, der Weihnachtsmann könnte ein weiteres Opfer des Serienkillers sein, war er momentan für die Schlagzeilen empfänglicher, die in großen Lettern von den Titelseiten fast aller Tageszeitungen prangten:

Weihnachtsmann im
Stadtzentrum gekidnappt.

Der Zeitungsbericht enthielt nur wenige Fakten, dafür jede Menge gewagter Kommentare, ob man über die Sache eher belustigt oder empört sein sollte. Tony war bereits auf dem Weg zu Carols Büro und beschleunigte seine Schritte.

Er fand sie hinter ihrem Schreibtisch, damit beschäftigt, die Zeugenaussagen über die Entführung zu lesen. Sie schaute hoch und zwang sich zu einem müden Lächeln. »Sieht aus, als hättest du recht gehabt.«

»Nein. Ich meine, ich denke schon, aber er ist es nicht.« Tony warf verzweifelt die Hände in die Luft, weil er sich nicht klar ausdrücken konnte. »Es handelt sich nicht um das nächste Opfer in dieser Serie«, presste er schließlich hervor.

»Was sagst du? Warum nicht? Schließlich warst du es doch, der mir gesagt hat, ich soll nach einem Weihnachtsmann Ausschau halten, und zwar nicht, um meinen Strumpf aufzuhängen.«

»Es waren zwei. Ich sagte nichts darüber, dass es zwei Täter sind.«

»Das ist mir klar. Aber die ersten beiden Morde ließen sich leichter erklären, wenn wir von zwei Tätern ausgehen könnten. Und wir wissen beide, dass rassistische Fanatiker eher in Gruppen agieren. Nach dem, was du gesagt hast, habe ich mein Team auf alle Geheimdienstberichte angesetzt, und wir haben nicht viel über allein agierende Aktivisten herausgefunden.« Sie zuckte mit der Schulter. »Es passt vielleicht nicht ins Profil, aber wir sollten von zwei Tätern ausgehen.«

Tony ließ sich in den Sessel fallen. »Genau deshalb habe ich meine wichtigste Grundregel missachtet. Zuallererst sollte man das Opfer betrachten. Nur darum geht es, aber ich habe mich von den außergewöhnlichen Umständen der Verbrechen ablenken lassen. Doch dann habe ich mich auf die Opfer konzentriert, und ich weiß jetzt, warum sie ermordet wurden.« Er zog ein paar Ausdrucke aus seiner Tragetasche. »Tina Chapman war früher unter ihrem Ehenamen Christina Wallace bekannt.« Er reichte Carol das oberste Blatt. »Sie lehrte Französisch an einer Schule in Devon. Sie nahm eine Gruppe Kinder auf einen Schulausflug mit, zwei davon ertranken bei einem Bootsunfall. Die gerichtliche Untersuchung entlastete sie, doch die verzweifelten Eltern gaben ihr in einem Interview die Schuld an dem Unglück. Und es sieht so aus, als hätten sie dafür auch gute Gründe gehabt. Deshalb verließ Christina Wallace Devon, nahm wieder ihren Mädchennamen an und begann noch einmal von vorn.«

»Glaubst du, jemand von den Eltern könnte das getan haben?«

»Nein. Aber als ich das über Tina herausgefunden hatte, wusste ich, wonach ich bei Jonathan suchen musste.« Er reichte Carol das zweite Blatt hinüber. »Vor sieben Jahren wurde ein fünfjähriges Mädchen von einem Auto überfahren und getötet. Der Fahrer flüchtete. Bei dem Wagen handelte es sich um einen Porsche, der angeblich aus einer Werkstatt gestohlen war, in die man ihn zur Inspektion gebracht hatte. Es war die gleiche Werkstatt, in der Jonathan Meadows arbeitete. Ich habe mit den zuständigen Verkehrspolizisten gesprochen. Sie sagten mir, es habe einen begründeten Verdacht gegeben, dass der Porsche gar nicht gestohlen worden war, sondern dass Jonathan ihn sich für eine Spritztour ausgeliehen und dabei die Kontrolle verloren habe. Man hat seine DNA überall im Wagen gefunden, aber er behauptete einfach, er hätte bereits an dem Porsche gearbeitet. Seine Freundin gab ihm ein Alibi, und die Ermittlungen verliefen im Sande.«

Carol starrte auf die beiden Ausdrucke. »Möchtest du damit sagen, dass es sich in diesen beiden Fällen um Selbstjustiz handelt?«

Tony senkte den Kopf. »Eine Art Selbstjustiz. Beide Opfer hatten mit dem Tod eines Kindes zu tun, aber sie kamen ungestraft davon, entweder wegen einer Lücke im Gesetz oder aus Mangel an Beweisen. Der Killer hat das Gefühl, sie hätten den Eltern ihre Kinder gestohlen. Wir müssen deshalb nach jemandem suchen, der ebenfalls ein Kind verloren hat und der glaubt, dass dafür niemand zur Verantwortung gezogen wurde. Wahrscheinlich im letzten Jahr. Er hat sich diese Opfer ausgewählt, weil er überzeugt ist, dass sie bestraft werden müssten; und er sucht sich diese Todesarten für sie aus, weil sie diese besonderen Tage im Jahr symbolisieren, an denen Eltern mit ihren Kindern feiern.«

In der nächsten Stunde waren Tony und Carol damit beschäftigt, eine Liste mit sieben Kindern durchzuarbeiten, die eventuell durch fremde Schuld ums Leben gekommen waren. »Wie können wir den Kreis einengen?«, fragte Carol, und in ihrer Stimme schwang Frustration mit. »Es ist unmöglich, alle Eltern einschließlich der engsten Familienangehörigen zu überwachen.«

»Es gibt keinen naheliegenden Weg«, sagte Tony vorsichtig.

»Weihnachtsmann Garrity könnte immer noch ein mögliches Opfer sein«, sagte Carol. »Wir wissen nur wenig über ihn, und deine Theorie sagt nichts darüber aus, ob nicht doch zwei Täter zusammenarbeiten.«

Tony schüttelte den Kopf. »Emotional passt das nicht. Es geht hier um Bestrafung und Schmerz, nicht um Gerechtigkeit. Das ist ein sehr persönliches Motiv und spricht gegen eine Teamarbeit.« Er fuhr sich mit der Hand durch seine Haare. »Könnten wir nicht wenigstens die Eltern befragen? Ein bisschen auf den Busch klopfen?«

»Das ist Zeitverschwendung. Nicht einmal du kannst unter ihnen einen Killer erkennen, indem du kurz mit ihnen plauderst.« Für einige Minuten herrschte betretenes Schweigen, dann meinte Carol: »Opfer. Du hast recht. Alles dreht sich um die Opfer. Wie wählt er sie aus? Du hast ziemlich tief schürfen müssen, um ein paar Ergebnisse ans Licht zu befördern. Wir haben über Jonathan nichts in den Akten gefunden, und Tina hatte ihren Namen gewechselt. Deshalb

hat mein Team nichts über das Motiv herausfinden können.«

Tony nickte. »Okay, woher könnte er diese Informationen
bekommen haben? Jedenfalls nicht von der Polizei und auch
nicht von der Staatsanwaltschaft; beide sind gar nicht erst so
weit gekommen.«

Carols Augen begannen zu glänzen. »Ein Journalist könnte
es wissen. Die Presse hat Zugang zu allen möglichen Informationen. Er könnte Tina Chapman anhand der damals er-
schienenen Pressefotos erkannt haben. Wenn er Kontakt
zur örtlichen Polizei hat, könnte er aufgeschnappt haben,
dass man Jonathan Meadows verdächtigt, der flüchtige Fahrer zu sein.«

Tony überflog die Liste. »Ist ein Journalist darunter?«

DI Cassidy betrat das Büro der Organisation »Children for
Christmas« fast im Laufschritt, sein Team auf seinen Fersen.
Eine kleine, schlanke Frau stand auf und deutete auf ihren
Computerbildschirm. »Hier, das kam gerade herein.«

Die E-Mail war kurz und bündig: »Wir haben den Weihnachtsmann. Ihr habt das Geld. Wir wollen 20 000 Pfund in
bar. In einer Stunde gibt es die nächsten Anweisungen. Keine Polizei!«

»Ich hielt es für besser, den Zusatz ›keine Polizei‹ zu ignorieren«, meinte die Frau. »Ich hätte es nicht getan, wenn wir
das Lösegeld bezahlen würden.«

Cassidy bewunderte ihre Offenheit, aber er musste sicherge-
hen, dass sie alle Möglichkeiten in Erwägung gezogen hatte.
»Befürchten Sie nicht, dass die Entführer Mr. Garrity töten
werden? Oder dass sie ihn zumindest ernsthaft verletzen?«

Sie warf ihm einen verächtlichen Blick zu. »Sie werden dem
Weihnachtsmann nichts antun. Was glauben Sie, wie das im

Gefängnis ankommen würde? Gerade Ihnen sollte doch bekannt sein, wie sentimental Kriminelle sind.«

Carols Überzeugung, dass David Sanders der Serienmörder war, brachte sie keinen Schritt näher an eine Festnahme heran. Es gab keinen einzigen handfesten Beweis gegen Sanders, der als Feuilletonist für die Bradfield Evening Sentinel Times arbeitete. Und obwohl die Kriminaltechnik des 21. Jahrhunderts bereits wahre Wunder vollbracht hat, kamen sie hier nicht weiter. Wasser und Feuer waren gefürchtet, weil sie oft wertvolle Spuren beseitigten. Carol hatte gehofft, dass genauere Untersuchungen eine Übereinstimmung zwischen den Schnittkanten von Klebeband und Draht, die bei den Morden verwendet wurden, erbringen könnten. Doch das Feuer hatte zu sehr gewütet. Es gab keine Möglichkeit, eine Verbindung zu jenen Materialien herzustellen, die noch in Sanders' Besitz waren.

Es gab weder einen zuverlässigen Zeugen noch brauchbares Filmmaterial aus den Überwachungskameras. Einige Obdachlose wollten beobachtet haben, wie Tina Chapman in den Kanal gefallen war. Doch die Person, die sie hineingestoßen hatte, trug eine Halloween-Maske und fiel nicht weiter auf.

Eine letzte Hoffnung blieb noch: Sie klammerte sich an Tonys Theorie, dass der Killer vor Weihnachten wieder zuschlagen würde. Es war schon immer schwierig, ihren Chef von Überwachungseinsätzen zu überzeugen: Sie waren nicht nur sehr teuer, sondern erforderten auch viel Personal, das von anderen Fällen abgezogen werden musste. Doch in diesem Fall war zumindest die Dauer überschaubar.

Und so legten sie sich auf die Lauer. Sie beobachteten David Sanders auf dem Weg zur Arbeit. Sie beobachteten ihn, wie er sich mit seinen Arbeitskollegen im Pub einen Drink genehmigte. Sie beobachteten ihn bei seinem Training im Fitness-Studio und bei seinen Weihnachtseinkäufen. Was sie nicht beobachteten, war, dass er jemand entführte und ermordete.

Endlich brach Heiligabend an, der letzte Tag, für den die Überwachung genehmigt war. Ungeachtet ihrer Privilegien als DCI übernahm Carol selbst eine Schicht. Es war bereits dunkel, als sie sich neben DC Paula McIntyre auf den Beifahrersitz eines unscheinbaren Wagens gleiten ließ. »Nichts Auffälliges, Chef. Er ist vor einer Stunde nach Hause gekommen; seitdem ist niemand hineingegangen oder herausgekommen.«

»Das Haus sieht nicht gerade sehr festlich geschmückt aus, oder? Kein Weihnachtsbaum, keine bunten Lichter.«

Paula wusste nur zu gut, was Kummer bedeutete; sie zuckte leicht mit den Achseln. »Haben Sie vielleicht Ihr einziges Kind verloren? Ich glaube nicht, dass Sie dann noch groß Weihnachten feiern würden.«

Die vierjährige Tochter der Sanders' war letzten September beim Schwimmunterricht ertrunken. Der Schwimmlehrer war gerade mit einem anderen Kind beschäftigt, als die Kleine mit dem Kopf gegen den Beckenrand stieß. Bis es jemand bemerkte, war es schon zu spät. Nach Aussage eines Kollegen, den Sergeant Devine diskret befragte, hatte Sanders diesen Schicksalsschlag nicht verkraftet; und er weigerte sich beharrlich, psychologische Hilfe in Anspruch zu nehmen.

Bevor Carol antworten konnte, öffnete sich das Garagentor, und Sanders' Geländewagen tauchte auf. Sie warteten, bis er das Ende der Straße erreicht hatte; dann scherten sie aus der Parklücke aus und folgten ihm. Es war nicht schwer, sich an den auffälligen Wagen zu heften, und nach 15 Minuten bogen sie in eine Straße mit heruntergekommenen Reihenhäusern ein, irgendwo im hintersten Winkel von Moorside. An der Ecke fiel ein hell erleuchteter Laden auf, dessen Fenster mit Werbung für billigen Alkohol vollgepflastert waren. Sanders hielt an und betrat den Laden. In der Hand trug er eine Sporttasche.

»Das muss es sein«, stieß Carol hervor. »Komm, Paula.«
Sie rannten die Straße hinunter und versuchten, die Tür zu öffnen, aber irgendetwas blockierte sie. Carol nahm einige Schritte Anlauf und rammte ihre Schulter gegen den hölzernen Rahmen. Es krachte, und die Tür sprang auf.

Sanders stand hinter dem Ladentisch, einen Cricketschläger in der Hand, und starrte sie entsetzt an. »Polizei, lassen Sie die Waffe fallen«, rief Carol, während sich Paula über den Ladentisch beugte.

»Hier liegt jemand, Chef. Sieht aus, als wäre er bewusstlos«, sagte sie.

Der Cricketschläger fiel klappernd zu Boden. Sanders sank in die Knie, den Kopf in den Händen. »Das ist alles eure Schuld«, jammerte er, »weil ihr die Schuldigen immer laufen lasst.«

Carol ließ sich in Tonys Ohrensessel fallen und bat ihn um einen Drink. »Er hat alles gestanden«, sagte sie. »Es schien fast wie eine Erleichterung für ihn, dass wir ihn gefasst haben.« Sie schloss einen Moment lang die Augen und sah Sanders' abgezehrtes Gesicht vor sich.

»Das gilt für die meisten Verbrecher, wenn man es nicht gerade mit einem Psychopathen zu tun hat«, antwortete Tony.

Carol seufzte. »Auch für dich fröhliche blutige Weihnachten!«

»Immerhin hast du einen weiteren Mord verhindert«, sagte Tony und reichte ihr ein Glas Wein. »Das ist keine geringe Leistung.«

»Ja, wahrscheinlich. Immerhin kann Jahinder Singhs Familie jetzt unbeschwert feiern; für den Vater wird es keine weiteren Konsequenzen haben, dass er an Minderjährige Alkohol verkauft hat.« Ehe Carol noch etwas sagen konnte, klingelte ihr Handy. »Was gibt es?«, brummelte sie ärgerlich. Sie lauschte aufmerksam, und ein zartes Lächeln erschien auf ihrem Gesicht. »Vielen Dank für die Information«, sagte sie und beendete das Gespräch. »Das war Cassidy. Der Weihnachtsmann ist wieder zu Hause. Sie haben zwei Möchtegern-Kidnapper festgenommen, und niemand wurde verletzt.«

Tony erhob sein Glas und lächelte Carol zu. Ein Grundsatz ihrer Arbeit war es, aus jedem noch so schlimmen Fall das Beste zu machen. Das war zwar kein richtiges Happy-End, aber immerhin hatten sie mehr erreicht als in vielen anderen Fällen zuvor. Zufrieden lehnte er sich zurück.

*Aus dem Englischen von Helene Weinold*

# Fehler im System

Thomas Thiemeyer

»Das Leben ist ein Scheißspiel,
aber die Grafik ist geil.«
Mirko M.*

Hören Sie zu.

Die Geschichte, die ich Ihnen erzählen werde, ist ungewöhnlich. Sie wird Ihre Welt vermutlich für immer verändern, vielleicht sogar die aller Menschen.

Also hören Sie gut zu.

Es gibt ein russisches Sprichwort: Man kann mit einer Lüge in der Welt vorankommen, aber niemals zurückkehren. Mein Therapeut hat es mir vor einiger Zeit erzählt, und je länger ich darüber nachdenke, desto bedeutungsvoller wird es. Es könnte erklären, warum so viele Menschen ihren Weg konsequent weiterverfolgen, obwohl sie wissen, dass er falsch ist.

Hören Sie zu. Die Geschichte, die ich Ihnen erzählen werde, ist ungewöhnlich. Sie wird Ihre Welt vermutlich für immer verändern, vielleicht sogar die aller Menschen. Also hören Sie gut zu.

Es gibt ein russisches Sprichwort: *Man kann mit einer Lüge in der Welt vorankommen, aber niemals zurückkehren.* Mein Therapeut hat es mir vor einiger Zeit erzählt, und je länger ich darüber nachdenke, desto bedeutungsvoller wird es. Es könnte erklären, warum so viele Menschen ihren Weg konsequent weiterverfolgen, obwohl sie wissen, dass er falsch ist. Ich meine, seien wir doch mal ehrlich. So dumm kann niemand sein, dass er nicht wüsste, wie unglücklich hemmungsloses Anhäufen von Macht und Geld einen Menschen machen kann. Schauen Sie sich die Manager an, die millionenschwere Bankkonten besitzen, es aber trotzdem nicht lassen können, den Staat um ein paar lumpige Euro zu bescheißen. Meinen Sie, die können gut schlafen? Meinen Sie, diese lodernde Gier erzeugt angenehme Gefühle? Oder die Bonzen, die sich auf die Gleise werfen, weil sie durch Fehlspekulationen und Zockerei auf ein Privatvermögen von ein paar Milliarden Euro zurückgeworfen werden. *Milliarden!* So viel Geld kann kein Mensch im Leben ausgeben, schon gar nicht, wenn er über siebzig ist. Trotzdem lassen sie sich so davon runterziehen, dass sie lieber in Stückchen gehackt auf den Gleisen enden, als den Lebensabend mit einer braungebrannten Schönheit im Arm und einem Mai

Thai in der Hand unter dem strahlend blauen Himmel eines tropischen Inselparadieses zu verbringen.

Da stimmt doch etwas nicht.

Es scheint so, als ob Geld und Macht ab einem bestimmten Punkt eine Eigendynamik bekommen, die unweigerlich zum Kollaps führt. Unverhältnismäßig hohe Zahlen an Magengeschwüren, Herzinfarkten und Nervenzusammenbrüchen in der Branche sprechen eine deutliche Sprache. Ich weiß, wovon ich rede, ich habe lange genug im Bankgeschäft gearbeitet. Aber ich rede nicht nur vom Kollaps des Körpers. Auch die Gesellschaft ist in Gefahr. Wie soll ein solches System auf Dauer funktionieren? Irgendeiner muss die Zeche zahlen, und das sind letztlich wir alle. Trotzdem machen wir weiter.

Genau wie die Graugänse.

Kennen Sie Konrad Lorenz? Nicht? Na, Sie sind vermutlich noch zu jung. Einerlei. Lorenz hat entdeckt, dass brütende Graugänse ein aus dem Nest gefallenes Ei auf Anhieb und problemlos ins Nest zurückbugsieren können, ohne dies vorher ein einziges Mal geübt zu haben. Dabei balancieren sie das Ei so, dass es nicht seitlich wegrollt. Nimmt man ihnen das Ei weg, führen sie diese Rollbewegung trotzdem zu Ende, sie können gar nicht anders. Genau wie wir Menschen.

Wirtschaftsforscher haben bewiesen, dass unser kapitalistisches Wirtschaftssystem eine Fehlentwicklung darstellt. Es kann auf Dauer gar nicht funktionieren. Wie sollte es auch? Wer soll denn den ganzen Scheiß kaufen, den unsere Großunternehmen produzieren? Die Dritte Welt? Trotzdem machen wir weiter, als wüssten wir von nichts. Irgendwann werden wir feststellen, dass uns das Ei auf halbem Wege abhandengekommen ist, nur ist es dann zu spät.

Aber was rege ich mich auf, es ist doch nur ein Spiel. Und wer bin ich, mich über die Spielregeln zu beklagen?

Und damit kommen wir zu der Frage, warum Sie am Heiligen Abend festgeschnallt auf einem Stuhl sitzen, nackt, einen Knebel im Mund, die Hände unkomfortabel hinter dem Rücken gefesselt, und den Worten eines vermeintlich Irren lauschen. Nun, ich werde es Ihnen verraten.

Ich bin nicht irre. Das überrascht Sie jetzt, nicht wahr? Nein, im Ernst. Ich bin es ebenso wenig wie Sie oder jeder andere auf diesem Erdball.

Haben Sie mal Matrix gesehen? Ah, ich sehe es Ihren Augen an, Sie mögen den Film. Ich auch. Nicht wegen Keanu Reeves, den ich – neben Nicolas Cage – für einen der lausigsten Schauspieler halte, die Hollywood in den letzten Jahren hervorgebracht hat. Nein, mich interessiert die Botschaft. Die Botschaft, dass die Welt um uns herum nicht real ist. Dass sie es nie war. Dass alles, was wir sehen, hören, fühlen, schmecken, nur Teil einer riesigen und schwer zu steuernden Simulation ist.

Die Welt ist surreal, geben Sie es ruhig zu. Schauen Sie sich die Nachrichten an, dann wissen Sie, wovon ich rede. Hungersnöte, Kriege, Umweltkatastrophen, Krebs, Ozonlöcher, George Bush, Motivklodeckel. Ja was denn noch?

Schicksal sagen Sie? O nein. Ich nenne es Systemfehler. *Programmierfehler.* Kleine Schlampereien im Quell-Code, die erst bei längerer Laufzeit zum Problem werden. Dann allerdings sind sie nicht mehr zu beheben. Irreparabel. Die Fehler summieren sich auf, das System geht vor die Hunde. So wie alle Systeme übrigens, die zu groß und komplex geworden sind. Das ist ein Naturgesetz. Man nehme zum Beispiel die Dinosaurier oder die großen Weltreiche – alle zu Staub zerfallen.

Tilt. Absturz. Breakdown.

Dann muss die Festplatte gesäubert und das System neu ge-
bootet werden, in der Hoffnung, dass es beim nächsten Mal
besser klappt. Geburt, Tod, Wiedergeburt, für Religions-
forscher ein alter Hut. Aber auch für Naturwissenschaftler.
Fragen Sie mal einen Astrophysiker, was er unter dem Begriff *zyklisches* oder *pulsierendes* Universum versteht. Er
wird Ihnen einen ellenlangen Vortrag über ein Denkmodell
halten, bei dem die Welt mit einer Initialzündung – einem
Urknall – beginnt, sich dann entfaltet und immer weiter
ausdehnt, nur um irgendwann einen Höhepunkt zu erreichen und wieder in sich zusammenzufallen. Und wir Menschen, die wir irgendwo im Räderwerk dieser gewaltigen
Maschine stecken, glauben wirklich, wir könnten etwas verändern? Lachhaft. Moral und Ethik? Scheinwerte. Das wissen Sie sicher am besten. Kleinstprogrammierungen, die in
unserer Evolutionsgeschichte sicher mal wichtig waren und
die uns das Gefühl vermitteln sollen, in unserem Leben
gäbe es so etwas wie Ordnung und Bedeutung. Ich verrate
Ihnen sicher nichts Neues, wenn ich sage: Es geht auch ohne,
und zwar bedeutend besser. Man darf sich nur nicht erwischen lassen. Menschen wie Sie haben es uns vorgemacht.
Nehmen Sie zum Beispiel den Fall dieser ehemaligen Rats-
vorsitzenden der Evangelischen Kirche. Zu viel getrunken,
über Rot gefahren und dabei erwischt worden. Seien wir
doch mal ehrlich, unter Männern ein Kavaliersdelikt. Man
gibt den Schein für ein Jahr ab, lässt sich chauffieren, und
das war's. Die Dame hingegen folgte ihren moralischen
Grundsätzen, trat zurück und überließ das Feld jemand anderem. Jemandem mit mehr Hunger und weniger Skrupeln.
Lässt man diesen Mechanismus eine Weile laufen, bleiben
nur noch die Unmoralischen übrig. Der Abschaum, der wie

Müll an der Wasseroberfläche treibt. Das ist unser Lebensprinzip.

*Only the good die young.* Dabei ist das Böse, wenn man es genau betrachtet, ja nichts anderes als das Gute, nur auf die Spitze getrieben. *Der Weg zur Hölle ist gepflastert mit guten Vorsätzen*, nicht wahr? Na sehen Sie. Hitler ist auch nicht morgens aufgestanden, hat seine Hände gerieben und sich gefragt: »Was kann ich heute Böses anstellen?« Was er tat, geschah nach bestem Wissen und Gewissen. Zumindest in seinen Augen. Sie verstehen, worauf ich hinauswill.

Nein?

Dann lassen Sie es mich anders formulieren. Was ist Realität? Dass Sie Heiligabend in einem neonbeleuchteten Keller sitzen, festgeschnallt auf einem Zahnarztstuhl, der aus einer Konkursmasse über E-Bay seinen Weg zu mir gefunden hat? Dass Sie in Ihrem Mercedes SLK noch schnell ein paar letzte Besorgungen machen wollten, ehe Sie zu Ihrer Familie heimkehren und ein konsumtechnisch orientiertes Weihnachtsfest feiern? Dass ich Sie dabei beobachtet, im Parkhaus betäubt und in ein Auto gezerrt habe? Und jetzt stecken Sie in diesem gottverdammten Alptraum fest und hören sich das Geschwätz eines vermeintlichen Psychopathen an.

Blöde Geschichte.

Aber mal ehrlich: Wie glaubwürdig ist das? Mathematisch gesehen tendiert die Wahrscheinlichkeit, dass einem so etwas widerfährt, gegen null. Oder nehmen Sie meinen Fall. Datenbankadministrator einer großen deutschen Bank, der nach dem Kollaps wegrationalisiert wurde, während die anderen – Leute wie Sie –, die den ganzen Schlamassel angerichtet haben, weiterhin fest im Sattel sitzen und sich aus Staatsgeldern Boni auszahlen lassen. Dass meine Frau mich verlassen hat und meine Kinder jetzt einen anderen Vater haben? Dass ich zusehen darf, wie ich mit meiner mickrigen Arbeitslosenunterstützung den ganzen Laden am Laufen halte?

Unglaubwürdig, oder? Im Film würde man darüber die Nase rümpfen und rufen: Klischee! Man würde dem Produzenten die Schuld in die Schuhe schieben und sagen, er hätte mal lieber an den Effekten sparen und dafür ins Drehbuch investieren sollen. Auch in der Spielerbranche gibt es einen Ausdruck dafür. Er lautet *schlecht gescripted*.

Ich nenne so etwas Systemfehler.

Plato sagte einst: »Die Illusion ist ein Schatten an der Wand.« Ich behaupte, nicht die Illusion ist der Schatten, die Realität ist es. Seien wir doch mal ehrlich. Das Leben, das wir führen, ist doch ein Witz. Da ist jeder Tag in *Sim City*, *Second Life* oder im *World-of-Warcraft-Universum* angenehmer. Man ist ein Zwerg oder Nachtelf, erfüllt Aufträge, für die man grüne, blaue oder violette Gegenstände erhält, trifft Freunde und Bekannte, hält hier und da ein Schwätzchen, geht hin und wieder ins Auktionshaus, um sich was Schönes zu kaufen. Dabei levelt man fleißig nach oben und führt ein beschauliches und geordnetes Leben. DAS sind die neuen Realitäten. Ich weiß, wovon ich rede. Ich hatte in den Tagen völliger Einsamkeit und Stagnation genug Zeit, um mich mit der virtuellen Welt vertraut zu machen. Und soll ich Ihnen etwas verraten? Ich habe dort etwas gefunden, das deutlich geordneter und menschenwürdiger ist als das vielgepriesene *echte* Leben. Gut und Böse sind sauber definiert. Man trifft sich, verkloppt ein paar Monster, feiert Ostern, Weihnachten und Silvester im Kreise befreundeter Spieler und kann sogar heiraten. Und wenn einem einer auf den Sack geht, setzt man ihn auf die *Ignore*-Liste. Auch mit dem Sterben ist es kein Problem. Entweder man lässt sich wiederbeleben oder man erschafft gleich einen neuen Charakter. Ist das nicht herrlich?

Kein Wunder, dass so viele Kinder und Jugendliche den Bezug zur Realität verlieren. Sie haben in den Spielen etwas gefunden, was ihren Sehnsüchten und Bedürfnissen viel eher entspricht als das sogenannte *wirkliche* Leben mit seinen schlechten Noten, nervigen Eltern und maulenden Lehrern.

Der einzige Nachteil ist die veraltete Grafik. Verglichen mit der Engine des *Real-Life*, wie die Online-Community es so schön nennt, hinken Computerspiele doch deutlich hinterher. Aber das wird noch. Es kommt der Tag, an dem der Unterschied nicht mehr feststellbar sein wird. Dann werden all jene, die sich noch immer an die Hoffnung geklammert haben, es gäbe sie – die echte, wirkliche Welt –, an ihren Kopf fassen und sich fragen, warum sie den Lug und Trug nicht längst gesehen haben.

Und jetzt raten Sie mal, warum ich Ihnen das alles erzähle.

Weil ich diesen Punkt bereits erreicht habe.

Ich lasse mich nicht länger von der High-End-Grafik blenden. Die akustischen, haptischen und oralen Reize der Real-Life-Engine verpuffen an meinen Nervenenden wie Schneeflocken auf einer heißen Herdplatte. Die Wege des Großen Programmierers mögen unergründlich sein, unfehlbar sind sie nicht. Das wird einem besonders an solchen Tagen wie dem heutigen bewusst.

Ohne jetzt arrogant klingen zu wollen, aber ich sehe mich als Weiterentwicklung der Evolution. Der *Homo transzendentalis*, wenn Sie so wollen. Ein Mann, der das Blendwerk durchschaut hat. Dessen Metamorphose das Trugbild unserer Realität zum Einsturz bringen wird, weil er den Himmel als das entlarvt hat, was er in Wirklichkeit ist: ein binäres

Zahlengeflecht. Ich mag nur ein kleines Bauelement inmitten des riesigen Räderwerks sein, aber das Rädchen, das quietscht, bekommt das Öl, ist es nicht so? Und ich habe vor, gewaltig zu quietschen.

Nun ja, genau genommen werden Sie es sein, der quietscht, aber es ist der Gedanke, der zählt. Ich habe vor, meine Geschichte ganz groß rauszubringen. Die Presse ist bereits informiert. Zwischen Weihnachten und Neujahr wird unsere Story auf jeder Titelseite zu finden sein. Wenn das Einsatzkommando kommt, werden die Fotografen bereits in Position stehen und jedes noch so unappetitliche Detail dokumentieren. Denken Sie nur, welche Schlagzeilen wir machen werden. Die Menschen werden sich an den Kopf fassen und fragen: Welchen Sinn hatte diese Tat? War es ein Racheakt oder steckte noch etwas anderes dahinter? Wie kann ein Mensch nur so etwas tun? Und ich werde antworten: Weil ich es kann. Weil das System so ist, wie es ist, und weil es kein Zurück mehr gibt.

Wer weiß, vielleicht kann ich einige sogar zur Nachahmung animieren. Je mehr, desto besser, das beschleunigt den Absturz des Programms. Mit dem, was ich zu tun gedenke, werde ich so ziemlich gegen alle Tabus und Regeln verstoßen, die je ein Programmierer erdacht hat. Wenn dieser nur einen Funken Liebe für sein Werk empfindet, dann wird er einsehen, dass es so nicht weitergeht, und den Reset-Knopf drücken. Er wird das Programm noch ein bisschen weiterlaufen lassen, um die Liste von Fehlermeldungen zu vervollständigen, aber irgendwann ist Schluss. Reboot und Neustart. Diesmal hoffentlich etwas besser.

Jetzt schauen Sie doch nicht so erschrocken. Ihnen wird nichts geschehen. Da Ihre Existenz virtueller Natur ist, ist es Ihr Tod automatisch auch. Sie leben nicht, ergo können

Sie auch nicht sterben. Ihr Geist – wenn man ihn denn so nennen will – wechselt vom Desktop zurück in die Eingeweide der Speicherbank, wo er sich für den nächsten Anlauf bereitmacht. Dass dieses Zwischenstadium als unangenehm empfunden wird, liegt in der Natur der Dinge. Alle Lebewesen empfinden Veränderung als etwas Unangenehmes, aber das ist nur von kurzer Dauer.

Tja …

Sie merken, ich zögere.

Nun, ich will es Ihnen nicht verheimlichen. Es gibt eine Sache, die mich noch zurückhält. Es ist nicht leicht zu erklären, aber ich entnehme Ihren hoffnungsvoll schimmernden Augen, dass es Sie interessiert. Wie soll ich es bezeichnen? Skrupel? Nein. Eher ein letzter Schnipsel eines Programmcodes – nennen wir ihn *Instinkt* –, der behauptet, ich würde mir das alles nur einbilden. Eine ferne Stimme, die monoton, gleichwohl nervtötend behauptet, gut sei gut, böse sei böse, oben sei oben und unten sei unten. Wiewohl wir ja alle wissen, dass nicht mal das stimmt. Immerhin befinden wir uns auf einer rotierenden Kugel, die mit halsbrecherischem Tempo durch den Äther rast. Da gibt es kein Oben und Unten. Aber diese Stimme lässt sich nicht abstellen. Unentwegt wiederholt sie ihre Thesen, fast wie ein Mantra, und verursacht mir rasende Kopfschmerzen dabei. Fast könnte man glauben, ich wäre in einem Klartraum gefangen.

Sie nicken so eifrig. Kennen Sie etwa diese Art von Träumen?

Das trifft sich gut. Dann können Sie mir vielleicht folgende Frage beantworten: Woran erkennt man, ob man wach ist oder schläft? Ich habe es nie schlüssig erklärt bekommen. Die Studien, die sich mit luziden Träumen befassen, waren nicht wirklich erhellend. Das Problem liegt in der Abgrenzung. Wie können wir Wachzustand und Traumzustand voneinander unterscheiden? Wie kann der Träumende während des Traumgeschehens erkennen, dass er träumt? Gibt es Techniken, die eine solche Deutung zulassen? Und wenn ja, welche? Angeblich kann sich der Mensch vor dem Zubettgehen vornehmen, eine gewisse Distanz zu dem zu wahren, was er im Traum erleben wird. Er kann sich bestimmte Schlüsselsymbole ins Gedächtnis rufen, die regelmäßig in seinen Träumen auftauchen, um dann im Traum zu erkennen: »Aha, dieses Symbol ist ein Traumsymbol, also träume ich wohl gerade.«

Nur: Was, wenn der Schlaf – wie in unserem Fall – eine Art Dauerzustand ist? Wenn wir gar nicht erst erwachen? Dann fällt die Argumentationskette doch in sich zusammen, nicht wahr?

Sie sehen also, vor welchem Problem ich stehe. Und das bringt mich wieder zurück zu meinem ursprünglichen Vorhaben: das Programm zum Absturz zu bringen.

Ich werde Ihnen jetzt eine Substanz verabreichen, die verhindert, dass Sie ohnmächtig werden. Schließlich hängt der Erfolg meiner Unternehmung ja von der Stärke Ihrer Pein ab, dem Ausschlag auf der Richterskala, wenn Sie so wollen. Doch, doch. Ich muss schon eine gewisse Benchmark erreichen, um auf dem Radarschirm des Programmierers aufzutauchen. Aber das soll nicht Ihr Problem sein, schließlich sind Sie mehr oder weniger unbeteiligt. Mir allein obliegt das Gelingen des Plans. Wenn ich scheitere, können Sie mir die Schuld geben. Obwohl … ob Sie dazu noch in der Lage sein werden?

Womit soll ich anfangen? Die Instrumente liegen bereit. Ich glaube, ich wähle etwas Kleines, schließlich will ich mich ja nicht gleich im Largo verausgaben. Das Ganze muss etwas von einer Sinfonie haben. Eitelkeit sagen Sie? Ich nenne es künstlerischen Anspruch.

Ich hatte zuerst an ein sanftes Adagio gedacht, dann ein Andante oder Allegretto. Und für das Grand Finale ein Allegro, vielleicht auch ein Vivace. Je nachdem, wie viel Begeisterungsfähigkeit Sie dann noch aufbringen.

Schauen Sie sich dieses Skalpell an, wie das Licht darauf schimmert. Ein kleiner Schnitt, und schon blutet es. Warten Sie, ich wische es gleich wieder weg.

Verdammt, diese Grafik ist schon echt realistisch. Der Special-Effects-Abteilung müsste man den Oscar verleihen. Schade, dass das ganze Geld immer nur in die Optik fließt, der Inhalt scheint niemanden zu interessieren. Aber ich gedenke, das zu ändern.

Bereit?

Gut. Fangen wir an.

* Mirko M. gehörte zu einer Gruppe junger Männer, deren Leichen am 23. Februar 2010 im rheinischen Kürten gefunden wurden. Die drei hatten sich eine Pizza bestellt und dann gemeinsam Selbstmord verübt.

# Der fast Perfekte

Torkil Damhaug

Jeg skal drepe noen.

Lettelsen idet tanken er ferdig tenkt gjør at jeg reiser meg og skritter bort til vinduet, trekker fra gardinene. De har vært for i mange dager, nøyaktig en uke faktisk. Like lenge siden jeg var ute. Vinduet står på gløtt, og jeg kan høre stemmer fra gaten under meg.

Eieren av kiosken på den andre siden står på en stige og famler med julepynt, kona hans peker og forklarer hvordan den skal henge over døren. Litt lenger unna musikk fra natt-klubben, og en bil som starter. Rommet bak meg ligger i mørke, det er ikke mulig å se meg der nedenfra.

*Ich werde jemanden töten. Die Erleichterung, diesen Gedanken zu Ende gedacht zu haben, lässt mich aufstehen, zum Fenster gehen und die Gardine zur Seite ziehen. Seit Tagen war sie geschlossen gewesen, seit genau einer Woche. Seitdem habe ich keinen Fuß vor die Tür gesetzt. Das Fenster ist gekippt, von der Straße dringen Stimmen zu mir herauf. Der Kioskbesitzer auf der anderen Seite steht auf einer Leiter und fummelt an seiner Weihnachtsdekoration herum; seine Frau zeigt und erklärt ihm, wie sie über der Tür hängen soll. Aus der Ferne ertönt die Musik eines Nachtklubs, ein Auto lässt den Motor an. Der Raum hinter mir liegt im Dunkeln, von unten kann mich keiner erkennen.*

*Ich habe schon früher daran gedacht, jemanden zu töten. Habe an diesem Gedanken festgehalten und mit ihm gespielt. Doch heute Nacht ist er zur Gewissheit geworden. Jetzt ist es an mir, alles liegt in meiner Hand.*

*Was aussteht: Eine Methode auswählen, Ort, Opfer und Zeitpunkt bestimmen. In dieser Reihenfolge.*

*Ich gehe ins Schlafzimmer, öffne noch nicht den Kleiderschrank, um die Uniform herauszunehmen, sondern bleibe nackt vor dem Spiegel stehen. Das ist zu einer täglichen, genauer gesagt nächtlichen Übung geworden. Die Musterung jedes einzelnen Körperteils. Den Kopf betrachte ich nur flüchtig, nicht aufgrund der Glatze mit dem Hautfleck von der Größe eines Kontinents; nein, es ist mein Gesicht, bei dem ich nicht verweilen will. Mein Blick wandert zu den*

Schultern, die breit und muskulös sind. Ich habe unfassbar starke Arme, eine Laune der Natur, ein Überschuss, der etwas von ihrem innersten Wesen verrät. Denn meist ist diese überschüssige Kraft zu nichts anderem gut, als die Stange mit den Gewichten im Schlafzimmer in die Höhe zu stemmen und langsam, ganz langsam wieder auf ihren Ständer sinken zu lassen. Auch der Brustkorb ist natürlich athletisch, und ich gebe zu, dass ich mich nicht scheue, eng sitzende Unterhemden zu tragen oder sie gar von mir zu werfen, wenn sich die Gelegenheit dazu bietet. Eine Zeitlang bin ich in der Mitte ein wenig auseinandergegangen, doch jetzt ist davon kaum noch was zurückgeblieben. Mein Blick gleitet über den mittlerweile flachen Bauch, dessen Muskeln deutlich hervortreten, wenn ich ihn anspanne, bevor ich mich dem Höhepunkt nähere. Plötzlich kenne ich sie: die Methode. Die Gewissheit kommt aus dem Bauch. Ich schließe die Augen und sehe sie vor mir. Der Ort hat noch keine Konturen und die Person, über die ich mich beuge, kein Gesicht. Doch sehe ich die Methode in ihrer reinen Form, eine Bewegung, perfekt ausgeführt, und als ich die Augen erneut öffne, bemerke ich zu meiner Überraschung eine weitere Paradoxie der Natur: Die fünfte Extremität, die meiner Übung bisher in schlaff hängender Haltung, ein Nerz ohne Fell, beigewohnt hat, setzt sich nun, vollkommen unerwartet, in Bewegung, erhebt sich und blickt sich selbst im Spiegel an. Ich werde jemanden töten.

Jemand war hier. Dieser Gedanke durchfuhr sie in der Sekunde, in der sie die Tür hinter sich schloss. Sie ließ den Finger auf beiden Seiten über den Türrahmen gleiten, fand jedoch keine Anzeichen dafür, dass die Tür aufgebrochen worden war. Dennoch war sie ganz sicher. Sie blieb auf dem Flur stehen, fingerte das Handy aus ihrer Tasche, fand die Nummer, die sie letztes Mal angerufen hatte.

»Kriminalpolizei«, hörte sie eine Frauenstimme. Es war eine andere Stimme als vor zwei Tagen.

»Ich rufe an, weil ich einen Einbruch melden möchte.«

Plötzlich kamen ihr Zweifel. Vorsichtig betrat sie das Wohnzimmer, knipste das Licht an, schaute sich um. Sie konnte keine Veränderungen entdecken.

»Name und Geburtsnummer«, sagte die Frauenstimme, die weder freundlich noch unfreundlich klang.

Sie gab Namen und Adresse an, hörte, wie am anderen Ende getippt wurde.

»Sie haben in dieser Woche schon zweimal angerufen.«

Ja, das musste sie einräumen.

»Beide Male haben Sie einen Einbruch gemeldet, konnten aber nicht angeben, ob irgendetwas gestohlen wurde.«

Auch das war richtig.

»Haben Sie diesmal genau nachgeschaut?«

»Nein«, antwortete sie mit matter Stimme. »Noch nicht.«

»Dann schlage ich Ihnen vor, dass Sie jetzt einen gründlichen Rundgang durch alle Räume machen. Wenn Sie entdecken, dass etwas fehlt, dann rufen Sie uns morgen tagsüber an. Wenn nicht …«

Sie konnte hören, was ungesagt blieb: *Gehen Sie zum ärztlichen Notdienst.* Oder: *Schaffen Sie sich einen Psychologen an.* Oder: *Hören Sie auf, uns unsere wertvolle Zeit zu stehlen. Es gibt genug Leute, die unsere Hilfe wirklich brauchen.*

In diesem Moment wusste sie, was es war. Die Heizung im Flur war eingeschaltet. Sie eilte hinaus.

»Die Elektroheizung im Flur war eingeschaltet, als ich nach

Hause kam«, sagte sie rasch. »Aber ich stelle sie immer ab, wenn ich aus dem Haus gehe.«

Sie überprüfte es drei-, vielleicht sogar viermal, ehe sie die Wohnung verließ. Weder die Heizung noch irgendwelche Elektrogeräte durften eingeschaltet bleiben. Lieber in eine eiskalte Wohnung zurückkehren als irgendein Risiko eingehen.

Die Frauenstimme klang irritiert: »Letztes Mal war es das Licht im Bad. Sie müssen aufhören, uns anzurufen, verstehen Sie?«

Danach blieb sie auf der Sofakante sitzen, ohne sich den Mantel auszuziehen. *Irgendjemand anrufen*, dachte sie. Es war zehn Minuten nach Mitternacht. Sie hatte drei Freundinnen. Zwei von ihnen waren es langsam leid. Das spürte sie, obwohl sie nichts sagten. Die dritte war im Urlaub. Vermutlich war sie es ebenfalls leid, jedenfalls hatte sie gesagt, sie könnten sich nicht mehr so häufig sehen, wenn sie zurück sei. Andere? Sie hatte einen Ex-Mann, den sie seit über drei Jahren nicht gesehen hatte und den sie in den nächsten zehn Jahren auch nicht sehen wollte. Sie hatte einen pflegebedürftigen Vater, der 1440 Kilometer entfernt wohnte und aufgehört hatte zu fragen, ob sie an Weihnachten nach Hause komme.

Sie zog den Vorhang im Schlafzimmer zu, zog sich aus, hängte ihr kurzes Kleid in den Schrank und warf ihren Slip auf das unterste Regal, wo sie die schmutzige Wäsche sammelte. Sie drehte sich zum Bett um, blieb stehen und starrte es an.

Jeden Morgen stellte sie an der Kopfseite die Kissen hoch, wenn sie das Bett machte, so sah es ordentlicher aus. Jetzt lagen sie unter der Decke an der Wand.

Sie riss das Telefonbuch aus der Nachttischschublade, die

Gelben Seiten, und fand eine Firma für Sicherheitsschlösser, die rund um die Uhr erreichbar war.

*Ich bin nicht Gott.*
*Ich habe mich nicht selbst erschaffen. Hätte ich das, dann gäbe es nicht diese kleinen Zeichen mangelnder Perfektion, die mein Körper trotz allem aufweist. Das heißt, ich hätte vielleicht einen Schönheitsfleck erschaffen, um zu zeigen, dass die absolute Schönheit auf der Abwesenheit von Fehlern beruht. Da ist zum Beispiel dieser Hautfleck auf meinem Schädel, den ich von Geburt an trage. Manche würden ihn vielleicht als hässlich bezeichnen, als Stigma, das den Blick des Betrachters von meinem wohlproportionierten und gut ausgestatteten Körper ablenkt. Manche verstehen vielleicht nicht, warum ich ihn nicht entfernen lasse, was mit moderner Lasertechnik ein Kinderspiel wäre. Außerdem wären die Kosten bei meinen finanziellen Mitteln vollkommen unerheblich. Aber das werde ich nicht tun. Jedenfalls noch nicht. Das fast Perfekte übt eine zu große Faszination auf mich aus. Ich bin nicht Gott.*
*Heute hätte sie mich fast in der Wohnung überrascht. Das hätte mich maßlos geärgert. So soll es nicht geschehen. Nicht in ihrer Wohnung. So viel Dreck, so viel Unordnung. Wenn es nicht nach dem Plan geschieht, den ich gerade fasse, kann es egal sein. Gott sei Dank hatte ich gerade einen Blick aus dem Fenster geworfen. Ich habe sie auf der Straße gesehen und konnte mich, ohne zu hetzen, auf den oberen Treppenabsatz zurückziehen. Im schummrigen Treppenhaus habe ich mich vorgebeugt und ihr zugesehen, wie sie nach dem Schlüssel tastete und ihre Wohnungstür auf-*

schloss. Ich nehme an, dass sie froh war, in eine Wohnung zu kommen, die sehr viel wärmer war als zu dem Zeitpunkt, an dem ich sie betreten hatte. In der Nacht auf Heiligabend soll sie doch nicht frieren. Im Tagebuch, das ganz hinten in der Küchenschublade lag, habe ich gelesen, dass sie es hasst zu frieren. Dennoch schaltet sie die Heizung ab, ehe sie aus dem Haus geht.

Jetzt kenne ich sie. Sicher besser als sie sich selbst. Das habe ich begriffen, als ich unter ihrer Decke lag und den Geruch wahrnahm, den ihr Körper in der Bettwäsche hinterlassen hatte. Der Gedanke an die Methode überwältigte mich. Jedes Detail konnte ich vor mir sehen, was ich tat, wie sie reagierte, protestierte und flehte, wie ihr Zorn sich in einem letzten Aufbäumen entlud, ehe sie resignierte und sich schließlich aufgab.

Das Parfüm, das sie benutzt, ist für meinen Geschmack ein wenig zu dunkel und schwer, doch es passt zu ihrer Gemütslage. Meine eigene ist hell, leicht und unkompliziert, und genau deshalb wusste ich, als ich dort unter der Decke lag, dass ich mich richtig entschieden hatte. Was mir in gewisser Weise schon klarwurde, als ich sie zum ersten Mal gesehen hatte. Schon damals ergab sich, so wie in ihrer Wohnung, eine fast hundertprozentige Gelegenheit, mein Ziel zu erreichen, aber so bin ich nicht. Es geht mir nicht um das Ziel. Es geht mir nicht darum, zu töten, sondern darum, meinem Plan zu folgen, was auch die Möglichkeit mit einschließt, dass sie, trotz der Perfektion meines Plans, mit dem Leben davonkommt.

Denn falls sie nicht an dem Ort erscheint, den ich ausgewählt habe, zu der Zeit, die immer noch offen ist, dann werde ich sie gehen lassen. Ihre Chancen stehen gar nicht mal schlecht. Vielleicht 60/40 zu ihren Gunsten. Mit anderen

*Worten: Ich bestimme die Regeln des Spiels, aber nicht sei-*
*nen Ausgang. Ich bin nicht Gott.*

❖

Sie nahm das Handtuch, das über der Rückenlehne hing, und
trocknete sich die Stirn. Auf dem Weg zur Sit-ups-Maschine
warf sie einen Blick in den Spiegel. Ihr weinrotes Trikot hatte
seine besten Tage bereits hinter sich; sie beschloss, ein neues
zu kaufen. Der Mann, der aus dem Kraftraum gekommen
war und sie nicht aus den Augen gelassen hatte, während sie
ihre Brustmuskulatur trainierte, näherte sich ihr. Sie spürte,
wie sein Blick ihren Rücken hinab bis zum Po wanderte. Sie
hatte nichts dagegen, betrachtet zu werden, aber es gefiel ihr
nicht, dass er an ihrer Maschine stehen blieb und sie an-
sprach, während sie ihre Übungen machte. Unter seinem engen T-Shirt zeichnete sich ein muskulöser Oberkörper ab. Er
sprach mit einem osteuropäisch klingenden Akzent. Sie
nickte kurz auf seine Frage, ob sie oft bei Condis trainiere.
Das Nicken sollte ihm signalisieren, dass sie kein Interesse
an einem Gespräch hatte. Doch er ließ sich nicht abschütteln,
und sie traute sich nicht, ihm zu sagen, er solle verschwinden
und sie in Ruhe ihre Sit-ups machen lassen. Sie schaffte
zwanzig Wiederholungen mit einem Gewicht von fünfzehn
Kilo – bei ihrem Trainingsbeginn im Spätsommer hatte sie
mit fünf Kilo angefangen –, doch immer noch stand er da,
das Handtuch über die Schulter geworfen, mit ovalen
Schweißflecken über dem breiten Brustkorb und diesem
Blick aus hellblauen, wässrigen Augen. Ein Pole, entschied
sie; es half, ihn geographisch irgendwo einzuordnen.
»Wie heißt du?«
Sie blieb in der Maschine sitzen und keuchte. Sie ärgerte

sich über diesen Kerl, der nicht begriff, dass sie kein Interesse hatte, der so dreist war, sie nach ihrem Namen zu fragen; und sie ärgerte sich vor allem über sich selbst, weil sie nicht wagte, ihm klipp und klar zu sagen, er solle sich zum Teufel scheren.

»Rina«, antwortete sie, ohne ihn anzusehen. Jetzt hatte er seine Antwort. Jetzt konnte sie aufstehen, sich ihr Handtuch schnappen und ihm den Rücken zukehren.

»Schöner Name, Ri-na.«

Die Art und Weise, wie er ihren Namen in die Länge zog, war lächerlich. Sie knautschte ihr Handtuch zusammen und eilte zum Ausgang, obwohl sie ihr Programm noch nicht beendet hatte. Während sie unter der Dusche stand, hatte sie immer noch seine nasale Stimme im Ohr, die ihren Namen sang: Ri-na, Ri-na.

*Jetzt bin ich nahe dran.*
*Vor bald einem Monat habe ich mich für die Methode entschieden. Sie ist elegant und schmerzvoll. Vor über einer Woche habe ich sie ausgewählt. Ich weiß alles, was ich von ihr wissen muss. Sie ist hübsch, hat klare, weibliche Rundungen, ist nicht allzu clever. Sie begibt sich nicht in Gesellschaft, sondern bleibt lieber für sich allein. Sie hat irgendwas an sich, das ihr den Kontakt zu anderen erschwert. Als strebe sie von ihnen fort oder werde gemieden, schwer zu sagen, wie so was anfängt. Ich selbst habe mich ebenfalls für ein Leben am Rande entschieden. Ebenso gut könnte ich mich unter Leute begeben, im Mittelpunkt stehen, mir Macht und Einfluss sichern. Doch ich habe mir dieses Leben selbst ausgesucht. Ich will mein eigener Herr sein, ohne*

kleinliche Rücksichten nehmen zu müssen. Ich brauche niemanden, das ist mein Wesen, selbstgenügsam, stolz, stark. Das Spiel, das sie in Gemeinschaft spielen, erfüllt mich mit tiefster Verachtung. Es ist schmerzhaft zu sehen, wie klein die Menschen sind, wenn sie sich von anderen steuern lassen. Ich stehe außerhalb, weil ich stark bin. Sie wird ausgestoßen, weil sie schwach ist. Das macht sie zur geeigneten Beute. Den Ort habe ich vor zwei Tagen entdeckt, er ist leicht zugänglich, aber doch so verborgen, dass wir ungestört sind, bis mein Werk vollbracht ist. Nur der Zeitpunkt steht noch aus. Falls sie nicht mitkommt, wenn ich auftauche, lasse ich sie gehen. Aber ich habe ihre Chancen korrigiert. Sagen wir, sie stehen jetzt bei 50/50. Schlägt mein Plan fehl, denke ich mir einen neuen aus, fange noch mal von vorn an, mit einer anderen Person.

Ein letztes Mal gehe ich alles durch. Der Ort, die Stille in dem großen, dunklen Raum, der weihnachtlich geschmückte Vorraum, ich führe sie durch den Mittelgang, eine nackte Braut, mit gefalteten Händen. Die Methode, die Violinsaite und der Altar, so rein, so still, so würdig. Die totale Aufgabe.

Vor dem Spiegel verwandelt sich mein Körper. Aus einem bewunderten Gegenstand der Betrachtung wird ein Ort, an dem eine Entscheidung getroffen und eine Handlung vollzogen wird. Die Muskeln werden von einer unmerklichen Anspannung erfasst, die den Körper, wie eine vage Ahnung, der Vollkommenheit noch näher bringt. Nur der Fleck auf der Stirn, mein Zeichen, erinnert daran, dass auch ich einen Ursprung habe. Ich öffne den Kleiderschrank, nehme die Uniform heraus. Das Hemd ist frisch gewaschen und gebügelt und riecht nach Weichspüler. Die kurze Jacke lässt meine Schultern noch breiter wirken. Ich *weiß, wo sie ist. Heute Abend soll es geschehen. Jetzt bin ich nah dran.*

Was vom Himmel fiel, als sie auf den Bürgersteig trat, war eine Mischung aus Regen und Schnee. Als könne sich jemand da oben nicht richtig entscheiden. Ein Grad mehr, und es würde regnen. Sie hasste Regen. Ein Grad weniger, und es würde schneien. Weiße Weihnachten, so hieß es, seien durchaus möglich. Alle wünschten sich Frost. Sie hasste Schnee, sie hasste es zu frieren. Das nahm ihr jede Kraft. Und dieser Gedanke ließ ihr keine Ruhe, dass es so sein würde zu sterben, dass die Kälte allmählich in ihren Körper eindrang, Millimeter für Millimeter.

Er stand unter der Markise und schaute sie an. Er trug eine Jeansjacke und vergrub die Hände in den Taschen seiner grauen Trainingshose. Sie war nicht überrascht. ›Der hat bestimmt nicht geduscht‹, war das Erste, das ihr durch den Kopf ging, als sie ihn sah.

»Willst du nach Hause, Ri-na?«, gurrte er. »Soll ich dich mitnehmen?«

»Nein danke.« Sie begann in Richtung der Brücke zu gehen. Natürlich folgte er ihr. »Mein Auto steht gleich um die Ecke.«

Sie blieb stehen. »Ich kenne dich nicht. Lass mich in Ruhe.«

Er kam einen Schritt näher. Da hörte sie hinter sich eine Stimme: »Da bist du ja! Warum trödelst du so, verdammt, wir haben es eilig!«

Sie drehte sich um. Vor ihr stand eine hohe Gestalt. Sie hatte zu ihr gesprochen. »Komm, wir gehen!«

Ohne sich zu besinnen, setzte sie sich gemeinsam mit dem

Mann in Bewegung, mehr erleichtert, den Polen los zu sein, als verwirrt.

»Hab keine Angst«, sagte er. »Wenn wir zur Brücke kommen, gehen wir getrennt weiter.« Er öffnete einen Regenschirm. »Ich wollte dir nur helfen, diesen lästigen Typ loszuwerden.«

Sie schaute ihn an. Er trug eine Basecap und eine Uniformjacke mit Securitas-Logo.

»Woher wusstest du, dass er mich verfolgt?«

»Das war nicht schwer zu verstehen. Der sah aus wie ein Jagdhund, der Witterung aufgenommen hat.«

Sie schuttelte sich. »Und du bist so ein Typ, der einsamen Frauen in Not hilft?«

Er lachte kurz. »Worauf du dich verlassen kannst.«

Es schneite jetzt in kleinen Flocken. Er hielt den Schirm über ihren Kopf. Zögernd trat sie ganz darunter.

»Auf der anderen Seite ist ein Café«, sagte er, als sie die Brücke erreichten. »Ich darf zwar nicht mehrere Stunden lang Pause machen, aber wenn du versprichst, mich nicht zu verraten ...«

Sie setzte ihre Tasse etwas zu hart ab, der Kaffee schwappte auf die Untertasse.

»Bist du eine Art Wachmann?«, fragte sie. Angesichts seiner Uniform klang die Frage ein wenig naiv.

»Schon möglich, Rina«, antwortete er grinsend. »Kann aber auch sein, dass ich die Jacke nur anziehe, um den Frauen zu imponieren.«

Sie zuckte zusammen. »Woher weißt du, wie ich heiße?«

Er streckte seine langen Beine neben den Tisch und betrachtete sie. »Hab gehört, dass der Penner von vorhin dich so genannt hat.«

Sie akzeptierte die Erklärung und verdrängte den Gedanken, dass er womöglich mehr über sie wusste, als ihr lieb war. Doch er hatte etwas an sich, das ihr nicht gefiel, er wirkte eher rechthaberisch als selbstbewusst. Seine Basecap trug er immer noch. Vielleicht hatte er nur noch wenige Haare und schämte sich deswegen. Sie hatte drei Freundinnen, jedenfalls war das ihre eigene Bezeichnung, obwohl sie diese schon länger nicht mehr gesehen hatte. Sie waren sich einig darin, dass sie Männern gegenüber viel zu kritisch war, dass sie jedes Mal Reißaus nahm, ehe diese zeigen konnten, ob sie etwas taugten.

»Du wohnst noch nicht lange hier«, stellte er fest.

»Woher weißt du denn das schon wieder?«

»Einfach geraten. Ich bin gut im Raten. Ich sehe dir an, dass du dich in dieser Stadt noch nicht richtig zu Hause fühlst.«

Sie stand auf einer Wippe. Konnte auf die eine Seite fallen, sich zurückziehen und wieder verschwinden, ohne das Geringste zu riskieren. Oder sie konnte dieses eine Mal auf die andere Seite springen und alle Bedenken gegen einen Kerl wie ihn beiseiteschieben. Dass er glaubte, sie zu kennen, sich einbildete, sie würde sofort auf ihn fliegen, dass er seine lächerliche Basecap nicht abnahm, dass er zu stark nach irgendetwas roch, das sie nicht kannte, dass er eigentlich kindisch und unsicher war. Sie schaute aus dem Fenster, der Schneefall war dichter geworden. Sie fasste einen Entschluss.

»Du hast recht. Mir gefällt es hier nicht.«

Sie hörte, dass ihre Worte etwas hinter sich herzogen. Sie waren wie das Ende eines Wollknäuels. Wenn sie weiter am Faden zog, würde sie etwas in Bewegung setzen.

»Du sehnst dich bestimmt nach Wärme«, sagte er und nickte. »Aber das erlaubst du dir nicht. Oder du traust dich nicht.«

Sie riss die Augen auf. Immer noch saß er zurückgelehnt auf seinem Stuhl, tat so, als könnte ihn nichts aus der Ruhe bringen, und spielte seine albernen Ratespielchen. Vielleicht war es gar kein Spiel, vielleicht wusste er tatsächlich etwas über sie. Vielleicht war er ihr gefolgt und nicht zufällig vor dem Fitness-Studio aufgetaucht. Vielleicht war er in ihrer Wohnung gewesen, hatte sich an den Lichtschaltern und der Heizung zu schaffen gemacht. Und an ihrem Bett.

Sie stand auf.

»Lass mich in Ruhe«, murmelte sie. »Geh mir nicht nach.«

Sie hastete dem Ausgang entgegen, hörte hinter sich das Rumpeln von Stühlen und Schritte, die ihr folgten. Sie riss die Tür auf und stürzte nach draußen, hinein in die wirbelnden Flocken, fort von der Brücke.

»Rina!«, rief er ihr nach, als kenne er schon lange ihren Namen.

»Du bist krank!«, schrie sie in die Dezemberdunkelheit und spürte, dass sie nicht in der Lage war, vor ihm davonzulaufen. In diesem Moment rollte ein Taxi heran, sie winkte, es hielt, sie riss die Tür auf und warf sich auf die Rückbank. Als sie aus dem Fenster blickte, war er nicht mehr da. Sie ließ sich ins Polster zurücksinken und strich die nassen Haare nach hinten.

»Schreckliches Wetter«, sagte der Fahrer.

»Geht schon«, entgegnete sie keuchend.

Er drehte sich halb zu ihr herum. Da fiel ihr auf, dass sie schon früher mit ihm gefahren war, doch erkannte sie nur sein halbes Gesicht und den kahlen Schädel. Sie meinte, sich zu erinnern, er habe freundliche Augen.

»Ich will nach …«

Sie wurde von einer knisternden Frauenstimme unterbrochen, die sich in diesem Moment über das Funkradio meldete. Der Fahrer würgte sie ab, trat aufs Gaspedal und raste bei Rot über die Kreuzung.

»Ich weiß, wo du hinwillst«, sagte er und zwinkerte ihr im Rückspiegel zu.

*Aus dem Norwegischen von Knut Krüger*

# Vita reducta

Petra Busch

Sein Körper war ein riesiger lichter Schmerz. Seine Seele ein einziger Schrei.

Er lag auf dem Rücken, versuchte, das Zittern zu unterdrücken und die schweren Augenlider aufzuschieben. Gleißendes Licht. Gelb. Weiß. Ein Flirren.

Schützend kniff er die Augen wieder zu. Registrierte sein gehetztes Schnaufen. Sein Herz, das gegen die Rippen hämmerte und seinen Brustkorb, der sich mit kalter Angst füllte, bei jedem Atemzug zu bersten drohte.

Er wollte brüllen. Würgte nur. Wollte sich bewegen. Doch er lag wie aus Eis gemeißelt.

Das musste ein Traum sein! Wach auf!, befahl er sich.

Er öffnete ein Auge. Das zweite. Blinzelte. Ließ die Lichtstreifen vorsichtig herein. Blaugraue Schleier, dazwischen tanzende Lichtpunkte.

Das war kein Traum!

Sein Körper war ein riesiger lichter Schmerz. Seine Seele ein einziger Schrei.

Er lag auf dem Rücken, versuchte, das Zittern zu unterdrücken und die schweren Augenlider zu öffnen. Gleißendes Licht. Gelb. Weiß. Ein Flirren.

Schützend kniff er die Augen wieder zu. Registrierte sein gehetztes Schnaufen. Sein Herz, das gegen die Rippen hämmerte, und seinen Brustkorb, der sich mit kalter Angst füllte, mit jedem Atemzug zu bersten drohte.

Er wollte brüllen. Würgte nur. Wollte sich bewegen. Doch er lag wie aus Eis gemeißelt.

Das musste ein Traum sein! Wach auf!, befahl er sich.

Er öffnete ein Auge. Das zweite. Blinzelte. Ließ die Lichtstreifen vorsichtig herein. Blaugraue Schleier, dazwischen tanzende Lichtpunkte.

Das war kein Traum!

Er zwang sich in die Realität, versuchte, einen klaren Gedanken zu fassen. *Zerfetztes Pkw-Blech. Öl auf dem Boden.* Aus den Schleiern tauchten Erinnerungen auf. *Ein Mann.* »*Da ist nicht mehr viel zu machen.*« Wie Nebelfetzen zogen die Bilder an ihm vorüber und verloren sich in einem fernen Nichts. *Ein Fauchen. Die blaue Flamme eines Schweißgeräts.*

Sein eigener Schrei riss die Bilder fort, echote in seinem Schädel. Erlöste ihn denn keiner von diesen Schmerzen? Von dieser Pein, die ihre spitzen Zähne in jeden Millimeter seines Leibes schlug, von innen und außen, wie ein ausgehungertes Raubtier?

Rettete ihn denn niemand?

*Berge. Eine Serpentine. Er sitzt am Steuer. Das Licht blendet. Die Eisfläche glitzert.*

Ein Crash! Er hatte einen verdammten Crash gebaut. Lag er im Krankenhaus?

Er lauschte. Vernahm nichts als das rasende Hämmern in seinem Innern. Den rauschenden Puls.

Verdammtes Zittern, das er nicht unter Kontrolle bringen konnte!

*Eine Stimme. Klappern. Eine Hand, die ihm einen weißen Plastikbecher reicht.*

Endlich kam Hilfe! Ein Arzt!

Wenn es nur nicht so verflucht kalt wäre. So beschissen kalt. Hatten sie ihn nicht ordentlich zugedeckt? Seine Augen gingen hin und her. Trüber Dunst. Schwere Stille.

Verdammt noch mal, was war hier los?

Wut mischte sich unter seine Panik. Wo steckten diese Halbgötter in Weiß? Ließen sie ihn hier armselig verrecken?

Übelkeit stieg in ihm hoch, ätzte sich durch seine Kehle bis in den Mund. Er spuckte aus, doch nur ein klebriger Speichelfaden legte sich auf seine Lippen.

»Hurensöhne! Gebt mir was gegen diese Schmerzen!« Seine Stimme verhallte in der Leere.

Mühsam verlagerte er sein Gewicht, wälzte sich ein Stück zur Seite. Dort musste es doch eine gottverfluchte Tür geben! Gleich würde eine dieser Schwestern hereinkommen, Pillen auf einem Tablett vor prallen Titten hertragen, Befreiung von diesem Wahnsinn. Er fokussierte den Blick. Doch da war keine Tür. Da war ein flackernder Schein. Gelb. Orange. Er kniff die Augen etwas zusammen, hielt den Atem an.

Funken stoben in ein kaltes Blau.

Ich werde verrückt!, schoss es ihm durch den Kopf.

Rauh lachte er auf, starrte zu der Szene, zitterte noch immer wie ein verlassener kleiner Junge. Die Gestalt, die eben reglos verharrt hatte, wandte sich ihm träge zu. Das Feuer malte zuckende Schatten auf ihr Gesicht.

Nein, er hatte keinen Autounfall gehabt!

Rauch wehte herüber. Das Feuer knisterte gleichmäßig.

Er würde sterben.

❧

Simon Wolf rieb seine Hände über den Flammen. Nicht weil er fror. Es war eher ein Reflex, maximal der Ausdruck einer Gewissheit. Aber nicht das Bedürfnis nach Wärme. Simon Wolf fror schon lange nicht mehr.

Wortlos erhob er sich von dem großen Stein und trat einige Meter vom Feuer weg neben den Mann, der im Schnee lag. Wie erbärmlich er sich zu seinen Füßen wand. Ihn überrascht ansah, während seine Augen immer wieder wegglitten. Wie jämmerlich er gezittert hatte in den langen Nachmittagsstunden. Erwacht war, wieder weggedämmert. Wie er jetzt winselte. Zuckte.

Wolf wandte sich ab und legte den Kopf in den Nacken. Kleine Wölkchen bildeten sich vor seinem Mund. Der Dezemberhimmel lag sternenklar. Sein Blau changierte in dem kühlen Tag-Nacht-Zwielicht, und eben schob sich die blasse Mondsichel über die Silhouetten der Berggipfel. Silbern ergoss sich ihr Licht über den zugefrorenen Eissee, der sich entlang des Tals erstreckte.

Dort, an seinem Ufer, hatten sie gegen Mittag das Feuer entzündet. Am Saum des braunen Schilfs, in dem sich jetzt

scharf der Wind brach und in Wolfs Pläne einzustimmen
schien.

Eine Bö peitschte ihm Schneekristalle ins Gesicht.

Früher hatte er den Sturm geliebt. Im Winter die Naturge-
walten gespürt und im Sommer den Duft von Bergkräutern
und Freiheit geatmet. Dem Leben vertraut. Jetzt dachte er
lediglich, dass es eine gute Entscheidung gewesen war, hier-
herzukommen. Minus fünfzehn Grad Celsius bis Mitternacht. Neumond. Eine Stunde Fußmarsch bis zum nächsten
Gehöft. Kein Mensch würde sie stören.

Er war beinahe am Ziel.

»Was ... wo ...?« Der Schnee schluckte das Stammeln des
Mannes.

Simon Wolf betrachtete ihn. Die langen Haare klebten wirr
in seinem schmalen Gesicht, und der Ohrring glitzerte. Aus
dem Anorakkragen schob sich der Schmetterling über seinen bleichen Hals. Ein Flügel strich über die unrasierte
Wange. Wolf hatte die Tätowierung schon immer grotesk
gefunden.

»Old...timer?« Der Mann würgte und erbrach sich neben
Wolfs schwere Stiefel in den Schnee. »Hilf mir!«, wisperte
er.

Gleichgültig zog Wolf eine Schachtel Roth-Händle aus der
Jacke und ließ das Feuerzeug klicken. Die Zigarette glühte
auf, und er beobachtete den Rauch, der sich in verschlunge-
nen kleinen Kringeln in der Dämmerung verlor.

»Schmerzen!«, stöhnte der Mann. »Diese Scheiß...kälte.
Bitte ... hilf mir!«

Wolf aschte neben ihn.

»Bitte!«, flehte der Mann. »Ich kann ... mich kaum rüh-
ren!«

Wolf inhalierte tief. »Wie schmeckt der Tod, Rick?«

»Was ... was soll das?«

Ein Windstoß riss an Wolfs Daunenjacke. Wind war hervorragend. Er würde die Sache beschleunigen. Wolf schätzte die aktuelle Temperatur bereits auf minus fünf Grad.

»Bitte, Oldtimer!« Ricks rechter Arm ruderte kurz durch die Luft. »Wir können ... über alles reden!« Er röchelte, und seine Stimme wurde mit jedem Wort leiser. »Aber hilf mir! Ich bin ein ... verdammter ... Eisklotz!«

»Das warst du schon immer.« Wolfs Stiefel knirschten im Schnee, als er um Rick herumging.

»Lass mich leben!«

»Leben«, echote Wolf.

Was bedeutete schon Leben? Als er noch eines gehabt hatte, war es das vollkommene Glück für ihn gewesen. Regelmäßiges Einkommen, Häuschen mit kleinem Vorgarten, Freunde. An den Wochenenden war er wandern gegangen, hatte im Spätherbst Tannenreisig um die Rosen gebettet und die Bergastern mit Kalkerde versorgt. Und nie war er einsam gewesen.

»Oldtimer?«, stöhnte Rick kaum hörbar, hob leicht seinen Oberkörper und fiel zurück. Ein schmales Rinnsal schimmerte auf seiner rechten Wange. »Lass mich nicht ... so enden.«

Wolf schnippte die Zigarette in den Schnee. »Hat sie auch so erbärmlich gebettelt wie du?«

Er mochte sich ihre Tortur nicht vorstellen. Was sie durchlitten haben musste, war das Einzige, was Wolf emotional noch anzurühren vermochte. Nachts. Dann, wenn die Träume zu ihm krochen und wenn sein Unterbewusstsein die Erinnerung an sie mit den Bildern des Grauens vermischte, die ihm im Laufe seines Berufslebens begegnet waren. Vergewaltigungsopfer mit tiefen Schnitten in der Scheide, junge

Mädchen, übersät mit blauvioletten Fessel- und Würgemalen, verstümmelte Körper, die zwischen Pizzakartons und Fleischabfällen in Müllcontainern abgelegt worden waren.

Wenn er danach aufwachte, blieb er in dem Doppelbett liegen, nahm das zweite Kissen in den Arm, versuchte, ihren längst verflogenen Duft nach Jasmin und Nelke darin zu finden, und beschwor das letzte Bild von ihr herauf: Karin, die in dem zitronenfarbenen Sommerkleid über den blumengesäumten Weg aus dem Haus läuft, mit ihrer hellen Stimme »Bis heute Abend, Schatz« ruft und ihm eine Kusshand zuwirft.

Danach stand er auf. Joggte zwölf Kilometer am Fluss entlang. Duschte. Rasierte sich und prüfte mit den Fingerspitzen, ob die Wangen glatt waren. Trank zwei Tassen Kaffee. Schwarz. Ohne Zucker. Anschließend nahm er seine Jacke und ging. Am Abend, wenn er zurückkehrte, holte er das Schachbrett aus dem Schrank, legte es zwischen die beiden Sessel auf den Couchtisch und stellte die sechzehn schwarzen Figuren präzise gegenüber den weißen auf.

Rick versuchte erneut, sich aufzusetzen, stützte sich nach hinten ab und sog pfeifend Luft ein. »Ich bin … nur …«

Sein Zittern ebbt ab, stellte Wolf fest und legte zwei neue Scheite auf das Feuer. Züngelnd fraßen sich die Flammen daran entlang. Und seine Schmerzen lassen nach. Das gestattet ihm ein paar letzte klare Gedanken.

Schnee schob sich in seine Hosenbeine, als er wieder zu Rick trat. Er bückte sich und brachte sein Gesicht dicht vor dessen kleine Augen, roch seinen säuerlichen Atem. »Du bist ein Mörder. Stinkender Abschaum.«

»Ich … bin freigesprochen worden!« Ricks Arme knickten ein, und er fiel zurück. Der Wind strich eine Strähne aus seinem Gesicht, das fahl im Mondlicht lag.

Wolf richtete sich auf und verzog betont sarkastisch den Mund. »Von mir nicht. Von den Toten nicht. Und von Gott auch nicht.«

»Du glaubst an ... Gott?«, lachte Rick plötzlich auf und stieß im selben Moment einen gedehnten Schmerzensschrei aus. Das Echo trug sein Heulen über den See zurück.

»Glauben spielt keine Rolle in meinem Job. Nur Wissen.«

»Es gab keine Beweise.«

»Du vergisst die Autorückbank.« Wolf dachte an den dunkel getäfelten Gerichtssaal. Das Meer von schaulustigen Köpfen vor ihm. Vorne rechts war der Staatsanwalt gesessen. Wenige Tage vor dem Prozess hatte Wolf ihm das sauber herausgetrennte Stück Polsterstoff persönlich in die Hand gedrückt, nachdem seine Kollegen nur mitleidsvoll die Köpfe geschüttelt hatten: »Nicht verwertbar, Simon.« In der Mitte hatte der Richter gethront, Ignorant, Menschenfeind und personifizierte Paragraphentreue. Er dache an das Urteil. Die Empörung in der Menge. Wolf war aufgestanden und hinausgegangen. Kein Hass. Keine Rebellion. Nur ein einzelner Weltuntergang. Der Beginn seines inneren Erfrierens.

»Du warst ... ein Scheißbulle.« Rick klang verächtlich.

»Ich war ihr Ehemann.« Einer, der den Mord an seiner Frau auf eigene Faust hatte klären wollen. Der Beweise auf illegalem Weg besorgt hatte, weil er von der Ermittlung wegen Befangenheit ausgeschlossen worden war. Ein Verzweifelter, der Nacht für Nacht vor *Ricks Garage* gestanden, nichts gegessen, sich nicht mehr gepflegt und in seiner hilflosen Wut Kollegen angegriffen hatte. Schließlich war ihm nichts anderes mehr übriggeblieben, als das Rolltor der Werkstatt aufzubrechen und in den Wagen einzudringen, in dessen Rücksitz das Blut seiner Frau gesickert war. Weder Vernunft noch Gesetz hatte ihn aufhalten können.

Als er am Abend der Verhandlung nach Hause gekommen war, hatte er sich an Karins alte Schreibmaschine gesetzt und seine Kündigung geschrieben. »Simon, Alter, spinn doch nicht«, sagten die Kollegen vom Dezernat 11, »das wird schon wieder. Du hast doch selbst schon zig Angehörige von Mordopfern erlebt. Die haben das alle irgendwie gepackt. Es gibt hier doch Hilfen.« Wolf gab sich eine Chance. Er legte das Blatt in die oberste Schublade seines Schreibtisches und schloss sie ab. Dann ging er zum Polizeipsychologen. Doch die Gespräche mit dem geschniegelten Doktor machten ihn nur wütend. Er hatte nichts verstanden. Das Hirn vollgepumpt mit wissenschaftlichen Thesen und das Herz so vertrocknet wie eine Oase nach jahrelanger Dürre.

Dritte Sitzung. »Sie müssen es rauslassen!«, sagte Doktor Geschniegelt und blies mit spitzen Lippen einen Fussel von seinem Revers. Arschloch, dachte Wolf und sagte: »Machen Sie sich keine Sorgen.«

Danach blieb er zwei Tage zu Hause. Als er wiederkam, schob er Dienst nach Vorschrift. Blieb erneut einen Tag zu Hause. Kam. Fehlte drei Tage. Wurde aus dem aktiven Ermittlungsdienst in die Verwaltung versetzt. »Vorübergehend«, hieß es beim Polizeiärztlichen Dienst. Die Kollegen zeigten sich verständnisvoll, begrüßten ihn betont freundlich, wenn er sich unrasiert und in den Kleidern des Vortags auf den Drehstuhl setzte. »Du schaffst das schon, Alter.«

Bis er irgendwann immer kühler empfangen wurde. Sie resignierten vor seiner Apathie. Tuschelten. Erst hinter angelehnten, dann hinter verschlossenen Türen. Nur Doktor Geschniegelt ließ eitle Zuversicht raushängen: »Vertrauen Sie mir. Dann werden Sie auch dem Leben wieder vertrauen.« »Machen Sie sich keine Sorgen«, sagte Wolf.

Nach der fünften Sitzung öffnete er die Schublade und legte

die Kündigung vor dem Dezernatsleiter auf den Tisch. »Wir bedauern das sehr«, sagte Gerlach, schob hastig ein paar Akten über die Bewerbungsmappen, in die er vertieft gewesen war, und kam mit quietschenden Schuhen hinter dem Mahagonischreibtisch hervor. Lächelnd hatte er Wolf auf die Schulter geklopft und ihn sanft Richtung Tür bugsiert. »Sie werden schon einen Weg finden, Kollege.«

Der Mond stand jetzt hoch über dem See, und seine schmale Sichel zeichnete sich scharf vom schwarzen Firmament ab. O ja, er hatte einen Weg gefunden!

Wolfs Blick ging zu Rick. Er kauerte im Schnee, kroch ein paar Meter, kam auf die Knie. Sein Gesicht glänzte nass. Das Zittern war endgültig verschwunden.

»Du bist nicht …«, setzte Rick an und würgte, »durch Zufall in meine Werkstatt gekommen.« Der Schmetterlingsflügel bewegte sich im schwachen Schein des Feuers, als er sprach.

»Du bist zäh. Wie ich es erwartet habe. Du bist an deiner Kotze nicht erstickt«, sagte Simon Wolf und zündete sich eine neue Zigarette an. »Das passiert leicht, wenn man bewusstlos ist. Aber Rick hat's geschafft. Der Mörder ist noch einmal aufgewacht. Hat noch ein paar lichte Momente. Zeit zum Erkennen.« Er stieß den Rauch in die Nacht. »Aber das wird bald vorbei sein.«

»Du … hast mir … Gift gegeben?«, Ricks Kopf kippte auf seine Brust.

»Nur etwas Flunitrazepam. Für einen Mittagsschlaf im Schneebett.« Wolf deutete auf den weißen Plastikbecher, der neben der Thermoskanne lag. »Es wird dich nicht umbringen.«

Rick lachte heiser. »Was … hast du dann vor?« Sein Oberkörper schwankte leicht, und Wolf hatte Mühe, ihn zu verstehen. »Was ist das für ein … Spiel?«

Wolf schüttelte den Kopf. »Unsere letzte Partie. Deine letzten Züge.«

Er setzte sich auf den großen Stein und starrte in die Flammen, die prasselnd Funken in die schwarze Nacht sandten. Karins Lachen tauchte vor ihm auf. Ihre sanften Mundwinkel. Die tiefe Stirnfalte zwischen ihren blauen Augen, wenn sie sich hoch konzentriert über das Schachbrett gebeugt und ihm Bauern, Springer und Läufer abgejagt, ihn Zug um Zug in die Enge getrieben und Abend um Abend matt gesetzt hatte.

Nach ihrem Tod hatte Wolf ihr gemeinsames Leben weitergespielt. Hatte seine Figuren bewegt. Hatte ihre Figuren bewegt. Schwarz. Weiß. Nichts empfunden. Irgendwann hatte er dabei begonnen, Karin von Rick zu erzählen. Von dem blutigen Stoffstück aus dem Wagen, das er wie ein Verbrecher besorgt hatte. Davon, dass außerdem der Wagen plötzlich verschwunden gewesen und so der einzige Beweis nicht anerkannt worden war – obwohl das deutsche Rechtssystem auch bei unkonventionellem Vorgehen Beweismittel zulassen konnte. Er berichtete ihr von dem Freispruch. Dem Sieg des Rechts über Gerechtigkeit und der Niederlage seines Ethos als Polizist. Er hatte seiner Frau Revanche versprochen. Rache. Sein Verstand war mit jeder Partie wacher, sein Plan reifer geworden. Seine Kinder, längst aus dem Haus, hatten sich bei jedem Besuch gesorgt: »Vater, du kannst doch nicht Abend für Abend mit einer Toten Schach spielen.« »Wisst ihr, es gibt etwas Gutes daran«, hatte er erwidert. »Endlich gewinne *ich* die Partien.«

An einem düsteren Novembertag vor knapp vier Wochen war er zum ersten Mal losgezogen. Zu *Ricks Garage*. Nein, er war nicht durch Zufall in die Werkstatt gekommen.

Wolf blickte stumm zu Rick hinüber. Er war zur Seite gefallen, lag wie ein Embryo und brabbelte vor sich hin. Dann drehte er sich schwerfällig im Schnee, schälte sich umständlich aus seinem Anorak und stieß hohle, lachende Laute aus.

Simon Wolf prüfte die Luft. Die Temperatur war weiter gefallen. Er steckte sich eine neue Roth-Händle an. Der Tabak duftete würzig. Zwischen acht und zehn Grad minus. *Dieses* Spiel würde *er* gewinnen.

✧

Rick genoss die Wärme, die ihn langsam durchströmte, die seine Lebensgeister zum Schnurren brachte wie einen Motor, der nach einem langen Winter wieder gestartet wurde. Sein Herzschlag war ruhiger geworden, und die beißende Qual hatte sich in ein leichtes Kribbeln verwandelt.

Nur ausruhen, ein kleines bisschen ausruhen, sagte er sich. Dann würde er Gas geben. Aufdrehen. Oldtimer gegen die Wand fahren. Er hätte es sofort tun sollen.

Ricks Glieder wurden schwer.

Dieser Bastard!, brannte der Zorn in ihm.

Oldtimer spielte gut. Aber Rick zockte besser!

Zufrieden streckte er sich aus, schloss die Augen, vernahm gedämpft ein Klicken. Der Geruch von Zigarettentabak erfüllte die Luft, sog ihn mit sich fort, ein warmer Strom, er saß auf Schmetterlingsflügeln, sie trugen ihn am Schilf entlang, schnell, immer schneller, hinauf in die Luft, die Berggipfel rasten an ihm vorbei, der Mond, die Sterne. Er jauchzte.

*Mama lässt den Schmetterling vor ihm tanzen. Die dünnen gelben Holzflügel hängen an Schnüren herab. Sie lachen. Dann kracht die Tür des Kinderzimmers gegen die Wand.*

*Papa steht keuchend im Türrahmen. Aus seinem Mund hängt eine Kippe. Er stinkt. Im Nebenzimmer plärrt der Fernseher. »Wo ist deine Schlampe von Mutter?« Ricki drückt sich gegen die Wand. Papa reißt ihn an den Haaren hoch. Die Flügel splittern laut. Mama kriecht hinter der großen blauen Kiste mit den Bauklötzen hervor. »Tu ihm nichts!« Ricki presst die Hände auf seine Ohren. Vergräbt sein Gesicht in dem Kissen. Drei Tage ist die Mama ganz still. Sie sieht bunt aus, erst blau, dann violett und grün und zum Schluss gelb. Wenn sie ihn zu trösten versucht, flattert ihre Unterlippe. Wie Schmetterlingsflügel.*

Irgendwo krachte es im Geäst. Es klang scharf an Ricks Ohr.

Nicht aufwecken!, flehte er im Stillen. Nur noch eine Weile. Nur eine Minute.

*»Fängst du Schmetterlinge mit mir?«, fragt er seinen Papa. Ein Kronenkorken fällt auf den Linoleumboden. »Heb auf«, lallt Papa und stößt ihn vor seine Füße. »Sonst muss ich die Schlampe holen.« Die kleinen Finger klauben den Müll auf. Aus den Augenwinkeln sieht er die haarigen Beine aus der Cordhose ragen. Er stellt sich vor, wie es zischt, wenn er mit dem Feuerzeug daran entlangfährt.*

Hart stieß etwas gegen seinen Kiefer. Sein Kopf glitt auf die Seite, doch sein Gehirn kam nicht hinterher. Träge, so träge. »Bitte, nein, Papa«, flehte er. »Ich bin so müde.« Er drückte ein Augenlid auf. Blickte auf einen Stiefel. Fuck, dachte er, ich sehe Gespenster. Es ist ja Oldtimer! Lass mich schlafen, Alter. Ich bin im Arsch.

*Vor dem Rolltor hält stotternd ein zerbeulter Golf. Rick tritt vor die Werkstatt. Ein Mann Mitte fünfzig mit glattrasierten Wangen steigt aus, hebt verlegen die Schultern. »Da ist mich einer bös angegangen.« Rick geht um den Wagen her-*

*um. Öl tropft auf den Boden. »Da ist nicht mehr viel zu machen«, sagt er zu dem Mann. »Ich habe so einen langen Weg hinter mir bis zu Ihnen«, sagt der Alte. Rick fährt den Golf in die Garage. Schraubt. Der Mann sieht zu. Rick wirft den Schweißbrenner an. Die blaue Flamme leckt fauchend über das Chassis. »Junge, Junge, Sie wissen ja, wie Sie die Dinge anpacken müssen«, sagt der Mann, »genau nach Ihnen habe ich gesucht.« Rick lacht. Er mag den Typen. Er liebt schicke Oldtimer.*

Eine neue Wärmewelle schwappte durch seine Adern. Rick drehte sich auf die Seite, versuchte, die Hände unter den Kopf zu schieben, so wie er es als Kind immer getan hatte beim Einschlafen. Doch die Hitze lähmte seine Muskeln und seinen Atem, und das flimmernde Licht blendete ihn. Natürlich! Es war ja Hochsommer! Er musste sein Schmetterlingsnetz holen und auf die Wiese laufen! Endlich draußen jagen.

Er setzte sich auf wie in Zeitlupe, musste all seine Kraft zusammennehmen. Als er um sich blickte, konnte er es ganz klar erkennen: das satte Grün! Die Sonne, das Flirren und sein erstes Mädchen – den ersten Schmetterling, den er gefangen hat.

*Ihr Rock streift über die süßlich duftenden Blumen. »Es ist mein erstes Mal«, sagt sie, »du musst vorsichtig sein.« Er will ihr die Bluse ausziehen. Die Knöpfe verfangen sich in ihrem Haar. Er spürt Ungeduld. Reißt. Sie schreit. Jähzorn steigt in ihm auf. Er sieht seinen Vater vor sich. Seine Mutter. »Halt's Maul«, sagt Rick zu dem Mädchen und ballt die Fäuste. Sie schluchzt. »Hau ab, verdammte Heulsuse, los!«, herrscht er sie an, und als sie davonläuft, riecht er den Angstschweiß auf seinem T-Shirt. Er hat es nicht unter Kontrolle.*

Rick streifte den Pullover über den Kopf. »Hitze. Gestank«, stöhnte er und blickte in Oldtimers Gesicht. Der lächelte.

*Oldtimer bezahlt die Reparatur bar. »Gehn wir auf ein Bier?«, fragt er und zieht ein paar Hundertmarkscheine aus dem Geldbeutel. »Bist du schwul?«, antwortet Rick. Er wird nicht oft eingeladen. Oldtimer lächelt. »Witwer. Das wird mein dritter Winter ohne sie.« – »Okay, lass uns gehen.« Rick schließt das Rolltor. Oldtimer bestellt ihnen Sechskornbier und Schnaps. Beim nächsten Treffen schiebt er zwei Eintrittskarten für das Eishockeyspiel Augsburger Panther gegen Kölner Haie über den Tisch. Oldtimers Gesicht kommt Rick vage vertraut vor.*

Schweiß trat auf Ricks Stirn, sein Atem ging schwer. »Du hattest … alles geplant«, stammelte er und fragte sich, ob seine bleischweren Worte den Weg durch seine Kehle nach draußen fanden, durch die bunten Schlieren bis zu Oldtimer drangen. Warum war die Luft nur so stickig? »Du wolltest … Rache!« Rick lauschte nach dem Klang seiner eigenen Stimme. Nichts. Nur diese unendlich langsamen Atemzüge.

*Nach dem Eishockeyspiel fläzt er auf Oldtimers Couch. Vor ihm steht eine Bierdose, daneben ein Schachbrett. Vergilbte Tapeten. In einer Ecke ausgetretene Laufschuhe. Eine verstaubte Plattensammlung. Die Heizung ist kalt. »Du lebst ja wie auf dem Friedhof«, grient Rick. »Wie ein Halbtoter.« Oldtimer sieht ihn wortlos an. »Sorry«, sagt Rick und fragt nach einer Pause: »Mit wem spielst du überhaupt?« – »Mit meiner Frau«, antwortet Oldtimer. »Fuck«, sagt Rick. »Spielen wir?«, fragt Oldtimer und setzt sich in den Sessel gegenüber. Rick zuckt mit den Schultern und trinkt. »Warum lässt sich ein Autoschrauber einen Schmetterling tätowieren?«, fragt Oldtimer später. »Der Scheiße entschwirren«, antwortet Rick und denkt: Träumen nachjagen, die nie wahr werden können.*

*Er sieht Nadine vor sich. Seinen zweiten Schmetterling. »Du bist so grob«, hatte sie nach drei Wochen gesagt und angefangen zu flennen. Er hatte sie rausgeschmissen, seine Faust in den Schrank krachen lassen. Er sieht Julia. Heike. Ihre Verletzungen. Seine Tränen.*

*Rick zieht den weißen Läufer nach D 6.*

*Es steckt in ihm! Kein Entkommen. Er wird nie einen Schmetterling besitzen. Wird immer Flügel brechen müssen. Wie sein Vater.*

Ricks Herz schlug schwer und langsam wie bleierne Riesenschwingen. »Ich habe es nicht anders gelernt.«

Oldtimer antwortete nicht.

*Oldtimer starrt auf das Spielbrett. »Lass uns eine Schneetour machen«, sagt er und setzt die schwarze Dame auf G 6. »Oben, am Eissee.« – »Wenn du meinst«, sagt Rick und deckt seinen Läufer mit einem Bauern. »Wie ist sie eigentlich gestorben?«, fragt er den Älteren. »Karin wurde ermordet«, sagt Oldtimer und schlägt Ricks Turm.*

Das Kreischen eines Raubvogels schnitt durch seinen Schädel. Sein Kopf zersplitterte, und aus seinen Lungen quälte sich ein Schrei.

*»Mein Turm!«, sagt Rick und glaubt, sein Gehirn explodiert. Er starrt Oldtimer an. Stechender Blick. Glatte Wangen. Alte Bilder blitzen auf: dunkle Augenringe. Bartstoppeln. Der Mann im Gerichtssaal! Oldtimer ist der Ehemann dieser toten Schlampe! Rick sieht ihn mit dem zerbeulten Golf vor der Werkstatt aufkreuzen. »Genau nach Ihnen habe ich gesucht«, hatte Oldtimer gesagt. Oldtimer ist als Rächer gekommen! Ricks Fingernägel bohren sich tief in seine Handflächen.*

Er brannte lichterloh. War eine Fackel, seine Haut warf dicke Blasen! Er wälzte sich auf dem Boden. »Nein!« In den Bergen verfing sich leise sein Heulen.

*Er kriecht in der alten Karre durch die Straßen. Sein Arsch klebt auf dem Plastikpolster. Verdammter Brutkasten. Er kurbelt das Fenster herunter. Das Leben kotzt ihn an. Keine Freundin. Immer Druck in der Hose. Und die Werkstatt ein Pleiteladen. An der Ausfallstraße steht ein roter Mini. Der Kühler qualmt. Die Frau winkt. Sie trägt ein zitronengelbes Kleid, der Rock bewegt sich sanft im Wind. Er schluckt. Nicht anhalten, befiehlt er sich, du hast es nicht im Griff. Er fährt vorbei. Sein Mund ist trocken. Nach der Kreuzung dreht er um. Schlägt die Autotür zu, setzt die Sonnenbrille auf und schlendert zu ihr. »Na, mein kleiner Schmetterling.« Sie zickt. Spuckt ihm ins Gesicht. Er spürt die Ader an seinem Hals schlagen. Sieht ihr Gesicht bluten. Hinter dem Steinbruch zerrt er sie vom Rücksitz.*

»Verzeih mir, Oldtimer!« Stille. Kein Laut kam mehr über seine verbrannten Lippen. Zäh klebten die Silben in seinem Gehirn fest. Erinnerungen verschmolzen mit Trugbildern.

*Die Schlampe kniet vor ihm. Welke Titten zwischen gelben Stofffetzen. Schlaffer Arsch. Ihm wird übel. Sein Ständer macht schlapp. »Dein Tuning hat versagt«, sagt er und tritt sie in die Rippen. Sie fällt in den Staub. »Bravo!«, hört er seinen Vater sagen. »Hast ja doch was kapiert.« Rick lacht. Dann kracht die Zimmertür gegen die Wand. Gestank. Der Vater keucht. Die Mutter weint. Die Schlampe weint. Flügel brechen. »Fresse halten«, schreit Rick. Gelbe Kleiderfetzen stürzen über den Rand des Steinbruchs. »Fick dich selber.«*

Hitze. Brand! Er fummelte an seinem Gürtel. Am Hosenknopf. Seine Finger waren butterweich. Er zerrte an den Hosenbeinen, glaubte, Jahrhunderte zu benötigen, bis das

Scheißding endlich neben ihm lag. Wie konnte er sich bei der Dreckshitze nur so warm anziehen! Er musste doch die Schlampe knallen. Brauchte Abkühlung. Jetzt!

*Noch im Auto ruft er Jaracz an. Er zittert. Es war passiert. Übergekocht. Kontrollverlust total. Die Karre muss nach Polen. Keine Spuren!* »Zwei Tage«, *sagt Jaracz. Irgendein Arschloch bricht in die Werkstatt ein und beschädigt die Kiste. Jaracz zahlt dreihundert Mark weniger.* »Versager«, *brüllt der Vater.* »Mörder«, *schreit Oldtimer, und aus Ricks Mund rinnt warm das Blut.*

Alpträume!, sagte er sich. Steh auf!

Rick fühlte sich plötzlich hellwach. Strich über seine verklebten Augen. Keine Tränen. Nur Schweiß! Er war erleichtert. Ein Rick weinte doch nicht! Ein Rick handelte!

*Oldtimer dreht Ricks Turm in der Hand.* »Jeder Kampf fordert Opfer«, *sagt er. Ich setz dich matt, Bastard!, denkt Rick und antwortet:* »Vor der Tour zum See rauf bringst du deinen Wagen noch mal zu mir. Öl. Frostschutz. Winterräder.« »Du die Technik, ich den Proviant«, *nickt Oldtimer.*

Er entspannte sich. Wie einfach alles gewesen war! Fast musste er lachen. Aber dazu war er zu müde. Und überall waren diese phantastischen Bilder. Im bunten Licht saß Oldtimer. Er hob und senkte die Flügel, bereit, die Flatter zu machen.

*Oldtimer bringt den Wagen in Ricks Garage. Rick holt Elektrokabel, Sprengstoffzünder, mischt die Chemikalien. Zwei Stunden später holt Oldtimer den Wagen ab. Am nächsten Morgen fährt Rick im eigenen Wagen los. Berge. Die Serpentine. Das Licht blendet. Die Eisfläche glitzert. Oldtimer parkt schon am Treffpunkt.* »Ich helf dir ausladen«, *sagt Rick. Beugt sich in Oldtimers Wagen. Ein Handgriff neben die Zündung. Kabel und Anlasser sind verbun-*

den. »Startklar«, grinst er zu Oldtimer und schultert den Rucksack.

Oldtimer breitete die Flügel aus. Rick sah ihm nach, wie er sich gen Himmel erhob, auf und nieder schwirrte, die gelben Schwingen von einem goldenen Saum umflossen. Immer höher stieg er, jagte auf die Sonne zu, wurde kleiner, winzig, verschmolz mit dem endlosen Licht, bis er in die Glut stieß und als gigantischer Feuerball explodierte.

⟡

Simon Wolf erhob sich. Die Mondsichel spiegelte ihren silbernen Hof auf dem schwarzen Eis des Sees. Das Knistern des Feuers war verstummt, nur der Wind flüsterte noch im Schilf, als wolle er ihm zuraunen, dass jetzt alles gut war.

Er blickte auf den Mörder seiner Frau. Seine Silhouette hob sich kaum vom Weiß des Schnees ab. Auf allen vieren war er durch den Schnee gekrochen, nackt, kraftlos, zuletzt zusammengesackt. Der Gestank von Urin mischte sich mit dem Geruch kalter Asche.

Kältetod. Wolf kannte den Verlauf. Als Bulle wusste man Dinge, die man nicht freiwillig lernte. Fast jeden Winter waren Fälle von entkleideten Toten auf seinem Tisch gelandet. Vermeintliche Sexualdelikte. In Wirklichkeit Erfrorene. Verwirrte Alte, Obdachlose, Betrunkene – Menschen ohne Zuhause, die alle denselben Sterbeprozess durchlitten hatten: irrsinnige Kälteschmerzen, Herzrasen, Zittern. Kampf und Bewusstseinsverlust. Verschwinden von Qual und Panik. Muskelerschlaffung, oft Hochgefühl und das Vermischen von Wirklichkeit und Halluzination, begleitet von einem paradoxen Hitzeempfinden, bei dem sich die Sterbenden mit einem letzten Rest Kraft auszogen. Kälteidiotie nannte die Fachwelt das.

Rick war jetzt bewusstlos. Hatte Vorhofflimmern, versteifte Muskeln und glitt hinüber in die letzte Phase zwischen Leben und Exitus: Vita reducta. Scheintod.

Wolf streckte sich und hielt das Gesicht in den Himmel. Die Luft legte sich wie Eis auf seine Wangen.

Zeit zu gehen.

Er packte die Thermoskanne in den Rucksack und stapfte durch die Dunkelheit zum Parkplatz. Endlich war er frei. Konnte ins Leben zurückkehren. Er hatte sein Versprechen gehalten. Für Gerechtigkeit gesorgt. Karin gesühnt. »Zur Feier des Tages lasse ich dich heute gewinnen«, sagte er und warf das Gepäck in den Wagen. »Gleich bin ich bei dir, mein Engel!«

Lächelnd drehte er den Zündschlüssel um.

# Späte Abrechnung

Michael Connelly

The three Kings Pawnshop on Hollywood Boulevard had been victimized by a burglar three times in ten years. The criminal method at each break in was similar, and it was suspected by the LAPD that the same thief was responsible each time.

$\mathcal{D}$as Three Kings, ein Leihhaus am Hollywood Boulevard, war im Laufe zweier Jahre dreimal von einem Einbrecher heimgesucht worden. Die Vorgehensweise war in allen Fällen ähnlich, und so vermutete das Los Angeles Police Department, dass es sich jeweils um denselben Täter gehandelt hatte. Dieser war mit äußerster Vorsicht zu Werke gegangen und hatte darauf geachtet, keine Fingerabdrücke oder andere Hinweise auf seine Identität zu hinterlassen. Weder kam es zu einer Festnahme, noch konnte das Diebesgut sichergestellt werden. Nikolai Servan, den russischen Einwanderer, dem das Geschäft gehörte, brachte das Rechtssystem seiner neuen Heimat ins Grübeln.

Am 24. Dezember diesen Jahres schloss Servan die Hintertür seines Leihhauses auf, trat ein und stellte fest, dass sein Geschäft ein viertes Mal heimgesucht worden war. Außerdem bemerkte er, dass der Einbrecher noch im Laden war. Diese zufällige Entdeckung führte schließlich dazu, dass sich Detective Harry Bosch und sein Partner Jerry Edgar im Three-Kings-Pfandleihgeschäft einfanden.

Kurz nach zehn Uhr trafen sie in einer schnittigen Limousine ein, die Bosch aus dem Car Pool der Hollywood Division ausgeliehen hatte. Sie wussten, dass ein Kollege vom Einbruchsdezernat namens Eugene Braxton zusammen mit Nikolai Servan auf sie wartete. Und die Leiche natürlich.

»Schau dir das an, Harry. Sieht wirklich wie ein Weihnachtsgeschenk aus«, meinte Edgar, als Bosch den Motor abstellte. »Wir brauchen es nur noch auszupacken.«

Edgar hatte recht. Die Wände des kleinen, einstöckigen Pfandleihhauses leuchteten rot, und das gelbe Flatterband, mit dem die Streifenbeamten die Vorderseite des Geschäfts abgesperrt hatten, sah aus wie Geschenkband. Bosch machte sich nicht die Mühe, die Beobachtung seines Partners zu kommentieren. Er stieg aus und schloss die Fahrertür.

Einen Augenblick lang blieb er auf dem Bürgersteig stehen und betrachtete das Pfandleihgeschäft. Es lag zwischen einem Sexshop und einem Geschäft, in dem Privatleute ein Postfach mieten konnten. Ein stählernes Sicherheitsgitter war hochgeschoben worden, vermutlich von Servan selbst, nachdem er am Morgen die Polizei alarmiert hatte. Bosch schaute zum Ladenschild über dem Schaufenster, das drei im Dreieck angeordnete Kugeln zeigte, das internationale Symbol der Pfandleiher, ergänzt durch Königskronen, die auf den Bällen thronten.

»Schick«, sagte Edgar, der ebenfalls das Schild betrachtete.

»Außerordentlich«, erwiderte Bosch. »Bringen wir es hinter uns.«

»Mach dir meinetwegen keine Sorgen, Har. Ich werde die Dinge nicht unnötig hinauszögern. Es ist Heiligabend. Ich will diese Sache rasch erledigen und dann ausnahmsweise einmal früh Feierabend machen.«

Bosch trat ein und begab sich durch den vorderen Teil des Geschäfts an Fahrrädern, Golfschlägern, Antiquitäten und Musikinstrumenten vorbei zum Ladentresen, an dem Braxton und Servan warteten.

Braxton, der bei den letzten drei Einbrüchen in das Three Kings ermittelt hatte, war als Erster eingetroffen, weil Servan dessen Visitenkarte neben sein Telefon geklebt hatte.

Als der Besitzer des Geschäfts morgens zur Arbeit gekommen war und den toten Einbrecher hinter der Schmuckvitrine gefunden hatte, hatte er nicht etwa die Notrufnummer gewählt, sondern Braxton verständigt.

»Fröhliche Weihnachten, Brax«, sagte Bosch. »Was haben wir hier?«

»Jauchzet und frohlocket, Harry«, erwiderte Braxton. »Ein Einbrecher weniger auf der Welt. Schon allein das beschert mir ein frohes Fest.«

Bosch nickte und sah Servan an, der auf einem Barhocker auf der anderen Seite des Tresens saß. Er war um die fünfzig und hatte leicht gelichtetes Haar. Sein muskulöser Körper wurde langsam etwas schwabbelig. Tätowierungen waren keine zu sehen.

»Das ist Nikolai Servan«, sagte Braxton. »Er ist der Inhaber dieses Geschäfts.«

Bosch streckte seine Hand über den Tresen. Der Russe erhob sich von seinem Hocker und ergriff die Hand mit festem Druck.

»Mr. Servan. Ich bin Detective Bosch, das hier ist Detective Edgar.«

»Nick. Bitte nennen Sie mich Nick.«

Er hatte einen ausgeprägten Akzent, und Bosch schätzte, dass er erst seit wenigen Jahren im Land lebte. Edgar langte über die Theke und schüttelte Servan ebenfalls die Hand.

Bosch ging um Braxton herum und trat in den engen Bereich hinter der gläsernen Schmucktheke, wo die Leiche lag. Es handelte sich um einen Weißen, der mit Ausnahme der rechten Hand, an der er im Unterschied zur linken keinen Handschuh trug, von Kopf bis Fuß in Schwarz gekleidet war. Bosch kauerte sich wie ein Baseball-Catcher neben den Leichnam und betrachtete ihn eingehend, ohne etwas zu berühren. Eine gestrickte Skimütze mit Löchern für Augen und Mund war über das Gesicht gezogen. Bosch sah, dass die Augen offen standen. Die Lippen waren zurückgezogen, obwohl der Tote die Zähne zusammengebissen hatte. Ohne aufzuschauen sagte Bosch:

»Wann können wir mit dem Gerichtsmediziner und der Spurensicherung rechnen?«

»Sie sind unterwegs«, sagte Braxton, »mehr weiß ich nicht. Allerdings ist heute nicht viel Verkehr.«

Das Team des Gerichtsmediziners und die Leute von der Spurensicherung kamen aus der Innenstadt. Bosch und Edgar hatten von ihrem Revier nur acht Blocks zurücklegen müssen.

»Kennst du den Typen, Brax?«

»Ich sehe nicht genug von ihm, um mir sicher sein zu können.«

Bosch sagte nichts. Er wartete. Er wusste, dass sich Braxton bestimmt einen raschen Blick unter die Skimaske gestattet hatte, obwohl das gegen die Regeln verstieß, wie man sich an einem Tatort zu verhalten hatte.

»Er sieht so aus wie ein Bursche, den ich vor fünf Jahren habe hochgehen lassen. Er hieß Monty Kelman«, meinte Braxton.

Bosch nickte.

»Vermutlich hier in der Gegend tätig?«

»Meistens. Ich habe mir sagen lassen, dass er auch auswärtige Aufträge ausgeführt hat. Er gehörte zu einer Truppe, die für Leo Freeling gearbeitet hat. Sie waren im Valley aktiv. Leo ist allerdings vor ein paar Jahren ums Leben gekommen. Seither hat Monty seine Dinger allein inszeniert.«

»Und auch allein ausgeführt?«

»Kommt drauf an.«

Bosch zog ein Paar Latexhandschuhe aus der Tasche, blies sie wie Ballons auf, damit sie besser passten, und streifte sie über. Er kniete sich hin und versuchte dann, die Leiche etwas herumzudrehen, um nach Verletzungen und dem fehlenden Handschuh zu suchen. Er sah nichts, wollte den Leichnam aber auch nicht ganz aus seiner Lage bringen, bevor die Fotos gemacht waren und der Gerichtsmediziner mit seinem Team den Tatort in Augenschein genommen hatte.

»Und wie ist unser Freund gestorben?«

Das war eine rhetorische Frage, aber er sah Servan dabei an. Der Leihhausbesitzer wirkte entsprechend überrascht, fast als fühle er sich beschuldigt. Servan breitete die Hände aus und schüttelte den Kopf.

»Ich weiß nichts«, sagte er. »Ich komme in Laden, schließe auf, er da, tot.«

Bosch nickte und betrachtete den Thekenbereich. Ihm fiel auf, dass Edgar nicht mehr da war. Er sah Braxton an.

»Brax, könntest du bitte Mr. Servan zu einem Streifenwagen begleiten, damit wir hier arbeiten können.«

Während Braxton Servan nach draußen brachte, kehrte Bosch zu der Leiche zurück und fuhr mit seiner Untersuchung fort. Er hob die nackte Hand hoch, betrachtete sie und versuchte, die Frage zu klären, warum sie nicht in einem Handschuh steckte. Da fiel ihm am Daumen eine Verfärbung auf. Eine bräunlich gelbe Linie. Eine entsprechende Linie fand sich auch am Zeigefinger. Mit beiden Händen drückte er Daumen und Zeigefinger gegeneinander, bis beide Linien übereinanderlagen. Es hatte den Anschein, als hätte die Hand – die rechte – einen Stift oder einen anderen dünnen Gegenstand gehalten, der die Abdrücke hinterlassen hatte.

Vorsichtig legte Bosch die Hand wieder auf den Boden und

nahm die Füße der Leiche in Augenschein. Er zog den rechten Schuh herunter, einen schwarzen Lederturnschuh mit einer schwarzen Gummisohle. Dann zog er dem Toten die schwarze Socke aus. Auf dem Fußballen fand sich eine runde Verfärbung, in der Mitte braun und nach außen hin gelb.

»Was hast du da, Harry?«

Bosch schaute auf. Es war Braxton.

»Ich bin mir noch nicht ganz sicher. Hast du irgendwo einen Handschuh gesehen? Dem Typen fehlt ein Handschuh.«

»Hier drüben.«

Das war Edgar. Er befand sich hinter einer weiteren Vitrine am anderen Ende des Ladenlokals. Bosch erhob sich und begab sich zu ihm. Edgar beugte sich vor und deutete unter die Vitrine.

»Hier drunter liegt ein schwarzer Lederhandschuh. Ich weiß nicht, ob er zu dem anderen passt, aber immerhin ist es ein Handschuh.«

Bosch ließ sich auf alle viere nieder, um unter die Vitrine schauen zu können. Er schob eine Hand darunter und zog den Handschuh hervor.

»Scheint zu passen«, sagte er.

»Tut er nicht passen, kann man ihn nicht fassen«, sagte Edgar.

Bosch sah ihn an.

»Johnnie Cochran«, meinte Edgar, »du weißt schon, der O.-J.-Simpson-Handschuh.«

»Richtig.«

Bosch erhob sich, eines seiner Knie knackte. Er betrachtete den Inhalt der Vitrine. In ihr befanden sich Wertgegenstände, allerdings kein Schmuck, auf zwei Ebenen angeordnet und von innen angeleuchtet: Münzen und kleine Jadeskulpturen, goldene und silberne Kästchen, Zigarettenetuis und gravierte, mit Edelsteinen verzierte Dinge. Alles wirkte sehr wertvoll. Die meisten Münzen, fiel Bosch auf, stammten aus Russland.

Bosch trat von der Vitrine zurück und schaute sich in dem Raum um. Abgesehen von den beiden gläsernen Schaukästen enthielt er überwiegend Plunder, die Habseligkeiten von Leuten, die in eine finanzielle Notlage geraten und bereit gewesen waren, sich für Cash von fast allem zu trennen.

»Brax«, sagte Bosch. »Wie ist er reingekommen?«

Braxton deutete nach hinten und ging voraus. Bosch und Edgar folgten ihm. Sie gelangten in ein Hinterzimmer, das als Büro und Lagerraum diente. Kies und Schutt lagen auf dem Boden. Sie schauten alle nach oben. In die Decke war ein halbmetergroßes Loch gestemmt, durch das der blaue Himmel zu sehen war.

»Ein Flachdach, das sich recht einfach aufstemmen lässt«, meinte Braxton. »Eine halbe Stunde, schätze ich.«

»Das macht aber einen ziemlichen Lärm«, meinte Edgar.

»Weiß jemand, wann der Sexshop schließt?«

»Ich erinnere mich, dass ich das bei einem der anderen Einbrüche überprüft habe«, sagte Braxton. »Sie schließen um vier und machen schon um acht Uhr wieder auf. Also ein Zeitfenster von vier Stunden.«

»Wurde jedes Mal durchs Dach eingebrochen?«, fragte Bosch.

Braxton schüttelte den Kopf.

»Die ersten beiden Male brach er durch die Hintertür ein und erst dann durch das Dach. Das hier ist der zweite Einbruch durchs Dach.«

»Du glaubst also, dass es bei den anderen drei Malen auch Monty war?«

»Denke schon. So sind diese Jungs. Brechen immer wieder

in dieselben Läden ein. Nach dem zweiten Einbruch durch die Hintertür ergriff Mr. Servan entsprechende Vorsichtsmaßnahmen. Er verstärkte die Tür mit Stahlplatten. Also kletterte unser Einbrecher aufs Dach.«

»Warum ausgerechnet dieser Laden so oft?«, fragte Edgar.

»Hierher kommen sehr viele Einwanderer. Russen, Koreaner, von überall. Sie verpfänden die Dinge, die sie aus ihrer Heimat mitgebracht haben. Jade. Gold. Münzen. Kleine, teure Gegenstände. Einbrecher lieben das Zeug! In der Schautheke, unter der du den Handschuh gefunden hast, liegt das alles. Deswegen ist unser Mann eingebrochen. Ich weiß nur nicht, wie es ihn hinter die Schmucktheke verschlagen hat.«

»Was hat er bei den letzten drei Einbrüchen erbeutet?«, fragte Bosch.

»Wahrscheinlich durchschnittlich vierzig- bis fünfzigtausend«, sagte Braxton. »Das ist viel für ein Leihhaus. Darum ist der Typ immer wiedergekommen.«

Ein Streifenbeamter betrat das Hinterzimmer und teilte mit, die Leute von der Gerichtsmedizin seien eingetroffen. Die drei Detectives verweilten noch einen Augenblick, um ihre ersten Eindrücke, Boschs Theorie, was dem Einbrecher zugestoßen sein könnte, und die weitere Strategie zu erörtern. Sie beschlossen, dass Edgar am Tatort bleiben sollte, um die Gerichtsmediziner und Forensiker zu unterstützen. Bosch und Braxton wollten sich um Servan kümmern und die Angehörigen verständigen.

Nachdem einer der Assistenten des Gerichtsmediziners die Fingerabdrücke des Einbrechers genommen hatte, fuhren Bosch und Braxton mit Nikolai Servan zur Hollywood Division.

Bosch scannte die Fingerabdrücke ein und mailte sie an das

Fingerabdrucklabor im Parker Center. Dann führte er eine offizielle Vernehmung mit Servan durch und nahm diese auf Band auf. Obwohl der Pfandleiher das Gleiche aussagte, was er auch schon im Geschäft erzählt hatte, war es Bosch wichtig, seinen Bericht aufzuzeichnen.

Als er mit der Vernehmung fertig war, lag bereits eine Nachricht von einem Fingerabdruck-Spezialisten namens Tom Rusch vor. Die Abdrücke stammten von einem 39-jährigen Ex-Sträfling namens Montgomery George Kelman. Kelman war nach einer Verurteilung wegen Einbruchs auf Bewährung freigelassen worden.

Nach drei Telefongesprächen hatte Bosch Kelmans Bewährungshelfer sowie die Adresse und den Arbeitgeber des Toten ausfindig gemacht. Kelman hatte in einem Restaurant in Hillview als Spüler gearbeitet, in der Frühschicht. Der Bewährungshelfer hatte bereits von dem Restaurantbesitzer erfahren, dass Kelman nicht zur Arbeit erschienen war, sich aber auch nicht krankgemeldet hatte, wie es seine Bewährungsauflagen vorschrieben. Der Bewährungshelfer schien sich darüber zu freuen, dass ihm nun ein Haufen Papierkram wegen Verstoßes gegen die Bewährungsauflagen erspart blieb.

»Fröhliche Weihnachten!«, sagte Bosch noch, ehe er auflegte.

Er rief bei Edgar an und erfuhr, dass die Kriminaltechniker immer noch mit der Leiche und dem Tatort beschäftigt waren. Dann teilte Bosch seinem Partner mit, das Opfer sei inzwischen als Kelman identifiziert worden und dass er sich nun mit Braxton zu dessen Adresse begeben werde, die er vom Bewährungshelfer erhalten habe. Nikolai Servan müsse so lange in einem der Vernehmungsräume der Dienststelle warten.

Monty Kelman hatte ein Apartment am Los Feliz Boulevard in der Nähe von Griffith Park bewohnt. Bosch klopfte, und eine junge Frau in Shorts und einem Hemd mit Stehkragen öffnete. Sie war so dünn, dass sie fast schon ausgezehrt wirkte, und ganz eindeutig drogensüchtig. Nachdem sie ihr die schlechte Nachricht überbracht hatten, verkroch sie sich mit angezogenen Knien auf die Couch. Braxton versuchte sie zu trösten und gleichzeitig etwas Interessantes in Erfahrung zu bringen. Bosch sah sich rasch in dem Zweizimmerapartment um. Wie erwartet, deutete nichts darauf hin, dass dies die Wohnung eines Einbrechers war. Im Gegenteil: Sie war seine Fassade, hier hatte er seinen Bewährungshelfer empfangen und ihm ein gesetzestreues Leben vorspielen können. Bosch wusste, dass jeder Einbrecher, der mit Bewährungsauflagen lebte, eine zweite, geheime Wohnung besaß, einen Zufluchtsort, an dem er seine Werkzeuge und seine Beute aufbewahrte.

Im Schlafzimmer stand ein kleiner Schreibtisch, in dem Kelman sein Scheckbuch und seine Papiere aufbewahrt hatte. Bosch blätterte das Scheckbuch durch, das keine Unregelmäßigkeiten aufwies. Dann durchsuchte er die ganze Schreibtischschublade, fand aber nichts, was Aufschluss über Kelmans Zufluchtsort gegeben hätte. Dieser war ihm aber auch nicht sonderlich wichtig, er hatte Braxton, der mit Eigentumsdelikten befasst war, zu interessieren und nicht ihn.

Als er sich umdrehte, um das Schlafzimmer zu verlassen, bemerkte er in der Ecke ein Saxophon auf einem Ständer. Die Größe verriet ihm, dass es sich um ein Altsaxophon handelte. Er hob es hoch. Es war recht alt, wirkte aber sehr gepflegt. Das Messing war poliert, und das Poliertuch steckte im Schalltrichter. Bosch hatte nie Saxophon gespielt, hatte es nicht einmal probiert, aber dessen Klang war die einzige Musik, die ihn ernsthaft berührte.

Er hielt das Instrument mit einer Ehrfurcht in den Händen, die er nur selten für Personen und Dinge aufbrachte. Einen Augenblick lang spielte er mit dem Gedanken, das Mundstück an die Lippen zu führen und zu versuchen, einen Ton zu spielen. Stattdessen hielt er das Instrument nur so vor sich, wie er es bei unzähligen Musikern – angefangen von Art Pepper bis hin zu Wayne Shorter – gesehen hatte.

»Was gefunden, Harry?«, fragte Braxton aus dem anderen Zimmer.

Bosch trug das Saxophon mit dem Ständer ins Wohnzimmer. Die Frau saß jetzt, die Arme vor der Brust verschränkt, auf der Couch. Tränen liefen ihr über die Wangen. Bosch wusste nicht, ob sie ihrer verlorenen Liebe oder ihrer Rauschgiftquelle nachtrauerte.

Er hielt das Saxophon in die Höhe.

»Wem gehört das?«

Sie schluckte und antwortete dann:

»Das ist Montys. Ich meine, es gehörte Monty.«

»Hat er gespielt?«

»Er versuchte es. Er liebte Jazz. Er sagte immer, dass er Stunden nehmen wollte, aber er tat es nie.«

Noch mehr Tränen flossen.

»Es muss geklaut sein«, sagte Braxton an Bosch gewandt, wobei er die Frau ignorierte. »Ich kann das überprüfen, wenn wir zurück sind. Bei diesen Dingern sind der Name des Herstellers und die Seriennummer in den Schalltrichter eingraviert.«

Er deutete auf den Trichter der Kanne.

»Da drin. Es würde mich nicht wundern, wenn er es bei einem seiner früheren Einbrüche in Servans Laden mitgenommen hätte.« Bosch zog das Poliertuch aus der Öffnung und schaute hinein. Das gebogene Messing wies eine Inschrift auf, die er jedoch nicht lesen konnte. Er ging zum Fenster und drehte das Instrument, bis das Sonnenlicht in den Trichter fiel. Er beugte sich ganz nahe an das Saxophon heran, um die Gravur entziffern zu können.

*Calumet Instruments*
*Chicago, Illinois*
*Spezialanfertigung für*
*Quentin McKinzie, 1963*
*»The Sweet Spot«*

Bosch las sie ein weiteres Mal und dann noch ein drittes Mal. Seine Schläfen fühlten sich plötzlich so an, als hätte jemand etwas Heißes dagegengedrückt. Eine Erinnerung blitzte auf, erfüllte seine Gedanken. Er sah einen Musiker vor sich, der auf einem Schiffsdeck unter einem Baldachin saß. Soldaten drängten sich um ihn. Die in Rollstühlen, die Männer, denen Gliedmaßen fehlten, ganz vorne. Der Mann mit dem Saxophon tänzelte wie Sugar Ray Robinson, wenn er aus der Ecke des Boxrings kam. Die Musik war wunderbar und leicht, der Klang besser als alles, was er je gehört hatte. Es war dieses verdammte Licht am Ende des Tunnels.
»Mein Gott, Harry, sag schon, was steht da?«
Bosch sah Braxton an, und die Erinnerung verschwand in der Dunkelheit.
»Bitte?«
»Du hast so ausgesehen, als hättest du da drin ein Gespenst gesehen. Was steht da?«
»Chicago. Es wurde in Chicago hergestellt.«
»Calumet?«

»Woher weißt du das?«

»Ich bin auf Einbrüche spezialisiert. Ich muss das wissen. Calumet ist einer der großen Hersteller. Gibt es schon sehr lange. Vielleicht können wir ja den Besitzer ausfindig machen.«

Bosch nickte.

»Bist du hier fertig?«, fragte er. »Dann lass uns gehen.«

Auf dem Rückweg ins Revier ließ Bosch Braxton fahren, um das Saxophon halten und betrachten zu können.

»Was ist so ein Ding wert?«, wollte er auf halber Strecke wissen.

»Unterschiedlich. Neu einige tausend. Ein Pfandleiher gibt einem vermutlich ein paar hundert.«

»Hast du je von Quentin McKinzie gehört?«

Braxton schüttelte den Kopf.

»Ich glaube nicht.«

»Er wurde Sugar Ray McK. genannt, weil er wie der Boxer Sugar Ray Robinson tänzelte, wenn er Saxophon spielte. Guter Musiker. Spielte meist bei Jam-Sessions, aber ein paar Platten gibt es auch. ›The Sweet Spot‹, hast du das Stück nie gehört?«

»Tut mir leid, aber mit Jazz kenne ich mich nicht aus. Das ist auch so ein Klischee, Polizisten und Jazz. Ich höre Country.«

Bosch war enttäuscht, er hätte ihm gerne von dem Tag auf dem Schiff erzählt, aber da sich Braxton nicht mit Jazz auskannte, konnte er ihm auch nichts erklären.

»Worin besteht die Verbindung?«, fragte Braxton.

Bosch hielt das Saxophon hoch.

»Es hat ihm gehört. Da steht es. ›Spezialanfertigung für Quentin McKinzie‹.«

»Hast du ihn je spielen hören?«

Bosch nickte.

»Einmal. 1969.«

Braxton stieß einen leisen Pfiff aus.

»Das ist lange her. Glaubst du, er lebt noch?«

»Ich weiß nicht. Er nimmt keine Platten mehr auf. Das letzte Album hieß ›Man with an Ax‹, und das liegt mindestens zehn Jahre zurück. Vielleicht noch länger. Außerdem war es ein Sammelalbum.«

Bosch betrachtete das Saxophon.

»Ohne Instrument kann er auch nichts mehr aufnehmen.«

Boschs Handy klingelte. Es war Edgar.

»Harry, wo bist du?«

»Auf dem Weg zurück ins Revier. Wir haben uns gerade Kelmans Apartment angesehen.«

»Und?«

»Nichts. Eine Junkiebraut und ein Saxophon. Was gibt es bei dir?«

»Als Allererstes sind da Auffälligkeiten bei den Leichenflecken. Der Tote wurde bewegt.«

»Und was sagt der Gerichtsmediziner über die Todesursache?«

»Im Augenblick neigt er noch zu deiner Theorie. Also Stromschlag. Dafür sprechen die Verbrennungen an der Hand und am Fuß, wo der Strom rein- und rausgegangen ist.«

»Und? Hast du die Stromquelle gefunden?«

»Ich habe mich im ganzen Laden umgesehen, kann aber nichts finden.«

Bosch dachte nach. Verfärbungen traten post mortem auf, wenn sich das Blut in dem Toten sammelte. Es handelte sich um eine lilafarbene, durch die Schwerkraft verursachte Linie. Bewegte man die Leiche, nachdem sich das Blut erst einmal gesetzt hatte, dann tauchte eine weitere Linie auf. Ein simpler Indikator, den Leute, die nicht mit Mordermittlungen befasst waren, nicht kannten.

»Hast du dich bei dem Schaukasten, unter dem wir den Handschuh gefunden haben, umgesehen?«

»Ja. Aber es gibt keine Stromquelle, die die Sache erklären könnte. Die Vitrine, von der du sprichst, ist von innen beleuchtet, aber diese Beleuchtung funktioniert einwandfrei.« Braxton bog auf den Parkplatz hinter dem Revier ein und stellte den Wagen auf einen Platz, der für die Ermittler reserviert war.

»Habt ihr die Kleidung des Toten inzwischen durchsucht?«

»Ja. Nichts. Leere Taschen. Kein Ausweis.«

»Okay. Wir sind jetzt wieder im Hauptquartier. Ich denke eine Weile nach und rufe dich dann wieder an.«

»In Ordnung, Harry. Ich will nur heute pünktlich Feierabend machen. Die Sache gefällt mir irgendwie nicht.«

»Ich weiß, ich weiß.«

Bosch klappte sein Handy zu und stieg dann mit dem Saxophon aus dem Wagen.

»Was weiß er Neues?«, fragte Braxton.

»Nicht viel«, erwiderte Bosch über das Dach des Wagens hinweg. »Sieht nach Hinrichtung aus. Stromstoß.«

»Deine Annahme.«

»Kannst du mir die Akten der drei früheren Einbrüche ins Three Kings besorgen?«

»Kein Problem. Was wird aus Servan?«

»Ich schau gleich bei ihm vorbei, lasse ihn dann aber schmoren.«

Sie betraten das Revier und gingen in die Abteilung der Kriminalpolizei. Dort trennten sie sich. Braxton begab sich zu den Tischen, an denen die Einbrüche bearbeitet wurden, und Bosch ging durch den rückwärtigen Korridor zu den Vernehmungsräumen. Servan befand sich in Nummer drei. Er lief in dem kleinen Raum auf und ab, als Bosch die Tür öffnete.

»Mr. Servan, alles in Ordnung? Es wird nicht mehr sonderlich lange dauern.«

»Ja, ja, okay, okay. Das finden?«

Er deutete auf das Saxophon. Bosch nickte.

»Stammt das aus Ihrem Geschäft?«

Servan betrachtete das Instrument und nickte dann nachdrücklich.

»Ich denke, ja.«

»Okay, wir werden dem nachgehen. Wir haben noch ein paar Dinge zu erledigen, und dann haben wir Zeit für Sie. Hätten Sie gerne einen Kaffee, oder möchten Sie die Toilette aufsuchen?«

Servan schüttelte den Kopf, und Bosch ließ ihn allein. Zurück im Morddezernat machte er sich auf die Suche nach Quentin McKinzie. Er überprüfte die Listen der Kraftfahrzeugzulassungsstelle, die Wählerlisten und die Vorstrafenregister. McKinzie war in den 1970er und 1980er Jahren in Los Angeles mehrfach wegen Drogendelikten festgenommen worden, aber es gab keine Adresse, und nichts ließ Rückschlüsse darauf zu, wo er sich im Augenblick aufhalten könnte.

Braxton erschien und legte ihm drei dünne Aktenmappen auf den Tisch. Bosch bat ihn, Servan das Foto von Monty Kelman, das sie sich aus dem Vorstrafenregister ausgedruckt hatten, zu zeigen und ihn zu fragen, ob dieser als Kunde in seinem Geschäft gewesen sei.

Nachdem Braxton gegangen war, sah sich Bosch die Akten über die Einbrüche an. Er begann mit dem ersten Einbruch in das Three-Kings-Leihhaus. Er blätterte die Seiten rasch durch, bis er zu der Liste der gestohlenen Gegenstände kam. Ein Saxophon war nicht dabei. Er überflog die Liste und kam zu dem Schluss, dass es sich um kleine Gegenstände aus der beleuchteten Vitrine handelte.

Er blätterte zu der von Braxton verfassten Zusammenfassung zurück. Ein oder mehrere Unbekannte waren durch die Hintertür in das Geschäft eingebrochen und hatten die Vitrine mit den wertvollsten Gegenständen im Leihhaus geleert. Braxton fiel auf, dass sich die Vitrine abschließen ließ. Entweder war sie nicht abgeschlossen gewesen, oder der Einbrecher hatte geschickt das Schloss geöffnet.

Er wandte sich dem nächsten Bericht zu. Hier fand sich das Saxophon auf der Liste der gestohlenen Gegenstände. Es wurde als Altsaxophon bezeichnet, eine nähere Beschreibung fehlte. Auch die Person, die das Saxophon verpfändet hatte, war nicht genannt. Er las die Zusammenfassung, die jener des ersten Berichts entsprach. Der oder die Einbrecher waren durch die Hintertür eingedrungen, hatten die Vitrine geöffnet und alle wertvollen Gegenstände mitgenommen. Das Saxophon schienen sie nur nebenher eingesackt zu haben. Bosch kannte den Grund inzwischen. Monty Kelman hatte dieses Instrument immer lernen wollen.

Der dritte Bericht unterschied sich nur darin, dass an einer anderen Stelle eingebrochen worden war. Dieses Mal waren die Einbrecher, da die Hintertür gepanzert worden war, durch das Flachdach eingedrungen. Das Schloss der Vitrine war mit einem Dietrich geöffnet und diese zum dritten Mal geleert worden.

Die Verluste, die durch die Einbrüche entstanden waren, hatten im Schnitt 40 000 Dollar betragen. Servan war versichert, aber Bosch vermutete, dass die Prämien immer weiter angestiegen waren. Die meisten gestohlenen Gegenstände waren käuflich gewesen; die ursprünglichen Besitzer hatten die Frist verstreichen lassen, und so waren diese in Servans Besitz übergangen.

Braxton kam aus dem rückwärtigen Korridor und trat an den Tisch der Mordermittler.

»Ja, er erkennt ihn«, sagte er. »Er sagt, Kelman sei vor ein paar Tagen in sein Geschäft gekommen und habe sich ein paar Münzen in der Vitrine angesehen.«

»Hatte er ihn davor schon einmal gesehen?«

»Er glaubt es, ist sich aber nicht ganz sicher.«

»Arbeitet außer ihm noch jemand in dem Geschäft?«

»Nein. Das ist ein Ein-Mann-Betrieb. Sechs Tage die Woche von neun bis sechs. Hart arbeitender Einwanderer, die alte Leier.«

Bosch lehnte sich in seinem Stuhl zurück und strich mit dem Daumen über die eine Seite seines Schnurrbarts. Er sagte nichts.

Nach einer Weile war Braxton das Warten leid.

»Harry, brauchst du mich noch?«

Bosch schaute nicht zu ihm hoch.

»Hm, könntest du noch einmal zurückgehen und ihn nach der Vitrine fragen?«

»Nach der Vitrine? In der die Münzen drinliegen?«

»Ja, frag ihn, ob er sich ganz sicher ist, dass sie jedes Mal abgeschlossen war. Bei allen Einbrüchen.«

Er merkte, dass Braxton immer noch neben seinem Tisch stand.

»Na?«

»Bin ich hier etwa der Laufbursche?«

»Nein, Brax, dir vertraut er. Stell ihm jetzt diese Frage.«

Bosch wartete und strich über seinen Schnurrbart. Braxton brauchte nicht lange.

»Er sagt, dass er diese Vitrine immer verschlossen hält. Auch wenn die Pfandleihe geöffnet ist. Er schließt sie nur auf, um etwas hineinzulegen oder herauszunehmen. Dann schließt er wieder ab, und zwar jedes Mal. Er trägt den Schlüssel immer bei sich, und es gibt keinen zweiten.«

»Unser Freund hat also einen Dietrich verwendet.«

»Sieht ganz danach aus.«

Bosch nickte.

»Noch was, Brax. Das Saxophon. Er muss doch Unterlagen haben, wer was verpfändet hat, oder?«

»Allerdings. Wir erhalten Kopien. Die Pfandhaus-Einheit gleicht sie mit den Listen gestohlener Gegenstände ab. Gelegentlich gibt es einen Treffer.«

Bosch beugte sich vor und hob das Saxophon an, das auf seinem Tisch gelegen hatte.

»Wie kann ich herausfinden, wer das Saxophon verpfändet hat?«

Braxton wirkte erstaunt.

»Und was hat das mit der Sache zu tun?«

»Soweit ich weiß, nichts. Ich würde nur gerne herausfinden, wer es verpfändet hat.«

»Das sollte nicht allzu schwierig sein. Die Jungs von der Abteilung verwahren die Unterlagen nach Leihhäusern sortiert in Schuhkartons. Sie könnten sich die Schachtel für das Three Kings einmal ansehen. Je nachdem, wie lange es her ist, könnte die Kopie noch dort liegen.«

»Was funktioniert besser, wenn du sie anrufst oder wenn ich sie anrufe?«

»Es wird ihnen in keinem Fall in den Kram passen, aber lass es mich mal versuchen.«

»Danke, Kumpel.«

Bosch schaute auf seine Armbanduhr. Es war fast 12 Uhr.

»Sag ihnen, wir hätten es gerne noch heute.«

»Ich werde das ausrichten, aber sie werden uns vermutlich nichts versprechen. Es ist Weihnachten, Harry. Die Kollegen wollen früh Feierabend machen.«

»Sag ihnen einfach, es sei wichtig.«

»Ist es dir wichtig, oder ist es für den Fall wichtig?«

Bosch antwortete nicht, und schließlich kehrte Braxton an seinen Schreibtisch zurück, um die Kollegen anzurufen. Bosch schaute sich die drei Einbruchsakten noch einmal an. Als er fertig war, erhob er sich und ging den rückwärtigen Korridor entlang zu den Vernehmungszimmern. Aber statt Raum Nummer drei zu betreten, in dem sich Servan aufhielt, betrat er Nummer vier und schaute sich den Pfandleiher durch die verspiegelte Glasscheibe an. Dieser saß mit verschränkten Armen und geschlossenen Augen am Tisch. Entweder schlief er, oder er meditierte. Vielleicht beides.

Er verließ das Zimmer und kehrte an seinen Schreibtisch zurück. Er nahm Platz und griff wieder zu dem Saxophon. Er hielt es gern in den Händen, es gefiel ihm, wie es sich anfühlte und wie es in der Hand lag. Er wusste, dass man mit diesem Instrument einen Ton erzeugen konnte, der alle Trauer und Hoffnungen der Menschheit widerspiegelte. Das stimmte ihn nachdenklich. Von neuem erinnerte er sich an den Tag auf dem Schiff. Wie Sugar Ray sich vorbeugend und zurücklehnend »The Sweet Spot« und ein paar andere Stücke gespielt hatte. Bosch hatte sich damals in diesen Klang verliebt. Er hatte das Gefühl gehabt, er komme irgendwo tief aus seinem Inneren. Nach diesem Tag war er nicht mehr derselbe.

Er ließ die Erinnerung hinter sich und ging zu dem Bücherbord, das über den Aktenschränken angebracht war. Er griff zu einem der forensischen Handbücher und begann im Register zu blättern. Er fand, was er suchte, und schlug die entsprechende Seite auf. Er saß da und las, als sein Handy klingelte. Er zog es aus der Hosentasche. Es war Edgar.

»Harry, wir sind hier soweit fertig. Willst du, dass ich aufs Revier komme?«

»Noch nicht.«

»Was dann?«

»Ihr habt nichts bei der Leiche gefunden, oder? Weder Werkzeug noch Dietrich?«

»Stimmt. Das habe ich dir aber bereits gesagt.«

»Ich habe gerade die Berichte über die drei vorigen Einbrüche gelesen. Jedes Mal hatte er es auf diese Vitrine abgesehen. Er hat sie mit einem Dietrich geöffnet. Servan sagt, sie sei immer abgeschlossen gewesen.«

»Tja, wir haben aber keinen Dietrich gefunden, Harry. Vermutlich hat auch derjenige, der die Leiche bewegt hat, den Dietrich mitgenommen.«

»Servan ist der Täter.«

Edgar schwieg einen Augenblick und sagte dann: »Könntest du mir das bitte näher erklären, Harry.«

Bosch dachte einen Augenblick lang nach und sagte dann: »Bei ihm ist innerhalb von zwei Jahren dreimal eingebrochen worden. Jedes Mal wurde die Vitrine mit den Wertsachen geöffnet. Es ist nicht so einfach, mit Handschuhen einen Ring mit Dietrichen zu handhaben. Servan wusste vermutlich, dass der Einbrecher nur für einen einzigen Augenblick die Handschuhe auszog, nämlich um mit seinen Dietrichen zu hantieren. Dietrichen aus Stahl, die er in ein Schloss aus Stahl schob.«

»Wenn er dieses Schloss mit 110 Volt unter Strom gesetzt hat, kann es bei dem Einbrecher zum Herzstillstand geführt haben.«

»Nicht unbedingt. Ich habe gerade etwas in einem der Handbücher gelesen. Eine Spannung von 110 Volt reicht zwar für einen Herzstillstand aus, aber es hängt alles von der Stromstärke ab, von den Ampere. Es gibt eine Formel. Das hat irgendetwas mit Widerstand und Spannung zu tun. Du weißt schon, trockene Haut und feuchte Haut, so etwas.«

»Dieser Bursche hatte gerade seinen Handschuh ausgezogen. Vermutlich war die Hand schweißnass.«

»Genau. Wenn der Widerstand also gering war und Servan das Schloss direkt mit einer 110-Volt-Leitung verbunden hatte, dann dürfte der erste Stromstoß ausgereicht haben, um die Muskeln zusammenzuziehen. Unser Einbrecher konnte den Dietrich nicht mehr loslassen. Der elektrische Strom jagt durch ihn hindurch, trifft das Herz, es kommt zum Kammerflimmern.«

»Kammerflimmern ist aber eine natürliche Todesursache, Harry.«

»Nicht wenn es durch einen Stromstoß ausgelöst wurde.«

»Dann handelt es sich um mehr als nur um einen Totschlag. Das ist Vorsatz.«

»Das ist eine Frage für den Staatsanwalt. Wir sind nur für die Fakten zuständig.«

»Übrigens, wie bist du eigentlich auf die Idee gekommen, ihm eine Socke auszuziehen und nach einer weiteren Verbrennung zu suchen?«

»Durch die Verbrennungen an den Fingern. Ein Schuss ins Blaue.«

»Mit dem du wirklich ins Schwarze getroffen hast!«

»Das war eben Glück. Jetzt musst du dir diese Vitrine ansehen und herausfinden, wie er sie verkabelt hat. Ist die Spurensicherung schon weg?«

»Sie packen gerade zusammen.«

»Sag ihnen, sie sollen die Glastheke als Beweisstück mitnehmen.«

»Die ganze Vitrine? Die ist drei Meter lang!«

»Sag ihnen, sie sollen sie mitnehmen. Du fährst mit. Die Vitrine ist der Schlüssel zum Ganzen. Sag ihnen, sie sollen vorsichtig damit umgehen.«

»Sie müssen dann aber von den Special Services einen Lastwagen anfordern.«

»Spielt keine Rolle. Ruf sie an. Bring's hinter dich.«

Bosch klappte das Telefon zu und stand von seinem Schreibtisch auf. Er ging den Korridor entlang, am Diensthabenden vorbei zum Umkleideraum. Am Automaten zog er zwei Pakete Cracker mit Erdnussbutter, öffnete das eine und aß es, während er an seinen Schreibtisch zurückging. Das andere Paket steckte er sich für später in die Jackentasche. Auf dem Rückweg hielt er kurz inne, um am Wasserspender ein Glas Wasser zu trinken.

Braxton erwartete ihn an seinem Schreibtisch mit einem Blatt Papier in der Hand.

»Du hast Glück«, sagte er zu Bosch, als dieser näher kam. »Das Saxophon wurde schon vor zwei Jahren verpfändet, aber die Kopie war noch da.«

Er reichte Bosch das Blatt. Es handelte sich um die Fotokopie eines Pfandscheins. Hier standen Name, Adresse und Telefonnummer des Kunden. Der Mann, der Quentin McKinzies Saxophon verpfändet hatte, hieß Donald Teed. Er lebte im Valley. Nikolai Servan hatte ihm 200 Dollar für das Instrument gegeben.

Bosch setzte sich und sah, dass Teeds Telefonnummer am Arbeitsplatz mit der Vorwahl 323 ein Hollywood-Anschluss war. Das konnte erklären, warum jemand, der im Valley lebte, einen Pfandleiher in Hollywood aufgesucht hatte. Er griff zum Telefon und wählte die Nummer von Teed. Eine Frauenstimme antwortete: »Splendid Age.«

»Wie bitte?«, sagte Bosch.

»Splendid Age, Seniorenresidenz. Was kann ich für Sie tun?«

»Hallo. Wohnt Donald Teed bei Ihnen?«

»Ob er bei uns wohnt? Nein. Wir haben hier einen Mitarbeiter namens Donald Teed. Meinen Sie den?«

»Ich glaube schon. Kann ich ihn sprechen?«

»Ja, ich weiß aber nicht genau, wo er sich gerade aufhält. Er ist unser Wachmann und immer in Bewegung. Wer sind Sie bitte? Wollen Sie etwas verkaufen?«

Langsam wurde Bosch klar, wie alles zusammenhing. Er setzte alles auf eine Karte.

»Ich bin ein Freund von ihm. Können Sie mir vielleicht noch sagen, ob Sie noch einen anderen meiner Freunde bei sich haben? Er heißt Quentin McKinzie.«

»Ja. Mr. McKinzie wohnt hier bei uns. Worum geht es eigentlich?«

»Ich rufe später noch einmal an.«

Bosch legte auf, und sein Blick fiel auf das Saxophon.

Nikolai Servan öffnete in dem Augenblick die Augen, als Bosch zur Tür hereinkam. Bosch legte das Blatt Papier, das er in der Hand hielt, auf den Tisch und nahm Servan gegenüber Platz. Er verschränkte wie Servan die Arme und legte die Ellbogen auf den Tisch.

»Wir sind da auf etwas gestoßen, Mr. Servan.«

»Gestoßen?«

»Ein Problem. Oder mehrere, um die Wahrheit zu sagen. Ich

132

würde Ihnen gerne die Gelegenheit geben, mir dieses Mal die Wahrheit zu sagen.«

»Ich verstehe nicht. Ich gesagt Wahrheit, ich Ihnen gesagt Wahrheit.«

»Ich glaube, sie haben mir etwas verschwiegen, Mr. Servan.«

Servan faltete die Hände auf dem Tisch und schüttelte den Kopf. »Nein, ich alles gesagt.«

»Ich werde Sie jetzt über Ihre Rechte belehren, Mr. Servan. Hören Sie genau zu, was ich Ihnen jetzt vorlese.«

Bosch las Servan von einem Papier auf dem Tisch seine Rechte vor. Dann drehte er es herum und bat den Pfandleiher, zu unterschreiben. Er reichte ihm einen Stift. Servan zögerte und schien das Blatt ein weiteres Mal ganz durchzulesen. Dann griff er zu dem Stift und unterschrieb. Bosch stellte die erste Frage, als Servan den Stift weglegte.

»Was haben Sie mit den Dietrichen des Einbrechers gemacht, Mr. Servan?«

Einen langen Augenblick presste Servan die Lippen zusammen, dann schüttelte er den Kopf.

»Ich verstehe nicht.«

»Kommen Sie schon, Mr. Servan. Wo sind die Dietriche?«

Servan starrte ihn einfach nur an.

»Okay«, sagte Bosch. »Wir versuchen es mit folgender Frage. Sagen Sie mir, wie Sie die Glastheke verkabelt haben.«

Servan neigte den Kopf nach vorne.

»Jetzt ich brauche Anwalt«, sagte er. »Bitte, ich jetzt brauche Anwalt.«

Bosch parkte vor der Splendid-Age-Seniorenresidenz und stieg aus, das Saxophon und den Ständer in der Hand. Aus einem offenen Fenster drang weihnachtliche Musik. Elvis Presley sang »Blue Christmas«.

Er dachte an Nikolai Servan, der Heiligabend und den ersten Weihnachtsfeiertag im Parker-Center-Gefängnis verbringen würde. Wahrscheinlich war es das einzige Gefängnis, das er je zu Gesicht bekommen würde.

Der Staatsanwalt würde erst nach den Feiertagen darüber entscheiden, ob er ihn anklagen oder laufenlassen würde. Bosch wusste, dass eher mit Letzterem zu rechnen war. Anklage gegen den Pfandleiher zu erheben würde nicht leicht werden. Servan hatte sich einen Anwalt genommen und schwieg nur noch. Am Nachmittag hatten sie seine Wohnung, sein Auto, das Leihhaus und die Mülltonnen in der Gasse dahinter durchsucht, aber weder die Dietriche noch die Kabel gefunden, mit denen die Vitrine für den tödlichen Stromstoß präpariert worden war. Auch die Todesursache würde sich vor Gericht nicht beweisen lassen. Kelmans Herz hatte aufgehört zu schlagen. Ein elektrischer Schlag hatte ganz offenbar zu Herzkammerflimmern geführt, aber vor Gericht würde der Verteidiger argumentieren, dass die Verbrennungen an den Fingern und am Fuß des Opfers nichts zu bedeuten und vermutlich nichts mit seinem Tod zu tun hatten.

Alle diese Einwände waren jedoch nur geringfügig, verglichen mit dem Haupteinwand, dass es sich bei dem Opfer um einen Einbrecher handelte, der beim Verüben einer Straftat ums Leben gekommen war. Er hatte wiederholte Male Straftaten begangen, die den Angeklagten schwer geschädigt hatten. Würde es die Geschworenen überhaupt kümmern, dass ihm Nikolai Servan eine tödliche Falle gestellt hatte? Wahrscheinlich nicht. Diese Vermutung äußerte jedenfalls der Staatsanwalt gegenüber Bosch und Edgar.

Bosch hatte vor, am folgenden Morgen das Leihhaus ein weiteres Mal aufzusuchen. Seiner Ansicht nach gab es Gerechtigkeit entweder für alle oder niemanden. Das schloss auch Einbrecher ein. Er würde so lange suchen, bis er die Dietriche oder die Kabel gefunden hatte, mit denen Servan Monty Kelman umgebracht hatte.

Als er sich dem Haupteingang der Seniorenresidenz näherte, fiel ihm auf, dass sie nicht sonderlich schick wirkte. Das Gebäude sah aus wie die letzte Station für Leute, die länger lebten als geplant, wie zum Beispiel Quentin McKinzie. Wenige Jazzmusiker und Junkies wurden so alt. Wahrscheinlich hatte er es sich nie träumen lassen, so weit zu kommen. Wie Bosch aus dem Melderegister in Erfahrung gebracht hatte, war McKinzie 72 Jahre alt.

Bosch trat ein und ging zum Empfangstresen. Es roch wie in den meisten kostengünstigen Altenheimen, die er besucht hatte. Urin und Verfall, das Ende aller Hoffnungen und Träume. Er erkundigte sich nach Quentin McKinzies Zimmer. Die Frau hinter dem Tresen betrachtete misstrauisch das Saxophon unter Boschs Arm.

»Haben Sie einen Termin?«, fragte sie. »Besuche am Abend sind nur nach vorheriger Absprache möglich.«

»Damit Sie noch rasch ein bisschen putzen können, bevor die Kinder vorbeikommen, um ihren lieben alten Dad zu besuchen?«

»Wie bitte?«

»Ich brauche keinen Termin. Wo steckt Mr. McKinzie?«

Er hielt ihr seine Dienstmarke unter die Nase. Sie betrachtete sie lange – länger, als sie zum Lesen benötigte – und räusperte sich dann.

»Er wohnt in Zimmer 107. Den Gang entlang auf der linken Seite. Wahrscheinlich schläft er.«

Bosch nickte dankend und ging den Gang entlang.

Die Tür von 107 stand einen Spalt weit offen. Das Licht im Zimmer brannte, und Bosch hörte, dass ein Fernseher lief. Er klopfte leise, aber niemand reagierte. Langsam öffnete er die Tür und steckte seinen Kopf ins Zimmer. Er sah einen alten Mann, der auf einem Sessel neben dem Bett saß. Ein Fernseher, der weit oben an der gegenüberliegenden Wand angebracht war, lief mit halber Lautstärke. Die Augen des alten Mannes waren geschlossen. Er war hager und ausgezehrt und nahm nur die Hälfte des Sessels ein. Seine schwarze Haut war wie von grauem Puder überzogen. Trotz des hageren Gesichts und der Haut, die in Falten unter seinem Kinn hing, erkannte ihn Bosch. Es war Sugar Ray McK.

Er trat ein und ging leise um das Bett herum. Der Mann bewegte sich nicht. Bosch blieb einen Augenblick lang unschlüssig stehen. Er beschloss, den Mann nicht zu wecken. Er stellte den Ständer in die Ecke des Zimmers. Dann verstaute er das Instrument in der Halterung. Er richtete sich wieder auf, warf einen weiteren Blick auf den schlafenden Jazzmusiker und nickte ihm zu, ein unbemerkter Dank. Als er das Zimmer verließ, streckte er die Hand aus und stellte den Fernseher ab.

An der Tür hielt ihn eine rauhe Stimme auf:

»He!«

Bosch drehte sich um. Sugar Ray war wach und schaute ihn mit wässrigen Augen an.

»Sie haben meine Kiste ausgemacht.«

»Tut mir leid, ich dachte, Sie schlafen.«

Er ging ins Zimmer zurück und streckte die Hand aus, um den Fernseher wieder anzumachen.

»Wer sind Sie, Junge? Sie arbeiten doch nicht hier.«

Bosch drehte sich um und sah ihn an.

»Ich heiße Harry. Harry Bosch. Ich bin gekommen …«

Sugar Ray fiel das Saxophon in der Ecke des Zimmers auf.

»Das ist mein Sax.«

Bosch nahm das Saxophon aus der Halterung und reichte es ihm. »Ich habe es gefunden. Ich habe gesehen, dass Ihr Name darin steht, und wollte es Ihnen zurückgeben.«

Der Mann hielt das Instrument so vorsichtig wie ein neugeborenes Baby. Langsam betrachtete er es von allen Seiten. Suchte er nach Defekten, oder schaute er es nur an, wie man eine Geliebte anschaut, die einen vor Jahren verlassen hat? Bosch hatte plötzlich einen Kloß im Hals, als der Jazzmusiker das Mundstück an die Lippen setzte, es anleckte und dann zwischen den Zähnen hielt. Sein Brustkorb hob sich, als er Luft holte.

Aber als sich seine Finger bewegten und er blies, entwich die Luft zwischen den schwachen Lippen, die das Mundstück nicht vollkommen zu umschließen vermochten. Sugar Ray schloss die Augen und versuchte es erneut – mit demselben Ergebnis. Er war zu alt und zu schwach. Seine Lungen waren kaputt. Er konnte nicht mehr spielen.

»Schon in Ordnung«, sagte Bosch, »Sie brauchen nicht zu spielen. Ich dachte nur, dass Sie es zurückbekommen sollten, das ist alles.«

Sugar Ray hielt das Instrument auf dem Schoß, als wolle er es beschützen. Er sah zu Bosch hoch.

»Wo haben Sie das her, Harry Bosch?«

»Ich habe es von einem Typen, der es in einem Leihhaus gestohlen hatte.«

Sugar Ray nickte, als hätte er diese Geschichte bereits gehört.

»Hat man Ihnen das Saxophon gestohlen?«, fragte Bosch.

»Nein. Ich habe es verpfänden lassen. Einer der Angestellten hier hat das für mich erledigt. Ich brauchte Geld für den Fernseher. Ich bin nicht gerne mit den anderen im Aufenthaltsraum. Das sind doch alles nur Selbstmordkandidaten. Ich brauchte meinen eigenen.«

Er schüttelte den Kopf und schaute zu dem Fernseher an der Wand über Boschs Schulter hoch.

»Man stelle sich vor, ein Mann tauscht die Liebe seines Lebens für so etwas ein.«

Bosch drehte sich ebenfalls zu der Mattscheibe um und sah einen Werbespot, in dem der Weihnachtsmann ein kaltes Bier trank, nachdem er eine ganze Nacht lang Geschenke unter die Leute gebracht hatte. Er drehte sich wieder zu Sugar Ray um. Er wusste nicht, ob ihm bei dem, was er getan hatte, wohl sein sollte oder nicht. Er hatte einem Musiker sein Instrument zurückgegeben, aber der konnte nicht mehr darauf spielen.

Er stand noch unentschlossen da, als er sah, dass Sugar Ray das Saxophon ans Herz drückte. Er hielt es so fest, als sei es alles, was er noch auf dieser Welt hatte. Er sah Bosch an, und dieser konnte in seinen Augen lesen, dass er das Richtige getan hatte.

»Fröhliche Weihnachten, Sugar Ray.«

Sugar Ray nickte und schaute zu Boden. Bosch fand es angezeigt, ihn allein zu lassen. Er streckte die Hand aus und fasste einen Moment lang seine Schulter.

»Warum?«, fragte Sugar Ray.

»Warum was?«

»Warum haben Sie das für mich getan? Wollten Sie Weihnachtsmann spielen oder was?«

Bosch lächelte und kniete sich neben den Sessel. Er konnte

dem alten Mann jetzt in die Augen schauen. »Ich habe es getan, um etwas wiedergutzumachen, glaube ich.«

Der alte Mann sah ihn einfach nur an und wartete.

»Im Dezember 1969 befand ich mich auf einem Lazarett-schiff im Südchinesischen Meer.«

Bosch berührte seine linke Taille.

»Ich war vier Tage vorher in einem Tunnel in einen ange-spitzten Bambus gelaufen. Sie erinnern sich vermutlich nicht mehr daran, aber …«

»Das war die USS Sanctuary, die vor Danang lag. Natürlich erinnere ich mich. Sie waren einer der Burschen in den blauen Morgenmänteln, nicht wahr?« Sugar Ray lächelte.

Bosch nickte und fuhr fort:

»Ich erinnere mich noch, dass die Show abgesagt wurde, weil die See zu wild und der Nebel zu dicht war. Die großen Hueys mit der Ausrüstung konnten nicht landen. Wir hat-ten alle an Deck gewartet. Wir sahen, wie die Hubschrauber aus dem Nebel auftauchten und dann wieder umkehrten.«

Sugar Ray hob einen Finger.

»Wissen Sie, dass es Mr. Bob Hope war, der unseren Piloten anwies, das Ding noch einmal zu wenden und auf dem Schiff zu landen?«

Bosch nickte. Er hatte gehört, dass es Hope gewesen war. Ein Hubschrauber hatte wieder kehrtgemacht und war zur Sanctuary zurückgekommen. Der kleine, der mit den gro-ßen Namen an Bord.

»Ich erinnere mich, dass es Bob Hope, Connie Stevens, Sie und dieses wahnsinnig hübsche schwarze Girl aus der TV-Show waren.«

»Teresa Graves aus der Sendung Laugh-In.«

»Sie erinnern sich wirklich an alles.«

»Bloß weil ich alt bin, heißt das noch lange nicht, dass ich mich an nichts mehr erinnern kann. Der Mann im Mond war ebenfalls da.«

Bosch lächelte. Sugar Ray wusste noch Dinge, die er längst vergessen hatte.

»Neil Armstrong, richtig. Aber der Rest der Band, die Playboy All-Stars, saß in einem anderen Hubschrauber, der nach Danang zurückflog. Nur Sie kamen, und Sie hatten Ihr Saxophon dabei. Sie haben für uns gespielt. Solo.«

Bosch betrachtete das Instrument in den grauen Händen des Alten. Er erinnerte sich an den Tag auf der Sanctuary so deutlich wie an jeden anderen Moment seines Lebens.

»Sie haben ›The Sweet Spot‹ und dann ›Auld Lang Syne‹ gespielt.«

»Ich habe auch noch auf Aufforderung eines jungen Mannes in der ersten Reihe den ›Tennessee Waltz‹ gespielt. Er hatte beide Beine verloren und hat mich trotzdem gebeten, diesen Walzer zu spielen.«

Bosch nickte feierlich.

»Bob Hope hat Witze erzählt, und Connie Stevens sang ›Promises, Promises‹. A cappella. In weniger als einer Stunde war alles vorbei, und der Hubschrauber hob wieder ab. Ich kann es nicht erklären, aber das bedeutete wirklich etwas. Es veränderte etwas in dieser vollkommen kaputten Welt, wissen Sie. Ich war damals erst neunzehn und wusste nicht mal, warum ich überhaupt dort drüben war oder wie ich dorthin gekommen war …

Jedenfalls habe ich seither immer Saxophon gehört, aber schöner hat es nie wieder jemand gespielt.«

Bosch richtete sich auf und nickte. Sein Knie knackte laut. Er vermutete, dass es nicht mehr lange dauern würde, bis er sich ebenfalls in einem dieser Heime wiederfand. Wenn er Glück hatte.

»Das wollte ich Ihnen nur erzählen«, sagte er. »Das ist alles.«

»Sie waren dort drüben in diesen Tunneln, oder? Ich habe davon gehört.«

Bosch nickte.

»Wir hätten Sie auf der Jagd nach diesem Bin Laden gebrauchen können.«

Er deutete auf den Fernseher, als hielte sich der Terrorist darin auf.

Bosch schüttelte den Kopf.

»Nein, jetzt ist alles anders. Damals haben sie dir eine Taschenlampe in die Hand gedrückt und einen Revolver und dir viel Glück gewünscht. Dann haben sie dich an einem Tunneleingang abgesetzt. Jetzt gibt es hochempfindliche Mikrofone und Bewegungsmelder, Wärmekameras und Nachtsichtgeräte … es ist alles ganz anders.«

»Vielleicht. Aber ein Jäger ist immer noch ein Jäger.«

Bosch sah ihn einen Augenblick lang an und sagte dann:

»Alles Gute, Sugar Ray.«

Er ging auf die Tür zu. Wieder hielt Sugar Ray ihn auf.

»He, Weihnachtsmann.«

Bosch drehte sich zu ihm um.

»Sie kommen mir wie ein Mann vor, der allein auf der Welt ist«, sagte Sugar Ray, »stimmt das?«

Bosch nickte, ohne zu zögern.

»Meistens.«

»Haben Sie schon Pläne für das Weihnachtsessen morgen?«

Bosch zögerte. Schließlich schüttelte er den Kopf.

»Keine Pläne.«

»Dann kommen Sie doch morgen um drei wieder her. Es gibt ein Essen, und ich darf einen Gast mitbringen. Ich melde Sie an.«

Bosch zögerte. Er war in den vergangenen Jahren an Weihnachten so oft allein gewesen, dass er fast schon befürchtete, es sei für alles zu spät, und dass es unerträglich sein würde, Gesellschaft zu haben.

»Keine Sorge«, sagte Sugar Ray. »Sie werden Ihnen Ihren Truthahn schon nicht pürieren, Sie haben ja noch Zähne.«

Bosch lächelte.

»In Ordnung, Sugar Ray, ich komme.«

»Bis dann.«

Bosch ging den Korridor mit der vergilbten Tapete entlang und in die Nacht hinaus. Als er zu seinem Wagen kam, hörte er ein Weihnachtslied aus einem offenen Fenster. Instrumental, langsam, viel Saxophon. Er blieb stehen, es dauerte einen Augenblick, bis er die Melodie erkannte. Es war »I'll Be Home for Christmas«. Er blieb auf dem Bürgersteig stehen und hörte zu, bis das Lied zu Ende war.

*Aus dem amerikanischen Englisch von*
*Lotta Rüegger und Holger Wolandt*

# Ein ehrenwertes Haus

Markus Heitz

16. Dezember, Homburg/Saar

»... und im Vollbesitze meiner geistigen Kräfte, erkläre ich aus freiem Willen und ohne Zwang, dass ich ...« Mit monotoner Stimme verlas der Notar das Testament von Sabine Bacher-Heisel, 39 Jahre, verheiratet bis zu ihrem letzten Atemzug in der Luegerstraße.

Normale Angehörige würden sich darüber aufregen und ihn auf seine Pietätlosigkeit ansprechen, weniger Mutige würden sich versperren oder wegen der professionellen Teilnahmslosigkeit in lautes Weinen ausbrechen.

Nicht so Thomas Heisel, 42 Jahre alt und vier Jahre lang ihr Ehemann gewesen.

Er saß da und hörte einfach nicht zu, in der Rechten eine Tasse Kaffee, von dem er gelegentlich nippte. Er wusste, was er bekommen würde: alles.

# 16. Dezember, Homburg/Saar

»… und im Vollbesitz meiner geistigen Kräfte, erkläre ich aus freiem Willen und ohne Zwang, dass ich …«
Mit monotoner Stimme verlas der Notar das Testament von
Sabine Becker-Heisel, 39 Jahre, wohnhaft bis zu ihrem letzten Atemzug in der Lagerstraße.
Normale Angehörige würden sich darüber aufregen und ihn
auf seine Pietätlosigkeit ansprechen, weniger Mutige würden sich räuspern oder wegen der professionellen Teilnahmslosigkeit in lautes Weinen ausbrechen.
Nicht so Thomas Heisel, 42 Jahre alt und vier Jahre lang ihr
Ehemann. *Gewesen.*
Er saß da und hörte einfach nicht zu, in der Rechten eine
Tasse Kaffee, von dem er gelegentlich nippte. Er wusste, was
er bekommen würde: alles.
Thomas erfüllte seine Pflicht, mehr nicht. Für die Öffentlichkeit, für die Verwandtschaft und für die Polizei. Er musste sich zusammenreißen, um nicht ein Lied vor sich hin zu
summen. Seine Laune war bestens, er selbst fühlte sich aufgekratzt und freudig erregt. Jede Faser gespannt vor Tatendrang.
Kurioserweise hatte er selbst dafür gesorgt, dass er sich die
langweilige Rede anhören musste. Innerhalb weniger Sekunden. In einem Anfall mutiger Spontaneität.
Es hatte alles gepasst. Das Haus in der Lagerstraße mit seinen zehn Stockwerken und zehn luxuriösen Eigentumswohnungen hatte einen Aufzug, der ausgerechnet vor knapp

zwei Wochen ausgefallen war. Sabine war angetrunken von der Nikolausfeier in der Firma gekommen, sie wohnten im obersten Stock. Den Rest besorgten ein beherzter Stoß, die Designertreppe mit ihren scharfen Kanten und die Schwerkraft. Das Ende seines Martyriums an der Seite einer – wie er fand – psychisch kranken, alkoholsüchtigen Frau.

*Unfall.* Thomas lächelte und blickte zum Fenster hinaus. *Vier Millionen in fünf Sekunden verdient. Wäre ein guter Stundenlohn.* Jetzt hatte er Geld und Zeit für andere Frauen. Ilona, die Schreibkraft des Notars, gefiel ihm gut. Ihr Gesicht kam ihm vage bekannt vor.

»… P.S. Ich töte dich.«

Thomas runzelte die Stirn. »Was?« Er sah den graugesichtigen Notar an, dessen Namen er ständig vergaß.

»P.S.«, wiederholte der Mann mit erkennbarer Überraschung auf dem Gesicht, »ich töte dich.«

Thomas beugte sich nach vorne und streckte seine freie Hand aus. Kaffee schwappte über den Rand und tropfte auf seine hellbraunen Schuhe.

»Ich lese nur vor, was da steht, Herr Heisel.« Der Notar reichte ihm das Blatt. »Aber ich gestehe, dass es ungewöhnlich ist. Das ist mir in meinen ganzen Berufsjahren noch nicht untergekommen!«

Thomas starrte auf den Satz, hingequetscht unter die letzte Zeile. Handschriftlich, aber mit Sabines typischem Schwung. Der letzte Gruß an ihn. *Hatte sie es geahnt?*

Ein kalter Schauder rann sein Rückgrat hinunter, und er verzog den Mund. »Meine Frau war für ihren schwarzen Humor bekannt«, sagte er dann nervös. Eigentlich hatte er lachen wollen, stattdessen stieß er einen Laut aus, der zwischen Husten und Wiehern lag. Er hörte Sabine ihren Lieblingsspruch aufsagen, den sie immer brachte, wenn sie zehn

Schnäpse intus hatte: »Wenn ich sterbe, mein Schatz, sterbe ich nicht alleine.«

*Blöde Schlampe. Sie konnte es nicht lassen.* Thomas stürzte den Kaffee hinunter, sein Mund wurde trocken. »Wann habe ich Zugriff auf das Vermögen? Wir hatten vor ihrem Tod größere Anschaffungen gemacht, die bezahlt werden müssen, sonst …« Das stimmte zwar nicht, aber es klang unverdächtig, auf diese Weise nach den Millionen zu fragen. Das Papier gab er an den Notar zurück.

»Natürlich.« Der Mann legte den Zettel auf den Arbeitstisch und faltete die Hände. Ein Vorzeichen für kommende Untätigkeit. »Ende nächster Woche, Herr Heisel. Bis dahin habe ich den Erbschein ausgestellt.«

»Eine Woche?!«

»Tut mir leid. Mein Urlaub. Aber die Banken werden gleichzeitig von meiner Kanzlei in Kenntnis gesetzt.« Er lächelte wie eine programmierte Roboterpuppe, die Mundwinkel blieben oben, wie von unsichtbaren Schnüren gehalten. »Auf mich wartet ein Flieger nach Fuerteventura. Wenn ich sonst noch was für Sie tun kann?«

Nein, konnte er nicht. Eine Woche. Thomas erhob sich. »Danke. Ich warte dann auf Ihre Post.« Er verzichtete auf den Handschlag, weil er die kaltschweißige Hand des Anwalts verabscheute. Vor lauter Ekel würde er sich womöglich dazu hinreißen lassen zuzuschlagen. »Tag.« Er verließ das Büro, lief durch den Vorraum und raus auf die Straße.

*Sieben Tage.* Thomas strich sich durch die schwarzen Haare, fuhr mit dem Zeigefinger über seine Unterlippe und schaute zum Himmel. *Das geht auch noch vorbei. Schneller als die vier Jahre mit der verrückten Schabracke.* Er rannte los und verfiel nach ein paar Schritten in einen lockeren Dauerlauf. Ihm war nach Bewegung und Action. So lebendig hatte er sich ewig nicht mehr gefühlt, und es wurde besser von Tag zu Tag. Der Tod bedeutete eine immense Befreiung – solange es nicht sein eigener war.

◊

Als Thomas nach zehn Kilometern ungeplantem Jogging durch den Stadtpark verschwitzt und in Büroklamotten seine Wohnung betrat, fiel ihm der kleine Zettel auf, der unter der Haustür durchgeschoben worden war.

»P. S. Ich töte dich« stand drauf. Ausgedruckt und unpersönlich.

»Scheiße«, entfuhr es ihm keuchend, noch von den Stufen außer Atem. Er blickte sich um, doch in dem galerieartigen Treppenhaus war niemand.

Irgendwo unter ihm erklang ein Klicken, gefolgt von einem leisen Echo. Jemand hatte sich vergeblich bemüht, die Tür geräuschlos zuzuziehen. Er glaubte, den schwachen Duft eines würzigen Eau de Toilette auszumachen.

*Was wird das?* Thomas bückte sich und hob den Zettel auf, der nach dem gleichen Parfüm roch.

Er ging unruhig in seiner luxuriösen, 250 Quadratmeter großen Wohnung umher, öffnete dabei das Hemd, nahm sich in der Küche ein Glas und füllte es mit Wasser aus dem Hahn. Im obersten Schrank fand er die Schachtel mit den Vitaminpräparaten.

Was wird das, verdammte Scheiße? Er trank das Glas leer und spülte damit sein Zink-Magnesium-Dragee hinunter. Ein zweites Glas Wasser musste für die Kalziumtablette herhalten, dabei knüllte er den Zettel zusammen und warf ihn in den Mülleimer.

*Hält sich hier jemand für komisch?*

Zufällig fiel sein Blick auf die Pinnwand, an der eine neue Mitteilung hing.

*P.S. Ich töte dich.*

Im Bruchteil einer Sekunde war alles klar: *Verstehe! Sie hat jemanden beauftragt, ihre kleinen Botschaften zu überbringen! Jemanden aus dem Haus.*

Sabine hatte mit jedem Mann im Gebäude was gehabt, und nur die Aussicht auf ihr Konto hatte sein verletztes, cholerisches Gatten-Ego im Zaum gehalten. Die bedeutungslosen Seitensprünge mit Gudrun und Erika, Stockwerk fünf und acht, waren seine Rache.

Das verräterische Türklicken, das vage bekannte Duftwasser ... *Einer von Sabines Stechern will mich verarschen.*

Die Schlüssel hatte Sabine bestimmt nachmachen lassen. Je einen hatte sie sowieso an den netten Dieter aus Stockwerk acht und die lustige Helga aus Stockwerk zwei gegeben. Falls mal was wäre. Jeder Idiot konnte in seine Wohnung.

*Denk nach, denk nach! Wer ist es?* Rasende Wut stieg in ihm hoch und brachte ihn dazu, gegen die Wand zu treten. *Ich mache den Scheißkerl fertig!*

Er eilte ins Bad, zog sich aus – und entschied sich spontan dafür, noch ein paar Gewichte zu stemmen. Er musste seinen heillosen Zorn herauslassen und sich austoben.

Thomas schlüpfte in die Boxershorts von gestern, trabte in den Fitnessraum, stemmte, ruderte und wuchtete wie ein Besessener. Die Muskeln schmerzten, er schwitzte noch mehr und holte sich neues Wasser, in das er sein isotonisches Getränkepulver rührte; nach zwei Stunden Work-out ging er unter die Dusche und genoss die warmen Strahlen, die auf seine Haut trafen.

Vor seinen Augen entstand in Druckschrift auf dem be-
schlagenen Glas:

*P.S. Ich töte dich.*

»Fuck!« Thomas schlug in einem Reflex zu.
Die Sicherheitsscheibe zersprang in Hunderte winziger
Scherben, seine Knöchel rissen auf, und Blut tropfte auf die
Fliesen. Das Wasser im Ausguss färbte sich rot.
Der Schmerz wirkte katalysierend: Ihm fiel unvermittelt
ein, wer in dem Haus das Eau de Toilette benutzte, das er
vorhin gerochen hatte. Kurz vor dem Zettelfund und auf
dem Papier.
*Friedrich!* Vierter Stock. Er lief aus der Dusche und griff
sich ein Handtuch aus dem Regal. *Ich mache den Wichser
fertig!*
Ein kleiner, weißer Fetzen segelte aus den Falten des Hand-
tuchs und landete mit der Schrift nach oben auf dem Wasch-
beckenrand:

*P.S. Ich töte dich.*

»Nein!«, schrie Thomas aufgebracht und streifte die nassen
Haare nach hinten. Voller Wut trocknete er sich kurz ab und
schlüpfte in eine weiße Trainingshose. Er glaubte, dass das
restliche Wasser auf seiner Haut verdampfen müsste, so
heiß fühlte er sich an.
Ruckartig zog er das schwarze Shirt hervor und – stand in
einem Konfettiregen. Noch mehr kleine Botschaften regne-
ten aus dem Schrank auf ihn herab, die Buchstaben auf den
Schnipseln nahm er nur verschwommen wahr. Er musste sie
auch nicht lesen. Den Wortlaut kannte er zur Genüge.

Sein cholerisches Temperament brach hervor, sein überreiztes Gemüt brannte wie Lava. Rasend schlug er um sich, als könnte er die Fitzelchen durch einen gezielten Treffer töten, bis er aufbrüllte und aus dem Zimmer rannte; im Vorbeigehen nahm er den signierten Aluminium-Baseballschläger von der Wand und hetzte barfuß zur Wohnungstür hinaus. *Friedrich, die dreckige Sau!* In Thomas pulsierte alles, und der Wunsch nach Vergeltung wurde übermächtig. *Erst fickt er meine Frau, dann wird er zu ihrem Handlanger, um mich verrückt zu machen.*

Er flog förmlich die Treppen nach unten und baute sich im vierten Stock vor der Tür auf. Er klopfte, klingelte und tobte unentwegt. »Komm raus, Friedrich! Ich weiß, was du vorhast! P. S. Ich töte dich, was?« Thomas ließ den Baseballschläger gegen den Türrahmen krachen. »Du nicht! DU NICHT!«

Der würzige Duft des Eau de Toilette traf plötzlich seine Nase, dann hörte er ein leises Surren hinter sich.

Thomas fuhr herum, als ihn auch schon ein glühender Schmerz durchfuhr. Warmes Blut rann an seiner Hüfte hinab.

Thomas keuchte auf – und starrte Erika an, seine erste Affäre in diesem Haus. Hasserfüllt starrte sie zurück, ein langes Küchenmesser in der linken Hand. Das Blut daran stammte von ihm. »Scheiße, was …?«

»Du hast mich nur benutzt!« Sie stieß wieder zu und verfehlte ihn knapp. »Und ich *weiß*, dass du mich jetzt auch loswerden willst! Genau wie Sabine!«

Thomas hatte seinen Fehler abrupt erkannt: Erika hatte nach Dieters Eau de Toilette gerochen, nicht nach Friedrichs. Ein verhängnisvoller Irrtum. *Sie ist es gewesen! Sie hatte einen Wohnungsschlüssel. Sie hat die Zettel verteilt!* Er verpasste ihr einen ansatzlosen Hieb mit dem Schläger gegen den Kopf. Ein metallisches »Pock« erklang. Ihr Schädel schnappte zur Seite, Blut spritzte, und ein trockenes Knacken folgte. Sie stürzte ohne einen Laut auf die Knie und fiel mit dem Oberkörper voraus um. *So. Das …*

Neben ihm öffnete sich die Tür.

Friedrich stürmte mit einem Kampfschrei heraus. Er schwang ein Hackbeil, an dem frisch geschnittene Chiliringe klebten, und attackierte Thomas mit wüsten Hieben. »Hurensohn!«, rief er. »Ich zeige dir, was ich …«

*Er auch! Sie haben sich verbündet!* Thomas unterlief den nächsten Angriff und schlug zu. Das blutige Aluminium zerschmetterte Friedrichs Kniescheibe. Er taumelte gegen die Wand und schleuderte sein Beil nach Thomas, der gerade noch ausweichen konnte; mit einem lauten Klirren schlug es am Ende der Treppe auf.

»Du Dreckschwein!«, schrie Thomas hasserfüllt und drosch auf Friedrich ein; dabei schwang er den Baseballschläger mit beiden Händen jedes Mal hoch über die Schultern. Unter seinen Schlägen verwandelte sich der Kopf seines Widersachers in ein unförmiges, matschiges Etwas. Wilder Triumph durchströmte ihn, und er musste grinsen. *Wer von uns ist jetzt tot?*

In einem der Stockwerke über ihm fielen Schüsse!

Thomas wusste, dass Dieter Jäger war. Und Erikas Ehemann … *Scheiße! Er wird mich töten.* Mit einer raschen Bewegung wischte er sich das fremde Blut aus dem Gesicht, das ihm in die Augen gespritzt war. Ein metallischer Geruch setzte sich in seiner Nase fest, seine Lippen schmeckten nach Kupfer. *Aber nicht, wenn ich ihm zuvorkomme!*

Thomas stürmte die Stufen wieder hinauf; aus einem unteren Stockwerk hörte er die schrillen Schreie einer Frau, gefolgt von dumpfen Schlägen, deren Echo sich im Treppenhaus fortsetzte. Das Schreien endete mit einem langgezogenen Stöhnen. Ein Kind weinte und lachte gleichzeitig.

Plötzlich ertönte ein lautes Surren, und der Fahrstuhl setzte sich in Bewegung. Die Kabine näherte sich rasch.

*Sie machen Jagd auf mich! Sie haben es alle auf mich abgesehen!* Das Blut rauschte in seinen Ohren, sein Herz pumpte wie irr in seiner Brust.

Thomas' Sinne arbeiteten besser als je zuvor, meldeten ihm noch das leiseste Geräusch und trugen ihm das Wispern seiner Feinde selbst durch die Wände zu. Ihr leises, hämisches Lachen. Ihre schäbige Vorfreude. *Sie wollen … meine Millionen! Sabine hat ihnen meine Millionen versprochen, wenn sie mich umbringen!*

Vor ihm erschien Stephan, der wie ein Dompteur einen Stuhl vor sich hielt. Seine Augen waren weit aufgerissen, und er stammelte unverständliches Zeug. Er schritt zögerlich auf Thomas zu und hob den Stuhl zum Schlag, aber Thomas war schneller und versetzte ihm einen brachialen Tritt in den Unterleib. Stephan knickte nach hinten um, prallte gegen das Geländer – und stürzte über die Brüstung; schreiend verschwand er aus Thomas' Blickfeld.

Zettel trudelten von oben herab, und ein helles Kichern erklang.

P.S. Ich töte dich.

Zehnfach,
hundertfach,
tausendfach, so erschien es ihm …
Thomas erreichte durch den Papierschauer den achten Stock.

Gudrun, die eigentlich in den Neunten gehörte, warf hysterisch lachend und händeweise die Zettel um sich, die sie aus ihrem Bademantel zog, und Dieter legte gerade mit einem Gewehr auf sie an.

*Er eliminiert jeden, mit dem er meine Millionen teilen muss!* »Ihr bringt mich nicht um!«, schrie Thomas und schwang den Schläger gegen den Mann. »Niemand tötet mich! Niemand!« Er traf Dieter gegen die Schulter, der im gleichen Augenblick abdrückte. Gudrun hustete auf und sackte mit dem Oberkörper über die Brüstung. Blut rann die Wand hinab.

Dieter ließ ächzend sein Gewehr fallen und zog die Pistole aus dem Gürtel. »Du hast Erika gevögelt«, heulte er auf. »Du und alle anderen aus dem Haus!« Dann eröffnete er das Feuer.

Thomas schaffte das Kunststück, den ersten zwei Kugeln auszuweichen, doch die dritte fuhr ihm durch die Brust, die vierte durch den Hals. Er spürte keinen Schmerz.

Röchelnd drosch er den verschmierten Schläger gegen Dieters rechte Wange, und wieder knackte es. Das Gesicht verschob sich, Zähne flogen davon und kullerten über den Marmorboden. Thomas und Dieter fielen gleichzeitig; der Jäger rührte sich nicht mehr.

*Ich muss ... die anderen auch noch ... erledigen. Meine Millionen ...* Die Beine versagten ihren Dienst, seine Bewegungen verloren an Kraft.

Thomas kroch vorwärts, durch die Schnipsel auf die Treppen zu; dabei zerrte er den Schläger hinter sich her. Er spürte nichts mehr. Paul ... Die runde Spitze malte einen krakeligen, roten Strich auf den Boden. *Als Nächstes ... nehme ich mir ... Paul ...*

Sein Herz setzte aus.

Die Augen brachen, während ein Zettelchen auf seiner Stirn haften blieb.

P.S. Ich töte dich.

*Ich verstehe es nicht.* Kriminalhauptkommissar Karl Zimmermann vom LKA Saarland suchte den vierten Tag in Folge den Tatort in der Lagerstraße auf, in der die betuchten Bewohner untereinander ein Massaker angerichtet hatten. Ein Ereignis, das selbst einen erfahrenen Polizisten wie ihn erschütterte.

Niemals hätte er den Bankern, Lehrern, Anwälten, Steuerberatern, Ärzten und der Frau Staatssekretärin eine solche Tat zugetraut. Nicht ihnen und nicht ihren Kindern. Ein solches Ausmaß an Brutalität: Mit Hackbeil, Golf- und Baseballschläger, Messer, Pistole und Gewehr waren sie vorgegangen. Mit Gabeln, Spiegeln, Möbelstücken, Briefbeschwerern und Einrichtungsgegenständen.

*Jeder gegen jeden.* Von den einunddreißig Männern und Frauen lebten noch elf, teils schwer verletzt. Die Glücklichen, die im Krankenhaus behandelt wurden, waren nicht ansatzweise vernehmungsfähig. Das bedeutete: Verwertbare Informationen besaß Zimmermann nicht. Weder über den Ablauf noch über mögliche Motive für das bestialische Abschlachten. *Ich verstehe es einfach nicht!* Vielleicht lag es am Gebäude selbst? Zuerst der Selbstmord des Hausmeisters, dann der Unfall von Becker-Heisel, jetzt das. *Unsinn.*

»Ei, gudde Moje, Karl«, rief ihm sein Kollege Rudi von der Galerie aus der ersten Etage zu; der Forensiker verfiel gerne mal in seine saarländische Mundart. Flink eilte er die Treppe herunter, gekleidet in den weißen Ganzkörperoverall, und reichte ihm die Hand. »Was Neues?«

»Nee. Nur wirres Zeug. Nun muss ich darauf warten, was die Obduktion der Leichen ergibt.« Zimmermann roch das getrocknete Blut, das in die Wände eingezogen war. Es würde schwer, wenn nicht unmöglich werden, neue Mieter zu finden. »Es zeichnet sich einfach kein schlüssiges Bild ab. Wo ist das Motiv? Sieht wie eine Fehde aus. Aber … das sind reiche, angesehene Leute. Ein ehrenwertes Haus, wie man so schön sagt. Warum sollten die sich untereinander so sehr hassen, dass sie abgehen wie kanadische Robbenfänger auf der Jagd?«

»Na ja. Ich hann was für dich.« Rudi ging vor und betrat den Fahrstuhl. »Komm.«

Zimmermann wusste, dass es was Besonderes sein musste, wenn Rudi ein Geheimnis um seine Entdeckung machte. Also fragte er nicht nach, sondern wartete geduldig.

Schweigend fuhren sie nach unten, in den Keller.

Der Forensiker führte ihn in einen kleinen Raum; hier mündeten die Versorgungsleitungen von der Straße in das Hochhaus. Neben der Wasserleitung blieb er stehen und legte eine Hand auf den großen Kasten, durch den das Rohr führte.

»Eine Entkalkungsanlage.« Zimmermann zeigte auf das Schild an der Seite. »Steht da.« Er blickte auf den Sack mit dem Spezialsalz, das dafür sorgte, dass übermäßiger Kalk im Trinkwasser gebunden wurde und nicht in die Rohre gelangte.

»Ja. Des schon.« Rudi hob den Deckel ab, den er vorher demontiert haben musste. »Ich bin stutzig geworden, weil Homburg an sich sehr guddes Wasser hat.« In dem Kasten wurde eine zweite Vorrichtung sichtbar. »Das Ding hat aber nix mit einer Entkalkungsanlage zu dun.«

Zimmermann trat näher heran. Röhrchen, ein Tastenfeld,

ein grünes LED-Lämpchen, Funkempfänger, Kammern, Reste einer verklebten Substanz, die an altes Waschpulver erinnerte. Als Laie verstand er die genauen Abläufe nicht, aber der Kommissar ahnte, dass er den Grund für das Abschlachten vor sich sah. »Wann hast du es gefunden?«

»Geschdern Obend. Die Techniker komme gleich, ums auszubaue und zu untersuche. Ich hab Proben vom Pulver genomm. Das Labor war so nett …« Sein Handy klingelte. »Ah, wie bestellt!« Er nahm den Anruf entgegen und lauschte.

Zimmermann war gespannt, hielt sich jedoch zurück. Jemand hatte allen Bewohnern über die Wasserleitung etwas verpasst. Einen Horrortrip? *Das* war sicher. »Und?«, sagte er, als Rudi aufgelegt hatte. »Was haben sie gefunden?«

»E netter Mix aus Substanzen, die Menschen dozu bringe, durchzudrehe und Amok zu laafe. Hyperaktivität, Aggressivität, Paranoia, Übersensibilität, Gemütsschwankungen wäre nur einige der Folge, hat Doktor Jeromin gesagt. Ich wette, dass die Obduktionen richtig abgefahrene Blutwerte bringe. Adrenalin und Testosteron leije bestimmt jenseits von Gudd und Böse.« Rudi verzog den Mund, und sein Gesicht drückte fast so etwas wie Anerkennung aus. »Ich würd jo schätze: Milligramm für Milligramm, in kleener Dosierung. Auf die Idee muss ma erst mal komme. Echt diabolisch.«

Zimmermann staunte. »*Wer* ist darauf gekommen?«

Rudi zuckte mit den Achseln. »De Fingerabdruckabgleich laaft noch.«

Der Kommissar sah auf den Apparat im Entkalker. Angesichts der vielen prominenten Toten in der Lagerstraße musste er einen Schuldigen finden. Presse, Öffentlichkeit, seine Vorgesetzten – alle wollten einen Mörder.

»Ein verrückter Stadtwerke-Angestellter womöglich?«, murmelte er und kratzte sich am Kinn. Der Fall war skurril und verworren, für ihn zu kompliziert. *Mir egal. Da ist eine tote Staatssekretärin im Spiel, aber deswegen ruiniere ich mir meine Karriere nicht. Das BKA soll sich damit befassen.*
»Danke, Rudi. Super Job gemacht.« Er wandte sich um und ging.
»Sehen mir uns bei der Weihnachtsfeier?«, traf ihn die Frage in den Rücken.
Zur Bestätigung hob Zimmermann die Hand.

»Ein Anruf für Sie, Herr Weiß. Ihre Kanzlei.«
Adalbert Weiß öffnete blinzelnd die Augen. Er lag am Pool, mit Blick auf den Strand von Caleta de Fuste, und versuchte, den sechsten Tag seines Urlaubs zu genießen. Sein Handy hatte er deswegen extra zu Hause gelassen, doch anscheinend holte ihn die Arbeit sogar auf Fuerte ein. Entgegen der Abmachung. »Wo?« Er blickte aus fast geschlossenen Lidern zu dem Hotelangestellten auf.
»Wir haben das Gespräch auf Ihr Zimmer in Warteschleife legen lassen, Herr Weiß.«
Er erhob sich von der Liege und ging aufs Zimmer, wo das uralte Telefon klingelte und rasselte. Er riss den Hörer in die Höhe und schnarrte missbilligend: »Weiß?«
»Hier ist Ilona«, hörte er sie über Tausende Kilometer hinweg sagen. Sie war seine beste Mitarbeiterin, umsichtig und gewissenhaft. Wenn sie ihn störte, musste etwas Wichtiges passiert sein. »Eine Tragödie, Herr Weiß.«
»Was genau, Ilona?«
»Das … das Testament Becker-Heisel. Ich habe den Um-

chlag, in dem es war, routinemäßig gesichtet, und ... da war noch ein Blatt drin!«

»Nein!«, rief er bestürzt, ihm wurde kalt und schlecht gleichzeitig. Er war seit dreißig Jahren als Notar tätig, hatte unendlich viele Testamente eröffnet und vollstreckt, aber DAS war ihm noch nie passiert. Er hatte ein Blatt schlicht übersehen!

Somit hatte er, Adalbert Weiß, die Testamentseröffnung von Sabine Becker-Heisel nicht zu Ende gebracht. Innerlich arbeitete er bereits an einer Entschuldigung für Herrn Heisel. Ihm fiel der ungewöhnliche letzte Satz ein, der nun nicht mehr der letzte war. Die Neugier siegte.

»Lesen Sie es bitte vor.« *P. S. Ich töte dich,* stellte er in Gedanken voran.

Ilona zitierte mit unsicherer Stimme:

*Dich und alle anderen in diesem Haus!*
*Nach außen wart ihr immer die Sauber-*
*männer und die Vorzeigegattinnen. Die*
*ehrliche Bankerin, der verständnisvolle Lehrer,*
*der nette Arzt, die angesehenen Unternehmer*
*und die aufrichtige Frau Staatssekretärin.*
*Aber ich kenne euch alle! Eure dreckigen*
*Geheimnisse, eure Perversitäten, die Machen-*
*schaften, die Untreue und die Lügen! Wie viele*
*Menschen habt ihr betrogen und hinter-*
*gangen?! Ihr wisst es ja selbst nicht mehr.*
*Ich hasse dich, Thomas! Dich und jedes*
*einzelne Stockwerk mit seinen beschissenen*
*Bewohnern!*
*Ich weiß, dass du eines Tages versuchen wirst,*
*mich umzubringen. Weil du gierig bist. Oder*

*einer der anderen versucht es, weil ich zu viel
herausgefunden habe.
Euer Pech: Sobald ich tot bin, kann ich den
Unterbrecher-Code an einem bestimmten
Apparat nicht mehr eingeben. Dann wird
etwas in Gang gesetzt, was zu meiner Rache
führt! Unweigerlich! Ich habe meine Möglichkeiten gründlich genutzt, glaub mir! Ich war
gut in meinem Beruf.
Wenn du diese Zeilen liest, ist es zu spät. Diese
Woche wirst du nicht überleben. Meine
kleinen Botschaften an euch werden von einer
freundlichen Seele überall im Haus deponiert;
sie sollen euch vorbereiten!
Erinnerst du dich? Ich sagte dir so oft, dass ich
nicht als Einzige sterbe. Jedes Mal, wenn du im
Scherz davon gesprochen hast, mich umbringen zu wollen, sagte ich es dir.
Ich hatte recht.
P. S. Ich töte dich.*

Es war sekundenlang totenstill in der Leitung.

Adalbert Weiß zitterte. »Ilona, was war Frau Becker-Heisel
von Beruf?«, krächzte er.

»Chemikerin und Biologin«, antwortete sie piepsig. »Sie
hatte einen Professorinnentitel.«

»Rufen Sie die Polizei an und zeigen Sie denen die Seite!
Die sollen sofort was unternehmen!« Er erhob sich panisch.
»Und Heisel … den rufen Sie natürlich auch an! Warten
Sie … geben Sie mir seine Nummer, ich versuche es selbst.«
Mit einer Hand kritzelte er die Zahlenfolge auf den kleinen
Hotelnotizblock.

»Aber … im Haus in der Lagerstraße …«

»Tun Sie es! Ich komme mit dem nächsten Flug zurück.«
Weiß knallte vor lauter Anspannung den Hörer auf. Dann
begann er, mit fahrigen Bewegungen seinen Koffer zu packen.

Seine Warnanrufe bei Heisel wurden vom Anrufbeantworter angenommen. Weiß sprach den Speicher voll und bat das
Schicksal unentwegt, dass es für den Mann noch nicht zu
spät sei.

❖

Ilona legte auf. Lächelnd.

Sie nahm das letzte Blatt des Testaments, schob es in eine
Klarsichthülle und warf sich den Mantel über. »Ich gehe
rasch zur Polizei. Der Chef meinte, ich soll das hier hinbrin-
gen.« Sie hob das Papier. »Könnte wichtig für das Gemetzel
in der Lagerstraße sein.«

Ihre Kollegin Müller-Rüblein hob neugierig den Kopf.
»Echt?«

»Ja. Erzähle ich dir später. Ich habe eine Kopie der Seite gemacht, liegt auf meinem Schreibtisch. Das wirst du nicht
glauben.« Sie grinste, und Müller-Rüblein zeigte den in die
Höhe gereckten Daumen.

Keine halbe Minute später war Ilona auf der Straße. Gegen
das Lächeln auf ihrem Gesicht konnte sie nichts machen: Sie
war glücklich und voller Genugtuung.

Ihr Chef hatte das Blatt nicht übersehen – sie selbst hatte es
entfernt und am Telefon überzeugend als sein Verschulden
hingestellt. Aus gutem Grund.

Ilonas Vater war ein sensibler, zurückhaltender Mann gewesen, der sich nach zehn Jahren Gefängnis auf seinen Job ge-

freut hatte. Es sollte ein Neuanfang werden. Ehrbar, ohne krumme Dinger, mit körperlicher Arbeit.

Doch das Haus in der Lagerstraße hatte sich für den Hausmeister als Hölle entpuppt: hämische Anfeindungen, überzogene Kritik, bösartige Gemeinheiten – die Bewohner waren erfindungsreich, wenn es darum ging, den Ex-Knacki, den Abschaum, den Gesellschaftsbodensatz zu mobben. Er hatte es ertragen, für die Anstellung, bis es zu viel wurde. Das ehrenwerte Haus hatte ihn in den Selbstmord getrieben. Sein Freitod hatte Ilona schwer getroffen.

Als ihr Becker-Heisels Testament bei der Vorbereitung zufällig in die Hände geriet, wusste sie, wie sie Rache nehmen konnte …

Ilona bog in die Eisenbahnstraße ein und hielt auf das Polizeigebäude zu. Sie bemühte sich, die gute Laune aus ihrem Gesicht zu verbannen und aufgeregt zu wirken. Schließlich hatte sie die Lösung für eines der brutalsten Verbrechen im Saarland, wenn nicht sogar in ganz Deutschland, in der Tasche. Wer die freundliche Seele gewesen war, die die kleinen Zettel in den Wohnungen verteilt hatte, wusste sie nicht. Vielleicht eine Freundin von Becker-Heisel? Ihr war es egal. Das Resultat zählte.

Sie konnte sich die Verblüffung der Polizeibeamten ausmalen. Die letzte Seite des Testaments von Sabine Becker-Heisel, verschlampt von Adalbert Weiß, würde die rätselhaften Vorgänge in der Lagerstraße erklären. Niemand würde Ilona damit in Verbindung bringen. Dabei hatte sie die Menschen in diesem ehrenwerten Haus sterben lassen. Wissentlich. Für ihren Vater.

Und sie fühlte sich großartig!

162

# Der Winter nimmt alles

Michael Koryta

THERE ARE GIFTS AND THERE
ARE CURSES AND THE PERCEPTION
IS THAT THESE THINGS ARE HELD
FAR FROM EACH OTHER, POLAR OPPOSITES,
BALANCING FORCES.
THE YEAR THE GIFT CAME TO ARLEN
WAGNER, THE YEAR THE CURSE CAME,
THE YEAR GOOD AND EVIL BLURRED
AND MERGED AND THE WORLD
TILTED AWAY IN SUCH A FASHION
THAT IT WOULD NEVER REGAIN BALANCE
AGAIN, IS REMEMBERED IN THOSE
MOUNTAINS AS THE YEAR OF THE
FEVER AND THE WAR.

Manches ist eine Gabe, manches ein Fluch – und der gesunde Menschenverstand sagt uns, dass diese Dinge weit auseinanderliegen, zwei gegensätzliche Pole bilden, Kräfte im Gleichgewicht sind.

Das Jahr, in dem Arlen Wagner sich seiner »Gabe« zum ersten Mal bewusst wurde, das Jahr, in dem der Fluch kam, das Jahr, in dem Gut und Böse miteinander verschmolzen und die Welt auf eine Art und Weise den Verstand verlor, dass sie nie wieder ihr Gleichgewicht finden würde – das Jahr bleibt in diesen Bergen als das Jahr des Fiebers und des Krieges in Erinnerung. Zumindest bei den wenigen, die sich überhaupt noch an die Ereignisse erinnern. Manche werden sie nie vergessen. Heute sind sie Geschichte, eine Legende, und jeder, der den Namen Wagner mit dem Jahr des Fiebers verbindet, erinnert sich an Isaac Wagner, und nicht an Arlen. Isaac, der Vater – der Verrückte. Arlen, der Junge, der Sohn – derjenige, der das Richtige tat.

Ansichtssache, müssen Sie wissen. Reine Ansichtssache.

Das Fieber schlug zu in diesem Sommer, in dem das Blutvergießen in Europa einen neuen Höhepunkt erreichte und die Rufe nach Hilfe aus Amerika mit der steigenden Zahl von Opfern immer lauter wurden. Jungs aus der Stadt zogen in den Krieg, und die Gedanken der Einheimischen drehten sich vermutlich um nichts anderes; doch dann brach die Krankheit aus, und auf einmal schienen die Sorgen jenseits des Ozeans viel weiter entfernt. Isaac Wagner, der städtische

Sargmacher und Leichenbestatter, war ein vielbeschäftigter Mann. Im Juli starben 19 Menschen, in der ersten Augustwoche weitere 22. In der zweiten Augustwoche waren es nur fünf – das Fieber hatte sich selbst ausgebrannt –, doch unter den letzten Opfern war Isaacs Frau. Die Einheimischen waren überzeugt, dass er ihren Tod nicht verwinden konnte. Arlen glaubte das auch.

Der Sommer verging, und mit ihm verschwand die Krankheit. Der Herbst kam. Die Blätter fielen von den Bäumen, und schließlich ging es auf den Winter zu. In der Stadt wurden wieder Weihnachtslieder angestimmt, doch diesmal mit feierlichem Ernst, denn die Geißel des Sommers hatte sich fest ins Gedächtnis eingegraben.

Es würde ein harter Winter werden, meinten die Einheimischen, doch längst nicht so schlimm wie der Sommer. Der Sommer hatte so viele dahingerafft. Und er hatte Arlen Wagner einen Teil seiner Jugend geraubt. Der Winter würde die Erinnerung daran wachhalten.

Die ersten besorgniserregenden Anzeichen waren in jenen schmerzvollen Wochen aufgetaucht, als die Totengräber viel zu tun hatten, Arlens Mutter krank wurde und kurze Zeit später verstarb. Isaac verbrachte mehr Zeit in seiner Werkstatt, vor allem nachts, wo eine Störung durch Kunden unwahrscheinlich war. Der Raum befand sich direkt unter Arlens Schlafzimmer, und die Geräusche drangen zu ihm herauf, kaum gedämpft von der dünnen Holzdecke, die dazwischenlag. Der Klang der Werkzeuge, mit denen sein Vater das Holz bearbeitete, war ihm vertraut – schließlich bildete die Möbelschreinerei den Haupterwerb seines Vaters, und nur nebenbei betrieb er noch ein bisschen Landwirtschaft –, und manchmal konnte Arlen hören, wie Isaac vor sich hin summte oder gelegentlich ein paar Wörter auf

Deutsch – seiner Muttersprache – brummelte. Die Zwiegespräche jedoch waren eine völlig neue Wendung.

Sie begannen kurz nach dem Tod von Arlens Mutter, und zwar immer dann, wenn Isaac dabei war, einen Sarg herzurichten. In jenen langen, angenehmen Wochen, in denen niemand gestorben und wieder ein gewisses Maß an Frieden in die Stadt eingekehrt war, ruhte das Geschäft seines Vaters. Aber irgendwann würde der Tod wieder zuschlagen, die Stadtleute würden nach Isaac Wagner rufen, und er würde sich zurückziehen, mit seiner Arbeit beginnen – und sprechen.

Arlen sagte sich, dass es sich um einen Trauerprozess handelte, dass sein Vater gegen den Verlust ankämpfte und versuchte, auf seine Art damit fertigzuwerden, genau wie Arlen selbst.

Er ignorierte die Zwiegespräche.

Solange es ihm möglich war.

Doch die Holzdecke war ziemlich dünn, und die Stimme seines Vaters dröhnte tief und laut. Die Worte drangen an sein Ohr. Arlen konnte nicht anders, als seinem Vater zu lauschen. Erst wenige Wochen zuvor hatte er begonnen, seine Aufmerksamkeit auf die drei Worte zu richten, die sein Vater wieder und wieder ausstieß, und ein Schauer fuhr ihm über den Rücken.

*Sag es mir*, brachte Isaac Wagner heraus. *Sag es mir.*

Je länger Arlen seinem Vater zuhörte, desto klarer erschien es ihm, dass dieser versuchte, mit den Toten zu sprechen. Und nicht nur versuchte – er glaubte, dass sie ihm antworteten. Die Worte, die aus seinem Munde kamen, waren Teil einer Verwandlung.

Es hatte mehrere solcher Zwiegespräche gegeben, ehe Arlen es wagte, hinunter in den Laden zu gehen und selbst nachzusehen. Was ihn erwartete, war verstörend: Isaac sprach mit den Leichen. Dabei stand er über ihnen und drückte seine Handflächen flach gegen ihre Brust oder ihre Wangen. Sobald er fertig war, zog er seine Hände weg und kehrte schweigend an seine Arbeit zurück. Er sprach kein einziges Wort, außer wenn er seine Hände auf das Fleisch der Toten presste.

Außerhalb seiner Werkstatt war er ein völlig anderer Mensch, sowohl gegenüber Arlen wie auch zu den Einheimischen. Mürrisch und unberechenbar, äußerte er gern wunderliche Ansichten und kümmerte sich nicht um die Sorgen der Lebenden.

Das war wenige Monate ehe Arlen sich eingestehen musste, dass sein Vater dabei war, seinen Verstand zu verlieren. Gerüchte schwirrten durch die Stadt, nachdem ein Mann mit verweinten Augen und einem Kinderspielzeug in der Hand das Geschäft betreten hatte, um Isaac zu fragen, ob er es zu seiner Tochter in den Sarg legen könne, und ihn in seiner mittlerweile gewohnten Stellung gefunden hatte: über den Körper des toten Mädchens gebeugt und beide Hände an ihre Wangen gepresst wie ein Pfarrer, der einen Segen erteilt. Dieser Anblick brachte den trauernden Vater gewaltig in Rage, und es kam zu einem hitzig geführten Wortgefecht. Isaac unternahm nichts, um den Mann zu besänftigen. Er sagte ihm lediglich, dass er sich in seinem Laden unterhalten könne, mit wem er wolle. Das war Öl auf das Feuer der Verdächtigungen, die bereits in der Stadt kursierten.

Was sollte man mit einem Vater machen, der wahnsinnig war? Diese Frage ließ Arlen Tag und Nacht keine Ruhe mehr. Sie waren jetzt nur noch zu zweit; es gab keine andere Familie in der Stadt, die mit Isaac hierhergekommen war, und Arlens Mutter konnte nach der Geburt ihres ein-

zigen Kindes keine weiteren mehr bekommen Es gab keinen Freund oder Vertrauten. Er hörte, wie sein Vater mit
den Toten sprach, und überlegte, was passieren könnte,
wenn er Hilfe suchte, wenn er irgendjemandem in der
Stadt die Wahrheit erzählte. Und er entschied sich dafür,
dass es besser wäre, nichts zu sagen. Schließlich kam dabei
niemand zu Schaden. Sicher, es war seltsam, beunruhigend
und verwirrend, aber es schadete niemandem. Er nahm sich
vor, etwas zu unternehmen, wenn es jemals so weit kommen sollte.

An einem Tag kurz vor Weihnachten starb Joy Main. Auf
drei frostige Nächte war eine kurze, warme Atempause gefolgt und von einem kalten Wind wieder vertrieben worden.
Drei Wochen lang war niemand in der Stadt gestorben. Isaac
fertigte Möbel anstelle von Särgen, und Arlen war in etwas
Ähnliches wie einen friedlichen Zustand geschlüpft. Nachts
wurde sein Schlaf nicht mehr von Stimmen aus dem Erdge-
schoss unterbrochen. Die dunklen Ringe um die Augen seines Vaters waren fast verschwunden, und seine seltsamen
Bemerkungen hatten nachgelassen. Dann brachten sie Joy
Mains Leiche in die Werkstatt.

Die Mains gehörten zu den einflussreichsten Familien der
Stadt. Edwins Vater war Landvermesser – und ein verdammt
gerissener Hund. Er hatte darum gebeten, ihm seinen Lohn
in Form von Land auszubezahlen, und dem wurde stattge-
geben. Da er ein Auge für guten Boden hatte, suchte er sich
große Parzellen entlang des Flusses und in den angrenzenden Schluchten aus. Das Land war reich an Kohle und Nutz-
hölzern, eine wunderschöne Gegend, die bald reich werden
sollte. Als Edwin heranwuchs, war der Bergbau auf dem
Höhepunkt, und sein ererbter Besitz machte ihn zu einem
wohlhabenden Mann. Er blieb in Fayette County und füllte

die Lücke aus, die sein Vater hinterlassen hatte. Er war groß, von massigem Körperbau, trat meist wichtigtuerisch auf, konnte aber auch charmant sein, wenn es Anlass dazu gab. Häufig war er jedoch gemein und brutal, und es schien, als ob die Stadtleute nichts anderes von ihren führenden Köpfen erwarteten.

Joy Hargrove war das hübscheste Mädchen weit und breit, immer fröhlich und aufgeweckt, eine begnadete Klavierspielerin, gesegnet mit einer wunderschönen, bewegenden Stimme, die während der Sonntagsgottesdienste nicht selten dazu führte, dass sich die Leute nach ihr umdrehten. Die Hochzeit zwischen den beiden war arrangiert – Joys Vater konkurrierte mit Edwin um den Ankauf einer vielversprechenden Mine. Die Brautwerbung wurde von ihm sehr unterstützt, obwohl Edwin die 40 schon überschritten hatte und seine Tochter erst 17 Jahre alt war, und es war nur eine Frage von Wochen, bis aus Joy Hargrove Joy Main werden sollte.

Sie waren bis zu Joys Tod sieben Jahre verheiratet, und in dieser Zeit brachte sie drei Kinder zur Welt. Sie hörte auf zu singen, wurde unauffällig, schien sich mit ihrer Rolle als Ehefrau zufriedenzugeben und zog sich schließlich weitgehend zurück. Sie war in ganz Fayette County bekannt, aber keiner wusste, wie sie wirklich war.

An diesem Dezemberabend, als man sie in Wagners Haus brachte, gerade in dem Augenblick, da die Wärme des Tages in der Dunkelheit entschwand, lag Joy Mains 25. Geburtstag gerade mal eine Woche zurück. Sie war an einer Schädelfraktur gestorben.

Edwin begleitete sie, Tränen in den Augen und den Sheriff an seiner Seite. Er berichtete, dass Joy aus dem Stall herausgekommen war, um nach ihm zu sehen, als plötzlich ein

Pferd scheute und mit den Hinterhufen so heftig ausschlug, dass sie am Kopf getroffen wurde.

Er hatte das Pferd erschossen, wie Edwin mit würgender Stimme erzählte, und dann nach dem Sheriff geschickt. Vielleicht war es nicht richtig, das Pferd zu erschießen, aber er musste es einfach tun. Auge um Auge, Blut um Blut.

Arlen hielt sich im Inneren des Hauses auf, hatte aber alles mitbekommen. Die Männer standen auf der Veranda, den in Tücher eingewickelten Leichnam zu ihren Füßen. Nachdem Edwin die Geschichte erzählt hatte, sagte Isaac Wagner: »Du hattest den Nerv, das Pferd zu erschießen, während deine Frau im Sterben lag?«

Ehe Edwin antworten konnte, mischte sich der Sheriff ein und sagte zu Isaac, dass der Mann in Trauer sei und er gefälligst solche dummen Fragen unterlassen solle. Verdammt, wen kümmerte schon ein Pferd in einer Zeit wie dieser? Isaac hatte nichts weiter gesagt, aber Edwin Main starrte ihn aus dunklen Augen an, und Arlen, der mittlerweile ans Fenster getreten war, konnte die Kälte, die von ihm ausging, durch das Glas hindurch spüren, fast so wie den Wind, der aus den nördlichen Hügeln zurückgekehrt war.

Isaac nahm den Leichnam in seine Arme und bereitete sich darauf vor, ihn in seine Werkstatt zu tragen. Da meldete sich Edwin noch einmal zu Wort und sagte ihm, er wünsche für seine Frau den schönsten Sarg, den Isaac je gemacht habe. Alles darunter wäre Sünde, und ganz gleich, was die Kiste kosten möge, er würde jeden Preis bezahlen. Isaac sagte ihm, dass jeder seiner Särge etwas ganz Besonderes sei.

Kurze Zeit nachdem die Männer gegangen waren, hörte Arlen aus der Werkstatt den gefürchteten Satz: *Sag es mir.*

Dieses Mal hatte er sich zur Tür geschlichen. Normalerweise versuchte er, sich von der Stimme fernzuhalten, doch in dieser Nacht lag eine solche Spannung in der Luft, als sein Vater die Frage nach dem Pferd gestellt und Edwin Main ihn nur drohend angestarrt hatte.

*Nicht sie*, dachte Arlen, *nicht sie unter all den Leuten aus der Stadt, mit denen du sprechen könntest, nicht seine Frau. Man wird uns aus der Stadt jagen, sobald irgendjemand davon erfährt.*

Das Gespräch dauerte jedoch an, und es versetzte ihn in Angst und Schrecken. Isaac Wagner gab vor, die Schilderung eines Mordes zu hören.

*»Er wollte sich an eurem Hausmädchen vergreifen? Sie ist doch nicht älter als 15, oder? Er hatte vor, sie zu vergewaltigen? Hat sie beobachtet, was danach geschehen ist? Womit hat er dich geschlagen? Hat er dich schon früher geschlagen? Haben die Kinder das gesehen? Oder jemand anderes?«*

Arlen stand an der Tür und konnte alles hören. Er fühlte eine Eiseskälte in seiner Brust, die noch zunahm, als Isaac sagte: *»Ich werde mich darum kümmern, dass er zur Rechenschaft gezogen wird. Ich verspreche es dir; ich schwöre es dir.«*

Arlen öffnete die Tür, betrat den Raum und schrie seinen Vater an, damit aufzuhören. Was er sah, war schrecklicher als alles, was er sich vorgestellt hatte. Isaac hatte den Leichnam der Frau auf die Füße gestellt und ihre Hände über seine Schultern gelegt, so dass er direkt in ihre Augen blickte. Das Haar war immer noch blutverschmiert, ihre Augenlider hingen halb geschlossen herunter, und doch blieb eine Andeutung ihrer blauen Augen, die über Isaacs Schulter direkt in Arlens eigene Augen zu starren schienen.

»Sie erzählt mir, was passiert ist«, sagte Isaac. »Hab keine Angst, mein Junge. Sie sagt mir die Wahrheit.«

»Tut sie nicht«, kreischte Arlen. »Sie kann nicht sprechen, sie kann dir nichts mehr sagen, sie ist tot! Mausetot!«

»Nein«, antwortete Isaac. »Ihr Körper ist tot, aber nicht ihre Seele.«

Arlen stand in der Tür und schüttelte den Kopf; seine Augen füllten sich mit Tränen. Langsam und vorsichtig ließ Isaac den Leichnam zu Boden gleiten; dann wandte er sich seinem Sohn zu.

»Ich muss sie berühren, um ihre Stimmen hören zu können«, erklärte er. »Es gibt Menschen, die das nicht müssen, die auch ohne Berührung verstehen, aber ich gehöre nicht zu ihnen. Vielleicht mit der Zeit. Es hat mich über ein Jahr gekostet, bis ich die Toten überhaupt erreichen konnte. Ich glaube, dass du mehr Glück haben wirst. Was in mir ist, ist auch in dir. Ja, Arlen, du hast die gleiche Gabe, nur viel stärker ausgeprägt. Ich bin mir da ganz sicher.«

»Hör auf«, schrie Arlen. »Hör sofort auf damit!«

»Du glaubst mir nicht«, sagte Isaac. »Wer nicht daran glaubt, kann die Toten auch nicht hören.«

Arlen sagte ihm, dass er verrückt sei, dass sie einen Ausweg aus dieser Lage finden müssten, bevor sie beide verrückt würden, dass sie noch diesen Winter die Stadt verlassen und sich woanders ein neues Zuhause suchen müssten, ein glücklicheres Heim, wo die Erinnerungen nicht Isaacs Gehirn auf eine Weise martern würden, dass diese verrückten Gedanken in ihm hochkamen.

Isaac hörte ihm geduldig zu und schüttelte dann seinen Kopf.

»Meine Bürde liegt hier. Wir alle müssen verstehen lernen, welche Aufgaben uns zugeteilt sind. In Europa ist immer noch Krieg, wir haben oft darüber gesprochen, und die Soldaten im Feld nehmen diese Entbehrungen auch für uns auf sich. Nun, ich muss hier meine Aufgabe erfüllen. Die Toten wollen reden, und ich kann sie hören. Wenn sie mich um etwas bitten, dann tue ich, was ich kann. Ich bin darauf vorbereitet. Und auch du wirst es sein müssen. Du bist mit der gleichen Gabe ausgestattet. Ich bin mir dessen ganz sicher. Ich kann es in dir sehen.«

»Sprich nicht weiter«, unterbrach ihn Arlen, während er aus der Tür ging. »Sag einfach kein Wort mehr.«

»Lass deine Ängste beiseite«, sagte Isaac. »Es geht darum, das Richtige zu tun. Diese Frau wurde ermordet, mit einem Axtgriff niedergeschlagen und getötet, Arlen! Das schreit nach Gerechtigkeit. Und ich werde dafür sorgen, dass sie sie bekommt. Ich habe es ihr versprochen. Und wenn mir etwas heilig ist, dann ein Versprechen, das ich den Toten gegeben habe.«

Arlen drehte sich um und rannte weg.

Er verbrachte fast zwei Stunden in den Wäldern, kämpfte sich durch das Unterholz mit Augen voller heißer Tränen und einer schrecklichen Angst in seinem Herzen. Er fragte sich, ob sich sein Vater immer noch mit Joy Main abgab oder ob er weggegangen war, um sein Versprechen zu erfüllen. Je länger Arlen umherwanderte, desto klarer wurde ihm, dass er das nicht zulassen konnte.

*Du bist mit der gleichen Gabe ausgestattet, Junge. Ich bin mir dessen ganz sicher. Ich habe es in dir gesehen.*

Es waren diese Sätze, die ihn mehr als alles andere erschreckt hatten und jetzt aus den Wäldern zurück in die Stadt trieben, wo Kerzen funkelten und Weihnachtskränze an den Türen hingen. Sein Vater war verrückt – die Toten sprechen nicht zu den Lebenden; sie waren für immer fort, und nichts blieb von ihnen zurück –, doch Arlen war es nicht. Er *war* es nicht, und er *würde* es auch nie *werden*.

Sollte Isaac Wagner doch seine Schande selbst ertragen und sie nicht seinem Sohn aufbürden. Wenn Isaac der Welt zeigen wollte, dass er verrückt war, würde sein Sohn sich selbst beweisen, dass er vollkommen normal war.

Der Sheriff war zu Hause. Während ihm Arlen die ganze Geschichte erzählte, starrte er ihn verwundert an. Als Arlen fertig war, sammelte der Sheriff seine Gedanken, dankte ihm, dass er gekommen war, und sagte ihm, er solle nach Hause gehen und warten.

»Ich werde bald nach deinem Vater sehen«, sagte er. »Und du hast genau das Richtige getan, mein Junge. Merk dir das: Du hast das Richtige getan.«

Arlen ging heim. Er wartete. Isaac war zurück in der Werkstatt und arbeitete schweigend.

Nach einer halben Stunde kam der Sheriff, und er war nicht allein. Edwin Main begleitete ihn, eingehüllt in einen langen Mantel, der ihn vor dem eiskalten Nachtwind schützen sollte. Als Arlen die beiden kommen sah, fühlte er Übelkeit in sich aufsteigen. Warum hatte der Sheriff die Geschichte weitererzählt?

Ohne anzuklopfen, traten sie ein, erblickten Arlen und fragten ihn, wo sein Vater sei. Mit unsicherer Hand deutete er auf die geschlossene Werkstatttür.

Sie gingen zu Isaac hinein. Arlen blieb draußen, hörte ihren Wortwechsel. Edwin Main schrie und fluchte, sein Vater blieb ruhig und sprach mit tiefer, gemäßigter Stimme. Als sie schließlich herauskamen, trug Isaac Handschellen.

Isaac blickte herüber und sah Arlen fest in die Augen; sein Gesichtsausdruck wirkte ungeheuer gütig und liebenswürdig.

Er sagte: »Du musst glauben. Und etwas solltest du noch wissen, mein Sohn. Liebe hält ewig.«

Sie schoben ihn durch die Vordertür, über die Veranda auf die dunkle, schmutzige Straße. Arlen folgte ihnen. Edwin Main schrie immer noch und stieß wilde Drohungen aus. Sie hatten etwa hundert Meter zurückgelegt, als Isaac sein Schweigen brach.

»Du hast sie getötet«, sagte er, »und mit der Zeit wird die Wahrheit schon noch ans Licht kommen. Wir werden mit eurem Hausmädchen sprechen, und mit den Kindern, und sie werden mir bestätigen, was Joy erzählt hat.«

Edwin Main stürmte auf ihn los, doch der Sheriff warf sich dazwischen. Edwin war ein stattlicher Mann, aber Isaac war größer. Er blieb vollkommen ruhig, schaute auf den wütenden Witwer herunter und schien in keinster Weise beunruhigt.

»Du hast sie mit einem Axtgriff niedergeschlagen«, sagte er. »Sie floh aus dem Haus, um dir zu entkommen. Du hast sie über den Hof gejagt und getötet. Dann hast du sie in den Stall geschleppt, damit man dort ihr Blut findet, und das Pferd erschossen, um deine Geschichte glaubwürdiger erscheinen zu lassen. So hat es sich abgespielt. Das ist die Wahrheit.«

Edwin Main befreite sich aus dem Griff des Sheriffs; der geriet ins Stolpern und stürzte auf die Straße. Rasch griff Edwin unter seinen Mantel und zog eine Pistole hervor. Arlen schrie auf und rannte auf die beiden zu. Edwin spannte den Hahn und richtete die Pistole auf Isaacs Kopf, nicht mal einen halben Meter entfernt.

Isaac Wagner rührte sich nicht. Er lächelte. Edwin Main schoss. Arlen fand sich wieder, wie er auf der Straße kniete, während das Blut seines Vaters in den Schmutz rann und um sie herum der Wind tobte mit dem Versprechen auf baldigen Schnee. Arlen spürte, wie sein Herz von der Last des Fluches, der seine Familie getroffen hatte, niedergedrückt wurde.

✦

In dieser Woche trauerte die ganze Stadt um Joy Main, und man bedauerte Edwin für seinen Verlust. Man trauerte um die Familie Main, als an Weihnachten Schnee fiel und der Krieg über den Atlantik kam. Arlen Wagner war nicht da, um die Trauer zu sehen, denn er war auf dem Weg in den Krieg.

Zwei Tage nach dem Tod seines Vaters ließ er sich in einem Rekrutierungsbüro anwerben, weit von seiner Heimatstadt entfernt, wo sein Name unbekannt war. Er gab ein falsches Alter an und meldete sich zum US Marine Corps. Die Marines brauchten gute Männer, mit wachem Verstand und gesundem Körper. Arlen erfüllte beide Anforderungen. Er würde den Ozean überqueren und gegen das Böse kämpfen.

Der Juni zog herauf, die schrecklichen Tage lagen weit zurück, als eine Zeit neuer schrecklicher Tage in einem neuen Land anbrach. Arlen fand sich wieder an einem Ort namens Bois de Belleau, nicht weit von der Marne entfernt; seine Kameraden um ihn herum fielen im Feuer der Maschinengewehre.

Das war die blutigste Schlacht, welche die Marines bisher geschlagen hatten, ein wildes Gemetzel mit unzähligen Angriffen und Gegenangriffen, ehe der Wald unter amerikanischer Kontrolle war; am Ende türmten sich die Leichen zu einem hohen Berg auf. Der Anblick der vielen Toten war für Arlen keine neue Erfahrung. Doch in dieser Juninacht des Jahres 1918, im Mondlicht über der Marne, sah Arlen etwas, das sich radikal von einem Leichnam unterschied – er sah die Toten unter den Lebenden.

Sie hatten an diesem Tag einen Angriff auf den Wald unternommen, der sie durch ein hüfthohes Weizenfeld direkt in das Feuer der Maschinengewehre führte. Für den Rest seines Lebens würde der Anblick von Weizenähren, die sich im Wind bewegen, Arlen erschauern lassen. Die meisten Männer fielen bereits mit der ersten Angriffswelle; Arlen und einige andere Überlebende wurden nach Süden abgedrängt, zwischen die Bäume in ein Gewirr aus Stacheldraht. Die Maschinengewehre feuerten unablässig, und wer ihnen nicht zum Opfer fiel, kämpfte Auge in Auge mit deutschen Soldaten, die ihnen Flüche in einer fremden Sprache entgegenschleuderten, während die Bajonette aufeinanderkrachten.

Bei Einbruch der Nacht hatten die Marines die höchste Zahl an Opfern in ihrer Geschichte zu beklagen. Wenigstens war es ihnen gelungen, einen – wenn auch dürftigen – Stützpunkt im Wald von Belleau zu errichten. Arlen lag auf dem Bauch neben einem Felsen, als um Mitternacht der deutsche Gegenangriff begann. Je näher der Feind rückte, desto sicherer war sich Arlen, dass dieses Gefecht sein letztes sein würde. Er konnte so eine Schlacht nicht überleben, nicht, wenn den ganzen Tag über so viele Kameraden um ihn herum gefallen waren. Diesem andauernden Kugelhagel würde er nicht länger entgehen können.

Das war seine feste Überzeugung, bis die Deutschen auftauchten; es waren nicht nur ihre Schatten – was er sah, hielt ihn davon ab, sein Gewehr anzulegen.

Die Soldaten waren Skelette.

Er konnte Schädel erkennen, die im blassen Mondlicht glänzten, wo eigentlich Gesichter hingehörten. Weiße Knochenhände hielten die Gewehrschäfte umklammert.

Er starrte wie in Trance vor sich hin, als das Maschinenge-
wehrfeuer der Amerikaner einsetzte und die schrecklichen
Hunnen in ihre Einzelteile zerlegte. Überall um ihn herum
griffen die Soldaten zu ihren Gewehren und feuerten, doch
Arlen lag einfach nur da, keinen Finger am Abzug, kaum
fähig zu atmen.

Nur eine Sinnestäuschung, eine Lichtspiegelung, redete er
sich ein, als ein dichter Nebel heraufzog und den Morgen
ankündigte. Der Geruch von erkaltendem und trocknendem
Blut mischte sich mit dem Stöhnen der Verwundeten, das
ebenso gleichmäßig und durchdringend zu hören war wie
vorher das Rattern der Maschinengewehre. Was er im fahlen Licht des Mondes gesehen hatte, waren die Folgen des
Traumas, das ein Tag mit so vielen Opfern ausgelöst hatte.
Es war nur natürlich, dass sein Verstand in Mitleidenschaft
gezogen wurde. Das wäre jedem anderen genauso ergangen.
Erinnerungen stiegen in ihm auf, Gedanken an seinen Vater,
aber er hielt sie in Schach, überzeugt davon, dass es sich um
nichts anderes als schreckliche Halluzinationen gehandelt
haben konnte.

Der Fluch hatte ihn bis hierher verfolgt, aber er würde nicht
daran zerbrechen. *Niemals.* Die Morgendämmerung ließ
noch auf sich warten, als die Toten anfingen zu flüstern. Leise. Ganz leise.

Er fragte seine Kameraden – seine *lebenden* Kameraden –,
ob sie etwas hörten.

Nichts, wurde ihm geantwortet. Der Feind war irgendwo da
draußen, aber er würde nicht vor Anbruch des neuen Tages
zurückschlagen. Im Moment waren die Männer sicher.

Die Toten waren anderer Meinung. Sie warnten davor, dass
ein feindliches Bataillon im Anmarsch sei. Wie Phantome
schlichen die Soldaten durch den nächtlichen Wald, ungese-

hen, ungehört – eine tödliche Bedrohung. Und Arlen Wagner, dessen Körper so kalt war wie in jener Winternacht, als er den Fluch zurückgewiesen hatte, entschloss sich jetzt, die »Gabe« anzunehmen.

*Sag es mir,* flüsterte er. *Sag es mir.*

*Aus dem amerikanischen Englisch
von Franz Leipold*

# Wünsche für Alison

Steve Mosby

I blow gently on the end of my finger, and I make a wish. Before I do that, I close my eyes. It's partly because I don't want to see the eyelash blow away across the room. When I close my eyes, I can imagine it disappears from this world, exchanged for what I want most in return.

Steve Mosby

Vorsichtig puste ich über die Spitze meines Fingers und wünsche mir etwas. Meine Augen sind geschlossen; vor allem, weil ich nicht zuschauen möchte, wie die Wimper durch den Raum schwebt. So kann ich mir leichter vorstellen, wie sie aus dieser Welt entschwindet, quasi im Austausch für das, was ich mir am meisten wünsche. Mit offenen Augen könnte ich mitbekommen, wo meine Wimper wirklich landet; und es lässt sich nur schwer daran glauben, dass sich ein Wunsch erfüllen wird, wenn man gesehen hat, wie die Wimper zwischen all den anderen Krümeln auf dem Boden verschwindet. Mein wichtigster Grund ist jedoch: Ich möchte Alison nicht sehen, wie sie dasitzt und ihre Knie umschlingt.

Ich öffne meine Augen wieder, und mein Wunsch hat sich endlich verzogen. Alison ist immer noch da. Es bricht mir das Herz, sie so zu sehen, deshalb starre ich an ihr vorbei. Der vordere Teil des Zimmers liegt im nächtlichen Dunkel. Draußen fällt Schnee. Dicke Flocken schweben einzeln durch die Luft und fallen weich zu Boden. Das Fenster im Haus gegenüber steht einen Spalt weit offen, und die Vorhänge – die Kälte nicht gewohnt – rascheln im Wind wie gereizte Wachtposten.

Ich lehne mich zurück. Das Sofa gibt einen knarrenden Laut von sich. Es ist schon alt, abgenutzt und durchgesessen, lässt aber heute keinen allzu lauten Protest hören. In der Ecke daneben weint Alison still vor sich hin. Es ist ein schreckliches

Geräusch. Es klingt nach »zu spät« und erinnert mich an den Wunsch, den ich gerade abgeschickt habe.

Aber Sie kennen bestimmt die Regeln! Ich darf nicht verraten, was ich mir gewünscht habe, sonst geht der Wunsch nicht in Erfüllung.

◆

Es war Alison, die mir zum ersten Mal erzählt hat, dass man Wimpern für Wünsche einsetzen kann. Ich hatte noch nie davon gehört – Sternschnuppen, klar, aber doch nicht Wimpern!

Das muss so etwa im dritten Studienjahr gewesen sein, kurz nachdem wir zum ersten Mal ausgegangen waren. Wir verbrachten unsere Zeit größtenteils in ihrem Zimmer in Ebberston Terrace, dicht aneinandergedrängt auf ihrem schmalen Bett. Alison teilte die Wohnung mit vier anderen Mädchen, und, glauben Sie mir, man hätte Hunderte von Wimpern auf dem Wohnzimmerboden verlieren können, ohne dass es aufgefallen wäre – zwischen all den Hinterlassenschaften zahlreicher Partys und den üblichen Fast-Food-Resten. Alisons Zimmer sah ordentlicher aus, aber auch hier gab es noch genügend dunkle Ecken und schmutzige Winkel, in denen sich ein paar Wimpern verstecken konnten. Eines Morgens fügte Alison eine von mir hinzu.

»Halt still.«

Plötzlich spürte ich einen Finger an meinem Auge.

Das kam bei ihr häufig vor, dieses Aufdrehen von null auf hundert, und mir gefiel es. Sie war herrlich unkontrolliert und ungezügelt. Sie sah etwas und steuerte direkt darauf zu, ohne daran zu denken, welchen Eindruck das machen könnte. Wenn sie sich mit jemandem unterhielt, war es das Glei-

che· Sie ging munter drauflos, während sich der andere noch
fürchtete, den ersten Schritt zu machen. Aus meiner Erfahrung kann ich sagen, dass die meisten Leute dieser Art ständig für Irritationen sorgen, doch Alison gelang es fast immer, die richtigen Worte zu finden – das, was die anderen
auch sagen würden, wenn sie sich nur getraut hätten –, und
so war sie trotzdem überall beliebt. Sehr seltsam, dass sie
sich ausgerechnet in mich verliebt hat, aber heißt es nicht:
Gegensätze ziehen sich an? Und sie war außerdem noch
wunderschön – ein weiterer gravierender Unterschied zwischen uns.

»Was machst du da, verdammt noch mal?«

»Halt still.« Alison war voll konzentriert. »Du hast da eine
Wimper.«

Offensichtlich führte sie nichts Arges im Schilde, und bevor
ich antworten konnte: »Ja klar, ich habe eine ganze Menge
davon«, hatte ich eine weniger. Sie fuhr mit Daumen und
Zeigefinger über die Haut unterhalb des Auges, nahm vorsichtig wie ein Taschendieb die Wimper auf und hielt sie gegen das Licht: ein dünnes, schwarzes Haar, das an ihrer Fingerspitze hing.

»Wünsch dir was«, sagte sie.

»Was?«

»Wünsch dir was und puste sie fort. Los, mach schnell!«

Sie sagte es in einem ruhigen, bestimmten Ton, so als ob es
dafür feste Regeln gäbe, untermauert von harten wissenschaftlichen Fakten.

»Okay.« Ich überlegte kurz, was ich mir wünschen sollte,
schloss die Augen und blies die Wimper fort.

Was ich mir damals gewünscht habe?

Nun, mein erster Impuls war, etwas für mich selbst zu wünschen, etwas höchst Lächerliches, wie beispielsweise viel

Geld. Doch als ich meine Lippen spitzte und zu pusten anfing, ertappte ich mich stattdessen dabei, wie ich mir etwas für Alison wünschte. Ich dachte, *warum nicht*, dann atmete ich aus, und der Wunsch war versiegelt. Als ich meine Augen wieder öffnete, war die Wimper verschwunden.

So viel Selbstlosigkeit fühlte sich gut an: etwas für jemand anderen zu wünschen anstatt für sich selbst. Im Nachhinein glaube ich, dass man es nicht wirklich als selbstlos bezeichnen konnte. Es hatte keine reale Bedeutung, ich war nicht gefordert, etwas Bestimmtes zu leisten oder zu tun. Es ist leicht, großherzig zu sein, wenn es sich um nichts anderes als eine Wimper dreht.

»Was hast du dir gewünscht?«, fragte Alison.

Ich wollte es ihr sagen, weil sie es bestimmt toll gefunden hätte, aber selbst damals, als ich nur etwas über Sternschnuppen, aber nicht über Wimpern wusste, kannte ich zumindest eine Regel. Jeder kennt sie. Alison natürlich auch, sie wollte mich nur aufziehen.

»Der Wunsch wird nicht in Erfüllung gehen, wenn ich ihn dir verrate«, sagte ich. »Meine Lippen sind versiegelt.«

Obwohl sie ein wenig das Gesicht verzog, schien sie zufrieden. Meine Antwort war richtig. Der Rest des Tages verlief – soweit ich mich erinnern kann – wunderschön. Wie immer. Obwohl unsere Beziehung gerade erst begonnen hatte, war ich schon hoffnungslos in sie verliebt.

Jetzt sind meine Lippen nicht länger versiegelt. Ich habe ihr ein glückliches und sicheres Leben gewünscht. Damals. Heute nicht mehr. Ich könnte es von allen Dächern schreien und jedem sagen, doch es hätte keine Bedeutung mehr, denn dieser Wunsch ist schon vor langer Zeit fehlgeschlagen.

Ist es nicht seltsam, dass ein Wunsch nicht in Erfüllung gehen soll, wenn man jemand anderem davon erzählt?

Damals glaubte ich es, aber jetzt bin ich nicht mehr so sicher. Vielleicht weil ich manche Dinge etwas besser verstehe. Wünsche sind Träume und Hoffnungen; am besten behält man sie für sich, so wie alles, was einem wertvoll ist. Wenn du etwas besitzt, das funkelt und glitzert, dann werden viele versuchen, es dir zu stehlen; und alle, die selbst keine Träume oder Wünsche mehr haben, werden darauf hoffen, dass du deine verlierst.

Es kursieren viele Hoffnungen für die Zukunft, das Gleiche gilt für Wünsche. Man sollte sie nur mit wenigen, sorgfältig ausgewählten Menschen teilen, denn die meisten wünschen sich, dass sie fehlschlagen. So ist die Welt. Sobald dein Vorrat aufgebraucht ist, freuen sich die anderen.

Im Rückblick sehe ich meine Träume und Wünsche als grobe Stiche, mit denen ich die Wunden, die mir das Leben geschlagen hat, zusammengenäht habe. Manchmal heilen diese Wunden wieder, und die Nähte verblassen; dann ist schnell vergessen, dass einen nur die Hoffnung aufrecht gehalten hat. Doch manchmal sind die Stiche nicht fest genug, dann endet man wie ein in zwei Hälften gerissenes, weggeworfenes Spielzeug. Manchmal reichen Wünsche nicht aus, um einen in einem Stück zu erhalten.

Vor kurzem habe ich diese alten, nutzlosen Nähte aus meinem Körper gerissen, in Gedanken und in der Realität. Ich nehme alle Wünsche wieder zurück. Ich habe einmal gewünscht, dass Alison nie wieder weinen müsse, und ich nehme diesen Wunsch jetzt wieder zurück, indem ich Ihnen davon erzähle. Ich spüre, wie die dunkle Faser langsam aus der Narbe gezogen wird; gleich fühlt sich mein Körper lockerer und entspannter an. Dieser Wunsch hat nicht funktioniert –

sie weint nun schon seit Stunden –, und ich brauche ihn nicht mehr.

Ich habe es nur gut gemeint, und ich habe immer mein Bestes gegeben, doch meine Wünsche waren oft so unzulänglich wie dieser.

Ich rücke näher zu Alison, sage ihr, dass alles gut wird, aber sie antwortet nicht. Sie sitzt einfach nur da, schluchzend, die Knie fest umschlungen. Vor nicht allzu langer Zeit hatte ich ihr schon einmal gesagt, dass alles gut werden würde, dass ich ihr helfen wollte. Dafür ist es jetzt zu spät. Ich war nicht für sie da, als es darauf ankam, und ich verachte mich dafür. Ich mache es mir auf dem Sofa bequem.

*Ich wünsche mir, dass niemand Alison jemals verletzen wird.*

*Ich wünsche mir, dass ich immer für sie da sein werde.*

Faden auf Faden kommt aus der Wunde: Schleifen verlorener Hoffnung spulen sich um mich auf. Bald werde ich mich selbst völlig aufgetrennt haben. Jeder Wunsch wird aus mir herausgezogen, bis letztendlich nur noch die Wunde selbst übrig bleibt: nackt, rauh, empfindlich. Dann werde ich mein Leben zurückdrehen, das Gesicht zur Decke richten und schreien, wobei ich meinen Körper von Kopf bis Fuß anspanne, um zu sehen, was zerreißt.

Ich hatte meine Gründe, warum ich meine Wünsche für Alison verwendete, und zwar nicht nur offensichtliche.

Zum ersten Mal traf ich Alison in einem Nachtclub. Sie war stark angetrunken und schwankte – eingetaucht in grelles Licht und völlig außerhalb des Rhythmus – zum Bumm-Bumm der Tanzmusik hin und her. Anscheinend hatte sie ihre Freunde verloren. Nach einer Weile ging sie hinaus. Vielleicht wollte sie nach ihnen Ausschau halten oder etwas frische Luft schnappen. Ich wartete etwa eine Minute, und plötzlich – ich kann nicht sagen, warum – fühlte ich einen starken Drang, ihr zu folgen.

Ich fand sie zusammengekauert auf den Treppenstufen des Clubs. Sie hatte den Kopf auf die Knie gestützt; vor ihr stand ein Mann. Ich lauschte seinen Worten, und mir wurde schnell klar, dass er sie überhaupt nicht kannte. Er wollte sie überreden, mit ihm zu kommen. Auf der Straße wartete ein Taxi mit laufendem Motor und offener Tür. Sie war viel zu betrunken, um ihm eine Antwort zu geben, so beugte er sich hinunter und packte ihren Arm.

»He«, sagte ich.

Sofort ließ er sie los und starrte mich an. Nein, das stimmt nicht ganz: Vielmehr sah er durch mich hindurch. Als ich in seine Augen blickte, erschienen sie mir vollkommen leer. Wie wenn man in einen fahlen, grauen Himmel blickt, der die unter ihm tobende See nur erahnen lässt.

Ich wendete mich Alison zu.

»Ich glaube nicht, dass Sie mit ihm gehen sollten.«

Die ganze Zeit über sagte der Mann kein einziges Wort. Langsam ging er Schritt für Schritt zurück, seine Augen waren starr auf mich gerichtet. Ich hatte den seltsamen Eindruck, dass er überhaupt kein menschliches Wesen sei, sondern eher eine Art Naturgewalt. Eine dunkle Macht, von der Welt aus einem einzigen Grund heraufbeschworen: um Alison zu vernichten. Eine Macht, die zwar leicht bezwungen werden konnte, doch nur, wenn man rechtzeitig zur Stelle war.

Das war meine erste Begegnung mit Alison. Je näher ich sie kennenlernte, desto mehr wurde dieser Eindruck bestätigt.

Sie war wunderschön, eine Mischung aus Enthusiasmus und Unschuld, doch es schien so, als ob das Schicksal etwas gegen sie hätte. Ständig schmiss es ihr Knüppel zwischen die Beine, um sie zum Stolpern zu bringen – oder schlimmer. Im Laufe unserer ersten gemeinsamen Monate wurde eines für mich immer klarer: Sie brauchte dringend jemanden, der seine Wünsche für ihr Wohl verwendete – andauernd und mit aller Kraft. Ich war dazu bestimmt, dieser »Jemand« zu sein.

Gelegentlich besuchten wir ihren Heimatort; dann machte ich manchmal einen Spaziergang über die Farmen und stieg zu einem Hügel hinauf, der neben einem kleinen Wäldchen lag. Auf der einen Seite verlief ein Bahndamm bis zum Horizont, auf der anderen erstreckten sich Wiesen mit hohem Gras, begrenzt von Mauern aus Trockensteinen. Das Dorf, in dem Alison aufgewachsen ist, liegt tief unten im Tal. Man kann die winzigen Häuser erkennen, doch niemand sieht einen hier oben auf dem Hügel. Man ist für sich allein, schutzlos, irgendwie ausgeliefert.

Eine leichte Brise kam auf, ich schaute mich um und dachte: *Hier ist es passiert.* Hier hat alles seinen Anfang genommen, diese Versuche einer dunklen Macht, Alison zu vernichten, als ob sie ein Fehler sei, den man ausmerzen müsse.

Alison war 15 Jahre alt. Eines Tages ging sie mit ihrer Hündin Rebecca, einem Bordercollie, über die Felder spazieren. Auf dem Hügel waren ein paar ältere Jungen. Sie hatten ein Feuer angemacht, doch konnte man die Flammen in der Nachmittagssonne nicht erkennen. Sie waren am Rande des Wäldchens gesessen, hatten sich betrunken und ihre leeren Bierdosen auf den Bahndamm geworfen. Sie waren ausgelassen, und als Alison zufällig vorbeikam – in ihrer stets freundlichen Art –, wollten sie zuerst nur mit ihr spielen.

Doch dann ließen sie sie nicht mehr gehen. Drei der Jungen vergewaltigten Alison, und einer von ihnen trat ihrem Hund so brutal gegen den Kopf, dass er später eingeschläfert werden musste. Danach gerieten sie in Panik und versuchten, sie zu erwürgen. Wahrscheinlich wäre es ihnen auch gelungen, wenn sie nicht von einem Farmer gestört worden wären, der ebenfalls mit seinem Hund unterwegs war.

Das war das Schlimmste, was Alison passiert ist – doch es ging weiter, auch in der Zeit, als wir bereits zusammen waren.

Ein junger Mann aus einer ihrer Vorlesungen verfolgte sie auf Schritt und Tritt über den gesamten Campus. Sie stieß fast jeden Tag mit ihm zusammen. Zufall? – Ich glaube nicht. Er hörte nicht auf, sie zu belästigen, und als ich ihn endlich zur Rede stellte, sah ich in seinen Augen das gleiche Feuer wie bei dem Mann vor dem Nachtclub.

Ein anderes Mal wurde Alison von einigen Männern verfolgt, als sie auf dem Weg von ihrer Wohnung zu mir war. Um neun Uhr abends, auf einem vielbenutzten, etwa hundert Meter langen Gehweg, der zwischen Gärten und bewohnten Häusern entlangführte. Normalerweise war der Weg absolut sicher, doch die dunkle Macht legte ihren Schleier darüber, so dass er es in dieser Nacht nicht war. Plötzlich war kein Mensch mehr unterwegs, und alle Fenster waren dunkel. Alison stand es durch, und in Zukunft werde ich sie diesen Weg nicht mehr allein gehen lassen.

Es war nicht immer so dramatisch. Manchmal ging ich an die Bar, um uns einen Drink zu holen, und als ich zurückkam, fand ich sie im Gespräch mit einem fremden Mann. Nichts Schlimmes, aber es passierte ständig.

Manchmal lachten wir sogar darüber. *Ich ziehe verrückte Typen an*, sagte sie dann, und ich antwortete stereotyp: *Nun *ja.* Aber es war nicht lustig, und das Lachen blieb mir meist im Halse stecken. Sie wusste, wie sehr mich das Ganze belastete.

Natürlich wurde sie nicht *wirklich* gejagt. Es lag nichts Übernatürliches darin. Es waren einfach nur Männer. Es gibt viele Männer, die innerlich schwach sind, und eine Frau wie Alison zieht unwillkürlich deren Aufmerksamkeit auf sich. Sie müssen sie unbedingt besitzen – um etwas zu kompensieren, das ihnen fehlt. Durch Alisons freundliche, offene Art fühlen sich diese Männer noch ermuntert und glauben, dass es ihnen leicht gelingen wird. Wenn es dann nicht klappt, wächst die Leere in ihnen weiter, und sie geben Alison die Schuld dafür. Deshalb verwendete ich alle meine Wünsche für Alison.

Ich staunte immer wieder, welchen Enthusiasmus sie nach wie vor ausstrahlte, welchen Lebenshunger sie entwickelte, und ich liebte sie dafür, genauso wie für viele andere Dinge. Ich verbrauchte Wunsch um Wunsch, damit sie ein glückliches und sicheres Leben führen konnte. Es kostete viele Wimpern im Laufe der Jahre, und auch die ein oder andere Sternschnuppe. Ein einzelner Nieser: einer für einen Wunsch, zwei für einen Kuss. Selbst Momente voller Glück verlangten Aufmerksamkeit. Ich nutzte sie als Sprungbrett für Wünsche. Und einige Zeit schien es so – trotz der nachfolgenden Vorfälle –, als ob diese Wünsche ausreichend wären. Vielleicht *wären* sie es gewesen.

Vielleicht – wenn nicht eines Tages dieser Mann aufgetaucht wäre. Wenn er Alison nicht bemerkt und, wie all die anderen Männer, in ihr etwas gesehen hätte, das seine Begierde weckte.

192

Ich puste die nächste Wimper durch das offene Fenster nach draußen. Auf der anderen Straßenseite brennt Licht im oberen Stockwerk seines Hauses. Ein helles, pfirsichfarbenes Quadrat. Er muss es angelassen haben, ehe er sich *hierher aufgemacht hat.* Die Wimper ist weg, von meinem Finger gerutscht, verloren im fallenden Schnee, und mein Wunsch geht mit ihr auf die Reise.

*Ich wünsche, du wärst nie geboren worden, du Stück Scheiße.*

Ich starre einen Moment hinaus.

Es ist okay, solche Wünsche zu äußern, denn du kannst die Vergangenheit nicht ändern. Die Fakten bleiben bestehen, immer. Er wurde geboren, ob es mir gefällt oder nicht. Er kam in dieses Haus. Er sah eines Tages Alison und – aus welchen Gründen auch immer – fing an, sich für sie zu interessieren. Es gibt nichts, was ich dagegen tun könnte. Diese Dinge sind unabänderlich.

Ich habe also einen Wunsch vergeudet.

Was soll's!

»Ich sollte wohl besser das Fenster schließen?«

Der Klang meiner Stimme lässt mich zusammenfahren, ein Schock für mich und den ganzen Raum. Alison nimmt mich nicht wahr. Ich warte, bis es wieder still ist, dann schließe ich das Fenster und ziehe auch die Vorhänge zu: Das Haus gegenüber ist nicht mehr zu sehen.

Ich gehe zurück zum Sofa, steige vorsichtig über das Blut auf dem Boden. Sein Blut. Als ich hereinkam, habe ich die beiden überrascht. Sie waren miteinander im Bett gewesen. Er kam als Erster herunter, dann Alison, als sie den Lärm hörte. Aber da war es schon zu spät.

»John«, sagt sie.

Das ist nicht mein Name. Alison blickt auf den Körper des

Mannes, hingestreckt auf dem Boden, und in ihrer Stimme schwingt Resignation, so als ob sie bereits tot sei. Ihre rotgeweinten Augen sind voller Tränen. Tränen für ihn.

»Alles kommt wieder in Ordnung«, sage ich zu ihr. »Alles wird okay.«

Hoffnung gibt es immer.

Ich hebe die Pinzette vom Sofa auf und setze mich neben Alison. Wenigstens für heute Nacht benötigen wir alle Wünsche, die wir kriegen können, und mir gingen vor einer Stunde die Wimpern aus. Im Zimmer ist kein Laut zu hören, als ich mich vorsichtig aufs Sofa setze, eine Wimper auf meiner Fingerspitze plaziere und sie an meine Lippen setze. Doch was soll ich mir wünschen?

*Ich wünsche mir, du hättest mich nie verlassen, Alison.*

Du kannst die Vergangenheit nicht ändern. Du kannst dir nur etwas wünschen, das vielleicht geschehen könnte, oder? Nicht etwas, das vor langer Zeit geschehen ist. So puste ich vorsichtig auf meine Fingerspitze, schließe meine Augen und wünsche mir etwas anderes. Und ich kann dir nicht verraten, was es ist, denn sonst wird es nicht in Erfüllung gehen …

*Aus dem Englischen von Helene Weinold*

# Monopoly

Judith Merchant

Alles im Leben hat seinen Preis.
Nicht immer ist er fair & deutlich
ausgezeichnet, aber zahlen muss
man ihn früher oder später,
irgendwo da oben sitzt ein Spielleiter,
er führt Buch & passt auf, dass
die Bilanzen stimmen.

Alles im Leben hat seinen Preis. Nicht immer ist er fair und deutlich ausgezeichnet, aber zahlen muss man ihn früher oder später, irgendwo da oben sitzt ein Spielleiter, er führt Buch und passt auf, dass die Bilanzen stimmen.

Am besten funktionieren die Menschen miteinander, wenn sie sich über den Preis für das, was sie austauschen, einig sind. Wer abschreiben lässt, bekommt auch eine Einladung zum Kindergeburtstag. Ein roter Sportwagen für die Ehefrau macht eine Reise mit der Geliebten nach Mallorca. Langeweile am Frühstückstisch, bis dass der Tod sie scheidet, aber sie sitzen beide nie alleine vor dem Fernseher.

Manchmal muss man zahlen, obwohl man denkt, man habe ein Geschenk bekommen.

Und manchmal hat man etwas verschenkt, und der andere will es bezahlen.

Das kann dann tödlich enden.

## 15.09 Uhr

An Mord und Totschlag denke ich noch nicht, als ich an diesem Freitag an der Kasse stehe, dafür bin ich viel zu sehr mit meinem neuen Mantel beschäftigt: Kirschrot und in der Taille ganz eng, reicht er mir fast bis zu den Stiefeln, geradezu unanständig gut sehe ich darin aus und bin hingerissen, eigentlich ist er ja zu teuer, aber ich habe ihn verdient, denn es ist mein 30. Geburtstag.

Hallo, Sie, sagt die Verkäuferin mit dem schillernden Augen-Make-up, und da merke ich, dass ich an der Reihe bin.

Ich behalte ihn gleich an, sage ich, mit spitzen Fingern reiche ich ihr einen Zipfel kirschroten Wollstoffs, an dem das metallene Sicherungsetikett hängt.

99 Euro, nuschelt sie, entfernt das Etikett und nimmt meine EC-Karte entgegen. Sie zieht sie durch den Schlitz des Lesegeräts, wartet, runzelt die Stirn und versucht es wieder. Geht nicht, sagt sie dann und reicht mir die Karte. Entweder das Konto ist leer, oder Ihre Karte ist gesperrt.

Kann nicht sein, sage ich, und das Rot, das fühlbar heiß in meine Wangen schießt, ist Wut und nicht Scham, aber ich weiß, dass man das von außen nicht sieht, und das nervt mich. Ich habe noch genug Geld drauf, das weiß ich genau.

Sie zuckt die Achseln, wirft einen Blick auf die Wartenden hinter mir und schürzt die Lippen. Dann müssen Sie wohl bar bezahlen.

Ich öffne mein Portemonnaie, obwohl ich genau weiß, dass nichts drin ist, seit ich kein Gehalt mehr bekomme, hebe ich immer nur 50 Euro auf einmal ab, die ungeduldigen Blicke der Verkäuferin bedrängen mich, ich klimpere demonstrativ mit dem Kleingeld und greife suchend in meine Handtasche, meine Finger ertasten einen Packen steifer, zweifach gekniffener Papierstücke, das Format stimmt, aber ich glaube nicht daran, ich ziehe sie hervor und starre ungläubig darauf, grüne Scheine, drei Stück.

Na also, geht doch, sagt die Verkäuferin und reißt mir einen der Scheine aus der Hand, dafür muss sie sich vorbeugen, sie schüttelt den Kopf, während sie in ihrer Kasse wühlt.

Ich gehe langsam aus dem Laden, die beiden verbliebenen Scheine in der Hand, die Tüte mit meinen alten Sachen schneidet mir ins Handgelenk, wie kommt das Geld in meine Tasche, gestern Abend war es noch nicht drin, ich erinnere mich, dass ich meinen letzten Zehner ausgegeben habe, außerdem, so viel habe ich niemals dabei, jemand anders muss es mir hineingesteckt haben.

Ich erstarre.

Dann gehe ich zurück zu der Verkäuferin, drängle mich vor, schiebe die anderen einfach aus dem Weg.

Geben Sie mir den Schein zurück.

In diesem Augenblick denke ich schon daran, dass es Tote geben wird, jemand wird aus dieser Nummer nicht lebend rauskommen, das Geld hätte nicht in meiner Tasche sein durfen, aber vorerst habe ich ein anderes Problem zu lösen.

Hallo, Sie da? Wenn Sie das Geld zurückwollen, müssen Sie den Mantel ausziehen, sagt die Tusse.

Aber ich werde den Mantel nicht ausziehen, auf gar keinen Fall, wie kann ich das tun, wenn ich darunter nichts trage als nackte Haut und ein paar Liebesbisse.

❖

Mittag, zwei Stunden zuvor.

Wenn das Telefon nicht geklingelt hätte, wäre ich vielleicht gar nicht aufgewacht.

Das Zimmer schwankt ein wenig, als ich die Augen öffne, darum mache ich sie lieber wieder zu.

Das Telefon klingelt immer lauter, es ist die Art von Klingeln, das sich vervielfacht, wenn man es zu ignorieren versucht, darum rolle ich mich aus dem Bett und nehme den Hörer ab.

Schläfst du etwa noch?, fragt mein Vater.

Ja, sage ich.

Um ein Uhr?, fragt er.

Ich bin arbeitslos, sage ich. Das dürftest du doch inzwischen wissen.

Ich wollte dir nur gratulieren, sagt er. Alles Gute zum 30. Geburtstag. Wir können leider nicht kommen. Aber ich habe dir dein Geschenk überwiesen, das müsste schon drauf sein. Kauf dir doch was Schönes.

Mach ich, sage ich, lege auf und schiebe den Gedanken an das Gespräch beiseite, etwas Neues bringt es für mich nicht, das Geld ist schon seit einer Woche auf meinem Konto, GE-BURTSTAG hat er als Verwendungszweck angegeben, mit Worten war er schon immer geizig, mein Vater.

Geburtstag. Offenbar habe ich wild gefeiert, in meinem Kopf dreht sich alles, der gestrige Abend ist ein großes schwarzes Loch, ganz langsam taucht daraus etwas auf, erst nur ein glattrasiertes Männergesicht, dann der göttliche Körper, der daran hing.

Ich gehe ins Bad, ziehe die dreckigen Sachen aus und werfe sie auf einen Haufen. Ich drehe die Dusche auf, stelle mich unter das prasselnde Wasser und seife mich ein.

Unter dem Schaum beginnen die Rosen auf meinem Kör-per zu blühen wie der allerschönste Geburtstagsstrauß. Ich streichle leicht darüber, dann fester, um zu überprüfen, ob es noch weh tut, das warme Wasser weckt meine Erinne-rung, und ich muss lächeln.

Er ist nicht so einer, der mir einen Strauß schicken würde, schätze ich, keine Sträuße, kein Parfüm, aber das, was ich mir vom nächsten Treffen verspreche, ist schöner als Rosen aller Farben.

Was machst du denn so, habe ich gefragt, Berufe hatte ich dabei gar nicht im Sinn, mir fiel einfach keine andere Frage ein, er hätte mir von seinen Haustieren erzählen können oder von seinen Grundschuljahren, ich wollte einfach nur neben ihm an der Theke sitzen bleiben und ihm zuhören, dem Kerl im viel zu schicken Anzug, der zufällig den Barhocker neben mir besetzte. Er sah aus wie einer, den es nicht nach Hause zieht, frisch getrennt oder so, genau so einer, von dem man sich einladen lässt, einer, der die Dinge locker nimmt und nicht nachher rumstresst. Sein Anzug passte nicht zu meinen Jeans, sein exakter Haarschnitt biss sich mit meiner Zottelmähne, komisch, dass wir überhaupt ins Gespräch gekommen waren, und komisch, dass ich überhaupt in dieser Kneipe saß, romantische Naturen würden es Schicksal nennen, ich schob es darauf, dass Sonja mir in letzter Sekunde abgesagt hatte und ich keinen Bock hatte, an meinem Geburtstag meine eigene Bude vollzuqualmen.

Baubranche, sagte er.

Und was machst du da, in der Baubranche, habe ich gefragt, er hat gegrinst, bauen, hat er gesagt, Häuser, Hotels, was man halt so bauen kann, ich dachte an Monopoly und fühlte mich wie früher, die anderen haben Schlossallee, Parkstraße und die ganze Kohle, und ich habe nur noch Schulden, aber er sagte, ich habe wirklich keinen Bock, über die Arbeit zu reden, und ich sagte, gut, dann lass uns zu mir gehen, nein, stimmt nicht, das habe ich erst viele Stunden später gesagt, vorher haben wir stundenlang an dieser Theke gesoffen, ich weiß nicht mehr viel von dem Danach, aber wenn ich so unter der Dusche stehe und meinen Körper betrachte, fällt mir einiges wieder ein, und zwar das Beste.

Ich hatte schon beim ersten Kuss gewittert, dass ich es mit einem bestimmten Typ Mann zu tun hatte, ein wildes Aroma nach körperlicher Arbeit, Motoröl und Kernseife umgab ihn trotz des teuren Aftershaves, er war der Typ Mann, der einen Anzug trägt und großartig darin aussieht, und wenn man ihn auszieht, findet man den ehrlichen Körper eines

jungen Bauarbeiters, mit harten Muskeln und Sonnen-
brandflecken. Wenn solche Typen Karriere machen, dann
vögeln sie nicht nur Kneipenbekanntschaften, sondern auch
ihre Sekretärinnen, das wusste ich sofort, aber gestern in
der Kneipe war es mir egal. Das habe ich ihm auch gesagt.
Denk doch nicht immer in Klischees, hat er gesagt, er hat es
noch mal wiederholt, als ich eine Bemerkung machte über
seinen Anzug und sein teures Handy, und dann hat er an
meinen Haaren gerochen, minutenlang, einfach so, als ob er
noch nie etwas so Köstliches gerochen hätte, und ich habe
kaum zu atmen gewagt.
Ich ziehe frische Wäsche an, springe in die Hose von gestern
und verlasse meine Wohnung, um mir mein Geburtstagsgeschenk zu kaufen, was Tolles für heute Abend, bestimmt
sehe ich ihn wieder, ich hab Geburtstag, hurra!
Bei Kaufhof laufe ich Slalom um die vielen Ständer mit blö-
den Klamotten, bis ich den Mantel sehe.
Es ist der perfekte Mantel für mich. Wadenlang und kirschrot umschließt er mich wie eine klammernde Umarmung,
ein einziger blitzender Reißverschluss trennt mich sichtbar
in zwei symmetrische Hälften, ich sehe fabelhaft darin aus,
und noch dazu ist er reduziert.
Irgendwie fühle ich mich anders, erwachsener, etwas seriö-
ser, trotzdem sexy, ich hätte mir schon früher einmal genau
diesen Mantel kaufen sollen, wer weiß, vielleicht wäre mein
Leben dann anders verlaufen, vielleicht hätte der strenge
Schnitt dem Menschen unter dem dicken Wollstoff unweigerlich seine Form aufgezwungen und ihn zur Disziplin ge-
nötigt, aber was soll's, ich habe 30 Jahre meines Lebens ohne
diesen Mantel verbracht, ab heute ist er dabei, fast genauso
lang wie der Mann von letzter Nacht.
Der Mann ... Es müssen Resthormone von letzter Nacht

sein, die mich in die Umkleidekabine schicken, wo ich mir die Sachen vom Leib reiße und nackt in den Mantel schlüpfe, die Klamotten wickle ich in meine alte Jacke.

Während ich mich in die Schlange an der Kasse einreihe, male ich mir den heutigen Abend aus, ein kurzes Zögern, als ich überlege, ob wir überhaupt verabredet sind. Und: Ist er überhaupt so ein Mann, dem man mit nichts unter dem Mantel entgegentritt?

Hallo, Sie, sagt die Verkäuferin mit dem schillernden Augen-Make-up, und da merke ich, dass ich an der Reihe bin.

Ich behalte ihn gleich an, sage ich.

## 15.26 Uhr

Mit einem endgültigen Klack hat sich die Kasse der Verkäuferin geschlossen, sie selbst wendet sich der nächsten Kundin zu.

Die zwei Scheine brennen in meiner Hand, ich will sie loswerden, aber erst muss ich den Mantel ausziehen, ich renne in die Umkleidekabine und zerre mir das Teil vom Körper, so hastig, dass ich mit dem Saum an der Schnalle meines Stiefels hängen bleibe, Vorsicht, es darf nichts kaputtgehen, sonst kann ich es nicht umtauschen, und dann bekomme ich den Hunderter nicht zurück, und dann kann ich ihn nicht zurückgeben, nein, das ist undenkbar, ich müsste dann einen anderen Schein zurückgeben, es könnte einer aus dem Automaten sein oder einer, den ich mir leihe, Sonja würde mir Geld leihen, das tut sie öfter, aber nein, es muss derselbe Schein sein, es ist von großer Bedeutung, dass es genau derselbe ist, angenommen, es wäre ein anderer, da würden seine grauen Augen sofort erkennen, dass ich von den Scheinen Gebrauch gemacht habe so wie er von mir, ja, Else, werden

203

die Augen sagen, auch wenn du mir den Betrag zurückgibst, in der Zwischenzeit hast du deinen Kredit genutzt, wir sind also quitt, die Zinsen eines Tages, so günstig bist du, Else, waren drei Hunderter zu viel für eine Nacht voller Ferkeleien?

Ich wäre nicht frei, wenn es nicht derselbe Schein ist. Kann man überhaupt noch einmal frei sein, wenn man unwissentlich Hurendienste geleistet hat, oder versklavt so etwas einen Menschen auf ewig?

Durchatmen, ganz tief. Ich werde den Schein zurückbekommen. Notfalls mit Gewalt. Ich könnte die Tusse zur Herausgabe zwingen, vielleicht erschlage ich sie ganz einfach.

Durchatmen, noch mal. Vielleicht ist es ein Missverständnis. Auf jeden Fall muss ich ihn anrufen, sofort. Zum Glück steckt seine Visitenkarte in meinem Portemonnaie, als ich sie herausziehe, fällt mir ein, weswegen. Als er pinkeln war, habe ich seine Jackentaschen durchsucht, ich wollte wissen, ob sich darin etwas Verräterisches findet, ein Hinweis darauf, dass dieser Traummann vergeben oder ein Arschloch ist oder beides. Ich weiß nicht, was ich zu finden hoffte, ich fühlte mich wie in einem Film, also benahm ich mich auch so, ich wäre über eine Knarre nicht überrascht gewesen oder über geheime Dokumente, ich fand aber nur einen Stapel identischer Visitenkarten, die alles bestätigten, was er gesagt hatte, winzige Häuser waren als Logo darauf, ich steckte eine davon ein, und dann kam er zurück, und wir knutschten und tranken weiter.

Ich habe meine alten Sachen aus der Tüte geholt und angezogen.

Als ich endlich zu Hause ankomme, bin ich erschöpft, ich
habe den Schein, nach dem Umtausch bin ich noch mal rein
und habe mir den Mantel einfach genommen, der Alarm hat
applaudiert, als ich mit wehenden Haaren aus dem Laden ge-
rannt bin, ich werde ihn nie mehr ausziehen, den Mantel, er
ist fast unbezahlbar, er kostet ein Drittel der letzten Nacht.

Es ist komisch, bei ihm in der Firma anzurufen, ich bin aufgeregt und verhasple mich, als ich der kühlen Stimme am
anderen Ende erkläre, wen ich sprechen will.

Bedaure, sagt die Stimme, die Herren sind in einer Besprechung.

Sagen Sie ihm, es ist wichtig, sage ich, Else ist hier, von gestern. Ich höre das Getrippel hoher Absätze, warum schaltet
sie nicht das Gedudel von der Kleinen Nachtmusik an oder
was sonst so in der Warteschleife läuft, will sie, dass ich ihre
Absätze höre? Klack, klack, klack, ich kann mir den Rest
vorstellen, es ist genau die Sekretärin, die ich vorhin schon
im Kopf hatte, als ich überlegte, welche Typen Mann ihre
Sekretärinnen vögeln, sie sieht aus wie eine Hitchcock-
Blondine, im 21. Jahrhundert haben diese Frauen Brillen auf
in Pink oder Türkis, Brillen, die mit der Berufstätigkeit ihrer
Trägerin prahlen, ich hasse sie durch das Telefon mit einer
Inbrunst, die mich das Gespräch vergessen lässt, hören Sie,
hören Sie, erst da merke ich, dass sie mit mir spricht, er lässt
Ihnen ausrichten, Sie mögen doch bitte in Ihre Handtasche
sehen, das, was Sie finden, dürfte die Angelegenheit erledi-
gen.

Das war es wohl.

Ich lege auf und gehe ins Bad, lasse Wasser laufen und sinke auf den Rand der Badewanne, meine Beine zittern.

In einer Ecke liegt zerknüllt die Wäsche von gestern, feucht, mit einem leisen Dunst aus Liebe und Alkohol, aus ihr steigen Worte auf und klingeln in meinem Ohr, es sind die Worte, die gestern wie von selbst über meine Lippen geflossen sind, bei der Erinnerung lodert Hitze in mir auf, ich denke an die drei Scheine, die ich schon wegen dieser Worte loswerden muss, es dürfen keinesfalls bezahlte Worte gewesen sein, solche Worte darf man nur freiwillig sprechen, ein Geschenk müssen sie sein, sonst verhuren sie einen.

Ich gehe in die Küche, nehme das Wasabi-Messer aus der Schublade und stecke es in meine Manteltasche, es gibt ein scheußliches Geräusch, als die scharfe Klinge, vom Gewicht des Metalls nach unten gezogen, den Wollstoff durchtrennt, ich nehme ein Geschirrtuch und wickle es um das Messer. Dann stecke ich es ein und gehe los.

## Feierabend

Er sitzt hinter einem großen gläsernen Schreibtisch, das Telefon in der Hand, hinter seinem Rücken leuchten aus dem Dunkel der Nacht alle Lichter dieser Stadt, und als wäre diese Glasfront noch nicht genug an Protz, prangt neben seinem Flachbildschirm eine große Vase mit weißen Callas, bestimmt das Werk seiner engagierten Sekretärin. Küssen werde ich dich nachher erst, sagt er ins Telefon zu jemand anderem und lacht, dann sieht er mich, steht schnell auf, Überraschung breitet sich auf seinem Gesicht aus wie eine Minute später die Blutlache auf den grauen Steinfliesen.

Na so was, sagt er und versucht, mich zu umarmen, ich drehe mein Gesicht weg, obwohl, noch eine schnelle Nummer hier im Büro, wieso nicht, hier vor dem riesigen, riesigen Fenster, alle könnten uns sehen, die ganze Stadt kann zuschauen, aber hast du auch das Geld, um es zu bezahlen, Süßer, hast du so viel? Das kostet dann nämlich pro Zuschauer 300, das werden mindestens 300 000, ach, was sage ich, das lässt sich doch keiner entgehen, 30 Millionen.

Ich hole weit aus und schlage wie zur Probe erst mal die Vase vom Tisch, Wasser und Scherben spritzen uns entgegen.

Er reißt die Augen vor Überraschung weit auf und schreit meinen Namen, seine Hände schnellen vor und zerquetschen meine Oberarme, ich biege den Kopf zurück und knalle mit aller Kraft meine Stirn in sein Gesicht, der Schmerz nimmt mir für einen Augenblick den Atem, aber ich höre trotzdem das Knacken seines Nasenbeins, es klingt gut.

Bevor er etwas sagen oder ich es mir noch einmal überlegen kann, ziehe ich das Wasabi-Messer aus meiner Manteltasche und schneide ihm die Kehle durch, normalerweise schneide ich damit den Fisch, ich habe das Messer von einem Ex-Freund bekommen, mit dem ich immer Sushi gemacht habe, auch für dich hätte ich Sushi gemacht, wenn du gewollt hättest, so aber mache ich Sushi aus dir, haha, nein, für Sushi bist du nicht gut genug, ich bin sicher, du schmeckst eklig, lass mich mal nachdenken, wie hast du geschmeckt? Ich weiß es nicht mehr, so doll kann es nicht gewesen sein.

Ich setze mich auf den Boden, fange den zusammensinkenden Körper auf und bette ihn in meinen Schoß, ich streichle sein Gesicht und sehe zu, wie er stirbt.

Die grauen Augen rollen, und sein Mund öffnet sich, um mir etwas zu sagen, aber es gurgelt nur wie aus einem verstopften Abfluss, und mir spritzt noch etwas Blut entgegen.

Als die breite, blutgetränkte Hemdbrust aufgehört hat, sich zu heben und zu senken, sind die Augen noch immer auf mich gerichtet, es steht eine stumme Frage darin, die mich rasend macht, warum dieser verständnislose Blick, er hat nichts kapiert, er hat keine Ahnung, was diese 300 Euro für mich bedeuten, wollte er mir mit seinen letzten verschluckten Worten noch mehr Geld anbieten, vielleicht die Mehrwertsteuer drauflegen?

Ich ziehe ihn aus, das geht schwerer als gedacht, ich muss dafür die kleinen Knöpfe seine Hemdes durch die winzigen Laschen ziehen, und meine Hände zittern doch so, beide sind wir voll Blut, doch endlich liegt er nackt und bloß vor mir auf den Fliesen, die drei Scheine zwischen den schlaffen Lippen.

Was hätte ich für eine Nacht mit diesem Körper gezahlt, denke ich, während ich langsam um ihn herumgehe, in meiner Erinnerung war er schöner.

Dort stehe ich noch immer und betrachte ihn, als die Polizei eintrifft, das hat man von so einer Fensterfront, jeder Spanner kann sehen, was man gerade so macht.

Schön wäre, wenn der Spielleiter da oben, der Buch führt und darauf achtet, dass die Bilanzen stimmen, wenn der mir einen guten Rat geben würde, etwa:

Gehen Sie ins Gefängnis.

Gehen Sie direkt dorthin.

Gehen Sie nicht über Los.

Ziehen Sie keine 4000 Euro ein.

Vor allem aber: Gehen Sie nicht nach Hause zu Ihrem Anrufbeantworter.

Was, wenn Sie zwei Nachrichten darauf finden.

Sonja. Huhu, Else, alles Gute zum Geburtstag! Na, ich habe dir ja schon heute Nacht gratuliert, falls du dich erinnerst, so blau, wie du warst. Du bist jetzt sicher mit dem neuen Typen unterwegs, ich hoffe, ihr habt Spaß auf eurem Kurzurlaub. Du brauchst mir das Geld dafür übrigens erst Ende nächsten Monats zurückzugeben. Bis dann! – Ach ja, das nächste Mal, wenn ich dir was leihen soll, klingle mich bitte nicht mitten in der Nacht aus dem Bett.

Seine Stimme. Hallo, ich hab dich heute früh nicht wach gekriegt, du warst ja voll wie eine Haubitze. Meine Assistentin hat gesagt, du hättest angerufen. Ich hab dir meine Handynummer extra in die Tasche gesteckt, hast du die nicht gefunden? (Geraschel, Pause) Na ja, ich hab jetzt Feierabend und hoffe, du holst mich wie vereinbart ab. (Klingeln im Hintergrund, das Piepsen der Gegensprechanlage) Tschüss dann. Küssen werde ich dich nachher erst.

Und angenommen, ich griffe dann in meine Tasche, und dort fände ich einen Zettel: Meine Süße, hier ist meine private Handynummer. Habe heute den ganzen Tag Konferenz, aber jedes Mal, wenn ich aufs Klo gehe, werde ich nach einer SMS von dir schauen.

Das wäre doch wirklich schlimm.

*Friedrich-Glauser-Preis 2009*
*in der Sparte Kurzkrimi*

# Pulver

Jens Lapidus

M: Det var för tre dagar sen alltså, tjugonde januari. Det var kallaste dan på hela vintern. Svinkallt liksom, ni kanske kommer ihåg. Ni vet, de pratar alltid om att jorden hålle på att bli ett växthus, att Banglndesh ska drunkna i havet och Nordpolen smälta som en isbit i en drink.

M: Also es war vor drei Tagen, am 20. Januar, dem kältesten Tag des ganzen Winters. Es war saukalt sozusagen, Sie erinnern sich bestimmt. Sie wissen ja, die Leute reden immer davon, dass sich die Erde langsam in ein Treibhaus verwandelt, dass Bangladesh im Meer versinken und der Nordpol wie ein Eiswürfel in einem Drink wegschmelzen wird. Aber an dem Tag, am 20. Januar, klang dieses ganze Gelaber ums Klima doch wie Bullshit, oder?

Dazu kam, dass ich völlig falsch angezogen war. Aber ich war trotzdem gut drauf, regelrecht happy. Es war Freitag, und das Wochenende mit dem BMW meines Bruders lag vor mir wie eine lange, megageile Rennstrecke. Der coolste Schlitten der Fünferserie: 550i mit mehr als 360 PS – wie ein isländischer Vulkan, sobald man das Gaspedal auch nur antippt. Also pfiff ich auf die Kälte. Oder besser gesagt, *wir* pfiffen auf die Kälte, denn wir waren zu fünft: ich, Chorizo, Kevin, Victor und Saman – und wir wollten es richtig krachen lassen.

Kevin, Victor und ich kennen uns seit der Schulzeit. Nette Jungs, aber wir haben nicht mehr so viel Kontakt. Saman ist 'n Kumpel von Kevin, aber ich kenn ihn auch schon 'n paar Jahre. Und Chorizo – ehrlich gesagt, weiß ich nicht, woher ich ihn kenne.

Eigentlich heißt er Ali, aber wir nennen ihn Chorizo, denn er behauptet, dass er kein Schweinefleisch isst – obwohl Kevin und Victor ihn irgendwann vor *Dennys Wurst und Kebab* mit 'ner verdammt fetten Chorizo in der Hand gesehen haben. Frisch vom Grill und echt lecker. Er findet es nicht so toll, dass wir ihn immer wieder damit aufziehen. »Es war keine Chorizo, ich schwör's. Es war Lammwurst«, lamentiert er jedes Mal. Aber Kevin und Victor haben es ja gesehen. Sie erkennen 'ne Wurst aus Schweinefleisch genauso wie 'nen Big Mac & Co – da kann man sich gar nicht täuschen.

Chorizo wurde an dem Tag 19, und wir hatten vor, groß zu feiern. Kevin, dessen Alter in der Kneipenbranche arbeitet, hatte für uns einen Tisch im Hirschenkeller reserviert. Es war sicherer zu reservieren, ansonsten hat man ziemliche Probleme, in den Schuppen reinzukommen. Erstens waren wir ausschließlich Jungs, und in den Lokalen wollen sie immer mindestens fifty-fifty Bräute. Zweitens waren Chorizo, Victor und Saman Einwanderer – sie zählten also pro Kopf ungefähr wie zwei Typen. Und drittens waren wir erst 18, und die meisten wollen ältere Kerle, wie sie sagen. Alles drehte sich eigentlich nur darum, dass wir mehr Cash abdrücken sollten. Die Rechnung war einfach: 30-jährige Schweden geben mehr für Bräute aus als 18-jährige Einwanderer für ihre Kumpels. Aber sie lagen falsch – wir hatten an dem Abend nämlich vor, sowohl ordentlich Getränke zu konsumieren als auch Bräute einzuladen. Wir wollten jeder mindestens tausend Kröten verprassen.

Es kam mir vor wie mitten in der Nacht, als ich hinging, obwohl es erst acht Uhr war. Schon seit drei war es dunkel, 'n langer Nachmittag. Eigentlich hab ich nichts gegen den Winter. Die Stadt sieht schön aus, wenn alles weiß ist. Jedenfalls bevor sich alles in eine matschig graue Pampe verwandelt. Doch wenn der Winter so kalt ist wie jetzt, entsteht ja nicht so schnell 'ne matschige Pampe. Aber grau – das ist klar – wird der Schnee auf jeden Fall. Die Sache mit dem Winter ist die, dass er so viele Erinnerungen wachruft. Viel mehr Erinnerungen als der Frühling oder der Herbst. Als Kind hat man besonders im Winter viele ungewöhnliche Sachen gemacht. Jedes Mal, wenn ich an einem Hügel, Berg oder auch nur einer verschneiten Treppe vorbeikomme, muss ich zum Beispiel daran denken, wie Kevin und ich am Blommensbergsbacken Snowracer gefahren sind. Wir waren so um die zwölf, dreizehn Jahre alt, und die Wohnhäuser hatten sie noch nicht gebaut. Es war ein steiler Hügel, und wir hatten Schaufeln dabei, die wir auf einer Baustelle in der Nähe geklaut hatten. Wir haben dort so ungefähr die größte Sprungschanze seit der Zeit meines großen Bruders gebaut. Aber die letzte Fahrt ging schief. Es hat uns ziemlich hingehauen – Kevin hat nur blaue Flecken davongetragen, aber ich hatte 'ne Gehirnerschütterung. Meine Mutter sagt immer, dass ich deswegen so bin, wie ich bin. Und mein Vater sagt, dass man niemals das *allerletzte* Mal fahren soll. Aber dann könnte man ja überhaupt nicht fahren, oder? Denn wenn man das allerletzte Mal weglässt, ist das vorletzte das letzte – und dann muss man das auch wieder streichen. Oder? Sie verstehen, was ich meine, ja?

Der Hirschenkeller lag ein Stück entfernt. Ich fror. Meine Arbeitsjacke war zwar gefüttert, aber trotzdem nicht warm genug für dieses Wetter. Allerdings wurde sie zu warm sein, um sie drinnen anzubehalten. Ich hatte vor, sie abzugeben, sobald ich angekommen war.

In der Vordertasche meiner Hose begann mein Handy zu vibrieren.

Es war Kevin. Mit wehleidiger Stimme. Er sagte: »Wenn in fünf Minuten keiner kommt, geh ich.«

Typisch. Typisch, dass er überpünktlich ist. Typisch, dass er eingeschnappt ist, sobald man mal 'ne Viertelstunde zu spät ist. Der Kerl kann doch schon mal die Stühle vorwärmen, was ist denn daran so schlimm? Irgendwer muss es ja schließlich tun.

Als ich reinkam, erblickte ich ihn sofort. Er war gerade dabei aufzubrechen. Vor ihm auf dem Tisch stand ein leeres Glas. Er war schon aufgestanden. Hat mich zuerst nicht gesehen. Ich hab gerufen, »alles im grünen Bereich«. Er wirkte nicht mal froh, mich zu sehen, obwohl es Chorizos Geburtstag war, aber dann setzte er sich wieder hin, also konnte es ja nicht so schlimm gewesen sein. Ich fror immer noch. Meine Finger waren kalt wie Eiszapfen, und meine Füße starben langsam ab. Ich gab meine Jacke an der Garderobe ab, die nahezu leer war. Trotzdem saß dort ein Garderobentyp auf 'nem Hocker und wartete, ein kleingewachsenes Jüngelchen, der Nintendo DS spielte und kaum danke sagte, als ich ihm 'nen Zwanziger hinwarf. Gieriges Pack, dachte ich, sie hätten ja wenigstens an Chorizos Geburtstag mal die Garderobe übernehmen können.

Nach ein paar Minuten war Kevin wieder gut drauf. Man kann über ihn sagen, was man will, aber nachtragend ist er nicht. Er quatschte von seiner verdammten Ausbildung, von seinen neuesten Plänen, eine Malerfirma zu gründen oder selbst gesprayte Graffitis zu verkaufen. Nach einigen Minuten tauchten Victor, Saman und Chorizo auf. Sie hatten teurere Jacken an als ich und gaben sie alle an der Garderobe ab. Sie setzten sich, und ich bestellte Bier für alle; wir stießen auf Chorizo an. Wir stießen auf uns an. Wir stießen auf den kältesten Winter seit der Eiszeit in »The Day after Tomorrow« an.

Der Abend war in vollem Gange.

Zwei Stunden später begann ich, die Biere ordentlich zu spüren. Ich bin nicht der Typ, der sich jedes Wochenende heillos besäuft, aber ab und an kommen halt ein paar Biere zusammen. So drei, vier Dosen zieh ich mir freitags nach der Arbeit schon rein, muss ich zugeben. Und später am Abend oder am Samstag steigt vielleicht noch 'ne Party mit den Kumpels. Ich bin ja noch jung, da kann man an den Wochenenden ruhig mal einen draufmachen, finde ich. Aber süchtig bin ich nicht. Hab das Ganze im Griff. Weiß sozusagen selber, wann es reicht.

Kevin laberte rum wie immer, hatte aber irgendwie den Faden verloren. Er hörte 'n paarmal plötzlich auf zu quatschen – saß einfach nur mit offenem Mund da und starrte vor sich hin. Wahrscheinlich hatte er 'n bisschen *zu* viel intus.

Saman hatte 'n paar Bräute ins Visier genommen, die an der Bar standen, und war hingegangen, um sie auf 'nen Drink einzuladen.

Victor und ich hielten die Stellung – Chorizo sollte heute Abend nicht nüchtern nach Hause kommen. Also, missverstehen Sie mich nicht falsch – es war nicht so, dass wir vorhatten, ihm 'nen Blackout zu verpassen; wir wollten nur, dass er Spaß hat.

Plötzlich sagte Kevin: »Seht mal da hinten, an der Garderobe!«

Wir drehten uns um und sahen den Dreikäsehoch dort stehen. Er hatte sein Nintendo-Spiel weggelegt und wirkte nervös. Dann kapierten wir, was Kevin meinte. Vor der Garderobe standen zwei riesenhafte Hünen. Sie hatten uns den Rücken zugedreht, aber wir wussten trotzdem, was es für Typen waren. Lederjacken, dunkle Jeans. Schultern, die so breit waren wie der Kühlergrill eines Audi Q7. Der eine hielt

eine Metallkiste in der Hand. In seinen Gorillahänden sah
sie total winzig aus. Ich glaube, dass es die Kasse des Garderobentypen war. Der Riese zählte die abgegriffenen Scheine.
Chorizo zischte durch die Zähne: »Garderobenmafia. Shit,
ich hab sie noch nie zuvor *in action* gesehen.« Dann fing
Kevin an, von etwas anderem zu reden. Aber ich konnte den
Blick nicht von diesen Riesen abwenden. Starrte zu ihnen
rüber. Sah, wie der eine hinter den Garderobentresen ging
und mit der Hand über die Jacken strich, die inzwischen dort
hingen.
Ich sah alle Winterjacken – über eine nach der anderen ließ
der Riese seine Hand gleiten. Es sah aus, als befühlte er sie.
Fjällräven, Canada Goose, North Face, Moncler. Es waren
hochwertige Jacken – keiner wollte, dass er nachts in besof-
fenem Zustand steifgefroren in einer Schneewehe endete.
Ich sah, wie der Typ etwas zum Garderobenfritzen sagte.
Ich sah den Blick des Garderobenzwergs.
Er wirkte nicht gerade entspannt, das war klar.
Sie unterhielten sich kurz.
Dann gingen sie wieder raus.


Eine Stunde später war es Zeit für die Geschenkübergabe.
Die Sache ist die, dass Chorizo Tattoos liebt, es sich aber
nicht leisten kann, sich eins stechen zu lassen. Wir hatten
ihm einen Gutschein für den Besuch eines Tattoo-Studios
gekauft, East Street Tattoos – das ist das beste in Stockholm.
»Tausend Kronen für ein Motiv seiner Wahl außer japanische Schriftzeichen oder Namen von Bräuten«, stand auf
der Karte. Wir fanden japanische Schriftzeichen das
Schwulste, was man überhaupt tragen konnte. Und Namen
von Bräuten sind so was von idiotisch – man wird ja sowieso
früher oder später wieder verlassen.

Chorizo hat sich tierisch gefreut. Er hat uns versprochen, sich noch vor März ein Tattoo auf den Rücken machen zu lassen. Wir haben versucht, »Hoch soll er leben« zu singen, aber Kevin ist mal wieder ausgeflippt und hat stattdessen »Viel soll er saufen« gebrüllt. Es wurde ein wenig peinlich, und ein Türsteher kam an unseren Tisch und signalisierte uns, wir sollten leiser sein.

In dem Moment war ich ganz schön sauer auf Kevin. Heute war Chorizos Geburtstag, und den sollte nicht irgendein Idiot, der keinen Alkohol vertrug, kaputtmachen. Ich stand auf.

Ich ging zur Garderobe. Der Garderobenjunge ließ sich ziemlich viel Zeit, meine Jacke zu holen. Ich hatte den Eindruck, dass er nicht wusste, wo sie hing. Schließlich legte er sie auf den Tresen.

»Ich geh noch nicht«, sagte ich. »Will nur 'ne Fluppe rauchen.«

Er nickte, kapierte, dass ich die Garderobenmarke behalten wollte. Ich ging raus.

Es war immer noch genauso kalt. Ich kramte die Zigarettenschachtel aus der Brusttasche. Ich musste mich ein wenig beruhigen, wieder runterkommen. Fingerte nach dem Feuerzeug in der rechten Außentasche. Und während ich nach ihm suchte, spürte ich *das da*.

Es war aus Plastik. Ich zog die Hand wieder raus. Suchte in einer anderen Tasche nach dem Feuerzeug. Fand es und zündete die Zigarette an. Dann griff ich erneut in die rechte Tasche. Es fühlte sich wie eine Plastiktüte an.

Ich kam mir vor wie ein Schornstein – der Atem aus meinen Lungen kombiniert mit dem Rauch der Zigarette: Eine größere Rauchwolke hab ich meinen Mund noch nie ausstoßen sehen.

Aber was war das für eine Tüte? Ich betastete sie; sie fühlte sich wie ein gewöhnlicher Gefrierbeutel an. Ich nahm sie aus der Tasche. Sie war verknotet, und in ihr lag etwas Leichtes, Festes, so ähnlich wie zusammengeknülltes Papier. Ich entknotete die Tüte. Befühlte das Feste, das ich zwischen den Fingern gespürt hatte. Es war Alufolie. Ich nahm sie ebenfalls heraus. Sie war zusammengefaltet wie ein kleiner Würfel. Irgendetwas war faul. Trotzdem faltete ich sie auf, ohne weiter darüber nachzudenken.

In der Alufolie lag weißes Pulver.

Es ist wahr – ich hab ein weißes Pulver in der Tasche meiner eigenen Jacke gefunden. Völlig verrückt.

Ich rauchte zu Ende und ging wieder rein. Die Jungs saßen noch da. Alle ein paar Schlucke betrunkener. Chorizo phantasierte weiter darüber, welches Tattoo er sich machen lassen würde. Kevin starrte immer noch in die Luft. Victor fragte mich, ob ich jetzt besser drauf wäre.

Mein Stuhl fühlte sich unbequem an. Und nicht nur das, er erschien mir irgendwie wackelig. Ich konnte nicht aufhören, an den Shit zu denken, den ich in meiner eigenen Jackentasche gefunden hatte. Was zum Teufel sollte ich nur tun? Entweder wollte mich einer meiner Kumpels verarschen – hatte mir einen Esslöffel voll Backpulver in die Folie gefüllt und wartete auf meine Reaktion. Oder es war der Knirps an der Garderobe oder möglicherweise irgendein anderer Gast, der die Jacke verwechselt hat. Meine Jacke gewissermaßen an sich genommen und das Zeug in die Tasche gelegt hat. Oder auch – und dieser Gedanke war besonders ätzend – die Jugos, die gerade da gewesen waren und den Garderobentypen kontrolliert hatten, meinten aus irgendeinem Grund, meine Jacke wäre ein geeigneter Aufbewahrungsort. Und wenn das der Fall war – dann war ganz sicher weder Backpulver noch Zucker in dem kleinen Aluwürfel. Dann war es Kokain oder Amphetamin oder irgendeine andere Droge, deren Namen ich nicht weiß.

Ich hab fast die Panik bekommen. Je mehr ich darüber nachdachte, desto mehr war ich davon überzeugt, dass das Zeug in der Folie echt war. Aber eins war sicher: Es war nicht mein Zeug. Ich nehm so was nicht.

Ich überlegte, was ich tun sollte. Vielleicht die Polizei rufen. Mich eventuell auf den Weg machen und zur Polizei *gehen*. Oder den Shit in den nächsten Gulli werfen. Meinen Kumpels davon erzählen und sie um Rat fragen? Es einfach liegen lassen, mit nach Hause nehmen und dort noch mal drüber nachdenken? Wie gesagt – ich trink gern ein- oder zweimal die Woche etwas, aber Drogen sind nicht mein Ding.

»Ihr kennt doch meinen Kumpel Runken, oder?« Kevin hatte sich wieder gefangen, das konnte man an seiner Stimme hören. Er begann, eine seiner Geschichten zum Besten zu geben. Für eine Weile hab ich das Pulver fast vergessen.

»Runken hat ja das Gymnasium geschmissen, wie ihr wisst. Er hat das letzte Schuljahr nie zu Ende gemacht.« Wir nickten. Natürlich erinnerten wir uns an Runken. Der Kerl, der niemals lernte, die Hälfte der Zeit schwänzte, in den Pausen Hasch rauchte und etwas merkwürdig roch – von dem aber alle sagten, er hätte einen IQ von 130 und könnte Latein.

»Wisst ihr, was er die ganze Zeit gemacht hat, anstatt zu lernen?«

Chorizo lachte los, »Wahrscheinlich geschlafen, oder?«.

Kevin sagte, »Ja, tagsüber hat er geschlafen. Aber wisst ihr, was er nachts gemacht hat?«.

»GTA* gespielt?«, tippte Chorizo.

---

* GTA: Grand Theft Auto, eine der erfolgreichsten Computerspielserien

»Nein, er hat im Netz gepokert. Hat ganze Nächte lang Hold'em gegen irgendwelche Amerikaner gespielt. Hat sich langsam hochgespielt, erst mit den Neulingen und Greenhorns, dann gegen Computer, und danach hat er immer öfter um Geld gespielt. Und ihr kennt ja Runken – der Typ war eigentlich 'n verdammter Einstein. Irgendwann war er so gut, dass er auf den angesehensten Websites die schwierigsten Partien in den besten Online-Pokerräumen gespielt hat. No Limit, mit 'nem Einsatz von über 50 000 Euro. Er hat sich drei Bildschirme angeschafft, saß mit sieben oder acht gleichzeitig laufenden Spielen da, und weil er clever war, hat er mehr gewonnen als verloren. Und mit so vielen Spielen hat er natürlich immer mehr Cash eingesackt.«

Wir saßen schweigend da, denn wir hatten Geschichten wie diese schon oft gehört. Sie imponierten uns jedes Mal und machten uns zugleich ein wenig neidisch. Manchen flog einfach alles so zu, aber trotzdem war es ziemlich cool. Und Kevins Story bewirkte, dass ich nicht mehr an das Pulver dachte. Es war angenehm, einfach nur dazusitzen und seinen Worten zu lauschen.

Kevin fuhr fort. »Aber ihr wisst ja, Runken war kurz davor, verrückt zu werden. Er aß kaum etwas, verlor den Kontakt zu seiner Mutter. Sein gesamtes Leben bestand nur noch aus Computern und Online-Games. Ich und sein älterer Bruder haben versucht, ihn da rauszuholen. Haben ihn mit in die Kneipe genommen, haben versucht, ihm die eine oder andere Braut schmackhaft zu machen. Aber er hat sich geweigert; der einzige Ort, an den es ihn zog, war das Spielkasino. Also sind wir zu 'nem schwarzen Klub in Hallunda gezogen, wo er immer rumhing.«

Kevin lehnte sich zurück. Betrachtete einen nach dem anderen von uns. Typisch Kevin. Er war ein Erzähler erster Klasse, wusste, wo er Pausen einlegen musste, um uns vor Neugier fast wahnsinnig werden zu lassen.

Chorizo sagte, »Komm endlich zur Sache, immer spannst du uns auf die Folter«.

Kevin wirkte beleidigt. »Wieso auf die Folter?«

»Immer wenn es am spannendsten ist, lehnst du dich zurück und hörst auf zu erzählen. Du foppst uns nur, oder? Hör auf damit.«

»Na gut, wenn ihr doch nur rummeckert, brauch ich auch gar nicht weiterzuerzählen.«

»Reiß dich zusammen«, riefen alle gleichzeitig und begannen, Kevin mit Erdnüssen zu bombardieren; der hielt schützend die Arme vors Gesicht. Schließlich sah er sich gezwungen weiterzureden.

»Also, das war 'ne ziemlich verruchte Spelunke. Kapiert? Versifft, hässliche Möbel, keine Bräute. Aber immerhin, es ging um richtig viel Kohle. An einem Tisch spielten sie No Limit, und Runken setzte sich gleich dazu. Die ganze Nacht über zockte er. Einmal hätte er beinahe von einem 50-jährigen Iraner Prügel bezogen, der fand, dass er einfach zu gut war. Sein großer Bruder und ich mussten eingreifen. Wir saßen hinter ihm wie seine Leibwächter. Er aß zwischendurch nichts, trank nur Red Bull und Kaffee. Ich und sein Bruder wurden immer betrunkener, aber wir verfolgten das Spiel trotzdem. Schließlich wurde die absolut abgefuckteste Partie ausgeteilt. Runken hatte den Big Blind. Alle stiegen aus bis auf den Small Blind, der dranblieb. Runken checkte Dame und Sieben in Karo. Der Flop bestand aus As, Dame, Vier mit zwei Karos. Der andere Typ checkte seine Karten, und Runken erhöhte, legte sich ins Zeug. Dann meinte er, dass er ziemlich sicher war, dass seine Dame gut genug wäre, denn der andere hätte schon mit einem Ass aus dem Preflop aufwarten müssen. Aber der Typ ging all in, und Runken überlegte blitzschnell. Der Typ hatte zwei Asse. Kapiert ihr? Zwei Asse.«

Wir alle liebten Poker, befanden uns aber nicht auf diesem Niveau. Keiner wusste so genau, was das wirklich bedeutete.

Kevin schüttelte lediglich den Kopf. Wir hielten die Luft an – hatte Runken gewonnen? Und wie viel hatte er letztlich abgesahnt?

Kevin sagte: »Und dann kam noch ein Karo. Runken hat in einer einzigen Partie über 400 000 Kröten eingestrichen.«

Das war einfach zu viel für mich; ich konnte mir nicht mal vorstellen, überhaupt jemals so viel Geld zusammenzukriegen. Ganz ehrlich, immer wenn ich mal 'n paar Tausender zusammenhatte, musste ich sofort irgendwas Cooles davon kaufen.

Aber wir sollten auch etwas aus Kevins Geschichte lernen, denn sie ging noch weiter. »Ihr wisst, Runken ist verrückt. Eine Stunde später hatte er nämlich keine einzige Krone mehr. Er hat alles wieder verspielt. So krank. So verdammt krank. Wir verließen den Klub um sieben Uhr morgens und hatten nicht mal mehr Kohle für 'ne heiße Wurst. Nicht mal für 'ne *Chorizo*.«

Wir lachten laut.

So ging es den Rest des Abends weiter. Verrückte Geschichten, Ausschau halten nach Bräuten, die uns nicht haben wollten, und natürlich Witze auf Kosten Chorizos. Aus irgendeinem Grund hatte er ausnahmsweise mal nichts dagegen, auf den Arm genommen zu werden.

Der Abend war ein voller Erfolg. Wir feierten, was das Zeug hielt. Und den Shit, der in meiner Jackentasche lag, hatte ich vollkommen vergessen.

Es ist wahr. Ich vergaß das Pulver, obwohl ich mir ziemlich sicher war, dass es echtes Kokain war.

Zwei Stunden vergingen. Kevin hatte noch mehr Geschichten auf Lager. Chorizo war super drauf. Am Ende war Kevin so besoffen, dass wir ihn in ein Taxi setzen und nach Hause bringen mussten. Aber wir anderen gingen wieder raus auf die Straße, um weiter die Stadt unsicher zu machen. Doch dann kamen Sie. Das ist alles.

F: Aha, danke. Das war eine sehr detaillierte Beschreibung, muss man sagen. Ziemlich viele Informationen, die wir eigentlich nicht benötigen. Aber ich wollte Sie nicht unterbrechen. Es war mir wichtig, Sie das Ganze mit Ihren eigenen Worten erzählen zu lassen. Aber wie Sie wissen, glaube ich nicht an Ihre Geschichte.

M: Wieso? An was davon glauben Sie nicht? Ich hatte vor, die Tüte wegzuwerfen oder damit zur Polizei zu gehen. Es war nur so, dass Sie mich leider vorher festgenommen haben. Aber ich hatte keine Ahnung, dass sie da war, bevor ich sie in der Jackentasche fand. Das ist wahr.

F: Wir glauben Ihnen nicht. Und Sie werden uns noch ein paar weitere Fragen beantworten müssen.

M: Sie müssen mir aber glauben. Warum sollte ich denn lügen? Sie können das, was ich gesagt hab, gern mit den anderen checken. Hauptsache, ich komm heut noch hier raus.

F: Folgendes: Das Geburtstagsgeschenk, das Sie Chorizo überreicht haben, haben Sie dazu noch mehr zu sagen?

M: Ich hab es doch schon gesagt. Es war ein Geschenkgutschein. Aber ich war nicht derjenige, der ihn gekauft hat. Wenn Sie da allerdings was anderes gefunden haben, dann ist das Chorizos Sache. Ich weiß jedenfalls von nichts. Ich mach so 'nen Scheiß nicht.

F: Sind Sie ganz sicher, dass es nur ein Geschenkgutschein war?

M: Ja. Hundert Prozent.

F: Aber das ist nicht der Fall, müssen Sie wissen. Im Umschlag befand sich kein Gutschein für ein Tattoo. Es lag Amphetamin drin. Genau wie in Ihrer Jackentasche. Möchten Sie dazu etwas sagen?

M: Das ist doch Quatsch. Dann hätten ja diese Jugos Chorizo was andrehen müssen, als ich draußen war. Oder jemand anders hat die falsche Jacke genommen. Alle trugen gefütterte Winterjacken. Alle hatten dicke Jacken. Es war saukalt.

F: Mmm … Das Pulver stammt jedenfalls aus derselben Partie. Und ich behaupte, dass es Ihr Pulver war.

M: Was soll ich dazu sagen? Ich hab nichts getan. Es ist nicht mein Pulver.

F: Das muss das Gericht entscheiden. Dann beenden wir also diese Vernehmung. Ich muss Sie formell darüber informieren, dass Sie wegen eines Drogenvergehens im Sinne von Drogenhandel verdächtigt werden. Dafür bekommen Sie sicher zwei, drei Jahre. Glückwunsch.

*Aus dem Schwedischen*
*von Antje Rieck-Blankenburg*

# Das Haus auf dem Hügel

Markus Stromiedel

Der kalte Ostwind trieb eine Schneewolke vor sich her, als ich die menschenleere Straße überquerte. Im Licht der Laternen war eine Reihe trostloser Häuser zu sehen, dunkel und abweisend. Kein Mensch schien um diese Uhrzeit wach zu sein. Oder standen die Häuser leer? Ein Fenster klappte im Wind, wieder und wieder. Für einen Moment überlegte ich, wie ich hierhergekommen war und was ich hier wollte. Dann fiel es mir wieder ein.

Der kalte Ostwind trieb eine Schneewolke vor sich her, als ich die menschenleere Straße überquerte. Im Licht der Laternen war eine Reihe trostloser Häuser zu sehen, dunkel und abweisend, kein Mensch schien um diese Uhrzeit wach zu sein. Oder standen die Häuser leer? Ein Fenster klapperte im Wind, wieder und wieder. Für einen Moment überlegte ich, wie ich hierhergekommen war und was ich hier wollte. Dann fiel es mir wieder ein.

Eilig lief ich auf das Polizeigebäude zu, einen heruntergekommenen Bau am Rand des schneebedeckten Marktplatzes. Bullige Wärme empfing mich, als ich die Wache betrat, dazu die schweigenden Blicke zweier Uniformierter, die sich umdrehten und mich musterten. Ich schloss die Tür, das Geräusch des Windes erstarb. Niemand sagte ein Wort.

»Ich muss …«, sagte ich und räusperte mich, »ich muss einen Mord melden.«

Die Gesichter der beiden Polizisten blieben regungslos.

Ich war erstaunt, dass meine Nachricht keine Hektik erzeugte, ja nicht einmal Aufmerksamkeit. Angespannt wies ich aus dem Fenster, in die Richtung, aus der ich gekommen war. »Oben, in dem Haus auf dem Hügel. Ich habe das Opfer gesehen.«

Der eine der beiden Polizisten seufzte, sah seinen Kollegen an, dann erhob er sich schwerfällig und ging zum Kleiderständer, an dem zwei dick gefütterte Uniformjacken und zwei Fellmützen hingen.

Der Wind hatte den Schnee der vergangenen Tage zu meterhohen Wehen zusammengetragen; die Zufahrtsstraße, die zu dem alten Herrenhaus führte, war für Fahrzeuge unpassierbar. Schweigend stapften wir durch das Schneetreiben den Hügel hinauf, dem Herrenhaus entgegen. Wie eine lauernde Spinne hockte das Gebäude auf der Hügelkuppe oberhalb des Ortes und sah aus schwarzen Augen zu uns herab, so als ob es uns beobachtete und nur darauf wartete, dass wir uns näherten. Eine knappe halbe Stunde später hatten wir das Anwesen erreicht. Das schmiedeeiserne Tor an der Zufahrt stand offen, der Weg dahinter war geräumt, ebenso der Platz vor dem Haupteingang. Eine einsame Laterne brannte neben dem mit schwerem Schnitzwerk verzierten Portal.

»Wo?« Es war das erste Wort, das der Polizist sprach.

»In der Halle, vor dem Kamin.« Ich zögerte, blieb stehen.

Der Polizist wandte sich zu mir um. »Wollen Sie nicht mitkommen?«

»Was ist, wenn er noch drin ist?«

»Der Mörder?« Ein müdes Lächeln strich über sein Gesicht.

»Ich werde alleine nachsehen.« Er streckte seine Hand aus, sah mich auffordernd an.

Ich verstand nicht, was er wollte.

»Den Hausschlüssel.«

Ich zuckte hilflos mit den Schultern.

Er wies auf meinen Mantel. »Sehen Sie in Ihrer Tasche nach.«

Ich griff in meine Manteltasche und spürte kaltes Metall zwischen meinen Fingern. Überrascht zog ich einen großen Schlüssel hervor, ein angerostetes Ungetüm, so alt wie das Haus, zu dem es gehörte. Ich begriff sofort: Trotz meiner Panik musste ich die Eingangstür abgeschlossen und den im

Schloss steckenden Schlüssel abgezogen haben, um dem Mörder die Flucht zu erschweren.

Der Polizist nahm mir wortlos den Schlüssel aus der Hand, stieg die Stufen hinauf zur Eingangstür und verschwand im Inneren des Hauses.

Fünf Minuten später kam er wieder heraus. »Da ist nichts.« Erstaunt sah ich ihn an. »Aber das kann nicht sein!«

»Ist aber so. Es ist nichts passiert.« Er gab mir den Schlüssel zurück. »Besser, Sie ruhen sich aus. Sie werden müde sein.« Der Beamte tippte mit dem Finger an seine Mütze und verschwand ohne ein Wort des Abschieds in der Dunkelheit.

Ratlos, den Schlüssel in der Hand, sah ich ihm nach. Ich war mir sicher, dass in der Halle ein toter Mann gelegen hatte, ein junger schlaksiger Typ mit blonden Haaren und einer klaffenden Wunde in seinem Schädel.

Sollte ich mich tatsächlich geirrt haben?

Tief in mir spürte ich, es wäre das Beste gewesen, die Sache auf sich beruhen zu lassen und diesem Ort den Rücken zuzukehren. Doch die Ungewissheit, ich könnte mir alles nur eingebildet haben, hielt mich zurück. Ich hatte den Toten gesehen! Entschlossen griff ich den Schlüssel fester und stieg die Stufen hinauf, bis ich vor dem Portal des Herrenhauses stand. Kurz zögerte ich, dann betrat ich das Gebäude. In der Halle war es dunkel, nur ein flackerndes Feuer in einem von Sandstein umfassten Kamin erhellte den Raum. Ein Löwenkopf, den ein längst zu Staub zerfallener Künstler vor Jahrhunderten in den Kaminsims gemeißelt hatte, blickte spöttisch zu mir herüber. Das Licht der Flammen strich über seine steinerne Mähne. Jede Faser meines Körpers angespannt, stand ich in der Dunkelheit und wartete auf eine Bewegung. Doch bis auf die im Kamin tanzenden Flammen rührte sich nichts, die Halle schien verlassen zu sein.

Nach und nach gewöhnten sich meine Augen an das Dämmerlicht. Suchend sah ich mich um. Der Platz vor dem Kamin war leer. Auch der Trekkingrucksack auf dem Stuhl vor dem Feuer war fort. Sollte ich mich geirrt haben? Ich war mir sicher, der junge Mann hatte den Rucksack dort abgestellt, als er hier vor dem Schnee Schutz gesucht hatte, genau wie ich. Wir hatten uns auf dem Weg unterhalb des Hauses getroffen und waren gemeinsam hergekommen.

Langsam ging ich hinüber zu der Stelle, an der der Blonde gelegen hatte. Der Boden war sauber, nicht die Spur von Blut, das überall den Boden bedeckt hatte. Auch die Scherben des Glases waren fort. Ich suchte nach Licht, einer Lampe, einem Schalter an der Wand, zündete mir schließlich am Kaminfeuer ein paar Kerzen an, die ich in einem Leuchter neben dem Eingang gefunden hatte. Den Leuchter in der Hand, ging ich in die Knie und betrachtete die Fliesen im flackernden Licht der Flammen. Der Boden war makellos, nicht ein Staubkorn war zu sehen, so als habe hier nie ein Toter mit gespaltenem Schädel gelegen. Oder sollte jemand kurz zuvor die Stelle gesäubert haben?

Ein Windstoß fuhr ums Haus und zerrte an den Fensterläden, dann war ein Poltern zu hören, das Klirren von berstendem Porzellan. Ich fuhr herum, starrte in die Dunkelheit. Waren da Schritte? »Hallo! Ist da jemand?« Meine Stimme krächzte, ich räusperte mich, rief noch einmal. Keine Reaktion. Den Blick unverwandt ins Dunkel gerichtet, tastete meine Hand nach dem eisernen Schürhaken, der in einem Gestell neben der Feuerstelle hing. Ich fühlte mich besser, als ich die schwere Stange in meiner Handfläche spürte.

Wohin hatte der Mörder sein Opfer gebracht? Ich wusste, ich musste den Toten finden, wenn ich mir und den anderen beweisen wollte, dass ich recht hatte. Ich war nicht verrückt, was vermutlich der Polizist geglaubt hatte, denn anders hatte ich seinen Blick zum Abschied nicht deuten können. Ich fühlte, wie mein Wunsch nach Gewissheit meine Angst vor dem unbekannten Mörder verdrängte, der – sollte ich denn recht haben – noch irgendwo im Haus lauern musste. Wartete er auf mich? Hatte er für mich das gleiche Schicksal ausersehen wie für den anderen Gast, der bei ihm Zuflucht gesucht und den Tod gefunden hatte?

Entschlossen packte ich den Leuchter und ging durch die Halle. Aufmerksam sah ich mich um. Eine schwere, vom Alter geschwärzte Holztreppe führte hinauf in das obere Stockwerk. Dort oben, dachte ich, würde ich die Leiche nicht finden; niemand macht sich die Mühe, einen leblosen Körper eine Treppe hinaufzuwuchten, wenn er ihn ebenerdig verschwinden lassen kann. Ich hatte mit meiner Vermutung recht: Auf dem Parkett entdeckte ich Schleifspuren, kaum zu sehende Striche von Schuhabsätzen, die über den Boden gezogen worden waren. Sie endeten kurz vor einer großen Flügeltür an der Rückseite der Halle.

Ich ging auf die Tür zu und öffnete sie vorsichtig, den Schürhaken fest in der Hand. Ein Knarren durchbrach die angespannte Stille. Erschrocken zuckte ich zusammen. Doch in der Dunkelheit auf der anderen Seite blieb es ruhig.

Hinter der Tür öffnete sich ein leerer Festsaal, ein beeindruckender Raum von imposanter Größe. Die Wände waren mit Holzpaneelen verkleidet, durchbrochen von Fensteröffnungen, die an der Westseite deckenhoch das Mondlicht in den Raum ließen. Schwere Kronleuchter hingen von der Stuckdecke herab, ein Flügel stand einsam in der Mitte des Raumes. Ich trat an eines der Fenster und sah hinaus: Es hatte aufgehört zu schneien, der Mond, der durch eine Wolkenlücke gebrochen war, tauchte die Schneelandschaft in kaltes Licht. Eine von einer Steinbalustrade begrenzte Terrasse schloss sich an das Haus an, eine Freitreppe führte hinab in einen verwilderten Park. Riesige, einige hundert Jahre alte Bäume reckten ihre dürren Finger in die Nacht.

Ein Bild blitzte in meinem Inneren auf, wahrhaftig wie eine Erinnerung und genauso irreal, das Bild einer Gesellschaft, die hier feierte: Frauen im langen Abendkleid, Männer im schwarzen Frack, entspannte Gesichter, Lachen, das Klirren von Champagnergläsern. Nur einen Lidschlag lang, ein kurzes Aufflackern, dann war der Moment vorbei, so schnell, dass ich ihn nicht greifen konnte.

Ich ging in die Knie und betrachtete das Parkett. Die Schleifspuren auf dem Boden setzten sich fort, führten zur Rückseite des Saals und endeten direkt vor der verkleideten Wand. Für einen Augenblick war ich ratlos, doch dann merkte ich, wie ich intuitiv an die Vertäfelung griff und mit den Fingerspitzen über den Rand eines der Paneele strich, so als ob ich wüsste, was ich suchte. Ich nahm die Holzverkleidung an der Stelle genauer in Augenschein. Tatsächlich verbarg sich ein winziger Hebel im Schatten zwischen zwei Kassettenfeldern. Das Holz war an dieser Stelle abgegriffen, offenbar hatte ich dies bemerkt, ohne es bewusst zu realisieren. Ich drückte den Hebel herunter, und eine Klappe öffnete sich. Dahinter verbarg sich ein elektrisches Bedienfeld, offensichtlich für einen Aufzug, der hier vor vielen Jahren nachträglich eingebaut worden war.

Ich drückte den Rufknopf. Irgendwo im Inneren des Hauses war ein Rumpeln zu hören, es wurde lauter und lauter, bis einige Zeit später ein Teil der Vertäfelung knirschend zur Seite glitt und den Eingang zu einer Fahrstuhlkabine freigab. Flackerndes Neonlicht drang in den Saal.

Ich war zurückgewichen, als sich die Tür öffnete. Jetzt kam

ich vorsichtig näher und blickte in das Innere der verlasse-
nen Kabine. Sie war breit und tief, ein Lastenaufzug, vermutlich, um schnell große Mengen an Stühlen oder Tischen
aus den Lagerräumen im Keller heraufzubringen. Dunkle
Flecken bedeckten den Fahrstuhlboden. Ich betrat die Kabine und bückte mich, um sie genauer zu betrachten. Meine
Fingerspitzen verfärbten sich, als ich einen der Flecken berührte. Es war Blut.

Zufrieden richtete ich mich auf: Ich hatte recht gehabt – das
war der Beweis, dass vor nicht allzu langer Zeit eine Leiche
hier hereingeschleppt und abgelegt worden war. Es war der
Beweis, dass ich tatsächlich den Toten gesehen hatte, dass ich
nicht verrückt war.

Doch etwas ließ mich zögern, sofort das Haus zu verlassen
und zurück in die Stadt zu laufen, um von meiner Entdeckung zu berichten. Es war eine mir nicht begreifliche Anzie-
hungskraft, die mich in ihren Bann schlug; sie ging von je-
nem Schaltfeld im Inneren der Kabine aus, von jenen drei
matt schimmernden Knöpfen, mit denen sich der Fahrstuhl
bedienen ließ. Ich gab der Kraft nach und schaute fasziniert
zu, wie meine Hand den untersten der drei Knöpfe suchte.
Der Knopf war blutverschmiert, was ich erst bemerkte, als
mein Zeigefinger sich auf ihn legte und ihn drückte. Die Tür
schloss sich. Im gleichen Moment spürte ich, wie mich die
Angst packte. Es war Wahnsinn, was ich tat! Doch es war zu
spät: Ruckelnd setzte sich die Kabine in Bewegung. Panik ergriff mich, während ich auf einen Spalt in der Kabinenwand
starrte, durch den der vorbeigleitende Schacht zu sehen war.
Obwohl nur sekundenlang, erschien mir die Fahrt endlos, wie
ein Sturz in den Höllenschlund, der mich erwartete und zu
verschlingen drohte. Die Wände um mich herum begannen
zu schwanken, dann drehte sich alles. Nach Halt suchend,

streckte ich meine Arme aus, griff ins Leere und stürzte zu Boden. Im selben Moment verlor ich das Bewusstsein.

Als ich wieder zu mir kam, lag ich bäuchlings auf einem kalten, aus Steinplatten gefügten Boden. Ich fuhr hoch und drehte mich erschrocken um. Ich war allein, in einem Raum ohne Fenster, über mir ein Tonnengewölbe, hinter mir die geöffnete Fahrstuhltür. Offensichtlich befand ich mich im Keller, dem Ziel meiner Fahrt. Wie lange hatte ich hier gelegen? Wie lange war ich dem Unbekannten schutzlos ausgeliefert gewesen? Ich sah an mir herab, betastete meinen Kopf, meine Arme, meine Beine. Alles schien unversehrt, obwohl ich das Gefühl hatte, dass er hier gewesen war, bei mir. Angespannt richtete ich mich auf und lauschte. Nichts war zu hören bis auf das Pochen meines Herzens, das Rasseln meines Atems.

Wo war er? Beobachtete er mich? Wartete er, bis ich zu ihm kam? Hastig stand ich auf und wandte mich der Fahrstuhlkabine zu, um zu fliehen, solange ich es noch konnte. Doch ich zögerte. Den widerstreitenden Stimmen in mir lauschend, blickte ich zurück in das Dämmerlicht, das in dem Kellergewölbe herrschte.

Was ging hier unten vor sich? War hier das Reich des Unbekannten, von dem ich nicht wusste, ob er mich suchte oder ich ihn? Ich begann zu zittern. Ich wollte fort, doch ich begriff, wenn ich jetzt ginge, würde ich nie erfahren, was heute passiert war. Ich spürte, dieses Wissen war wichtig, es würde alles verändern. Irgendwo dort, hinter einer der Türen, war die Antwort auf meine Frage.

Mein Blick blieb an einer Metalltür hängen, die einen grob in die Kellerwand getriebenen, stählernen Türrahmen füllte. Die Tür schien neu, ein Fremdkörper in dem aus Bruchsteinen gefügten Kellergewölbe. Sie war nur angelehnt. Langsam ging ich auf sie zu, legte die Hand auf die Klinke, zog sie auf. Wie von selbst suchte meine Hand den Lichtschalter neben der Tür. Ein Summen, dann flackerten Neonröhren auf, hell und kalt, sie leuchteten den großen Kellerraum bis in den letzten Winkel aus.

Das Erste, was ich sah, waren die Augen des toten Blonden. Groß und blutunterlaufen, schienen sie mich anzustarren, obwohl sie schwebten und sich langsam in der Flüssigkeit drehten, in der sie aufbewahrt wurden. Dann sah ich den Körper des Mannes: Seiner Kleidung entledigt, lag er mit leeren Augenhöhlen auf einem stahlglänzenden Obduktionstisch, die Arme eng an den Körper geschmiegt. Sein Brustkorb und sein Unterleib waren geöffnet, eine riesige, klaffende Wunde, die die Wehrlosigkeit des Opfers und die Brutalität des Mörders betonte. Die Organe des Mannes lagen achtlos in einer Metallschale auf einem Rollwagen neben dem Tisch.

Fassungslos starrte ich auf die Leiche und wich geschockt zurück. Erst jetzt bemerkte ich die zahlreichen Regale an der Wand des Raumes, sie waren gefüllt mit Gläsern und Präparaten: Hände, Augen, Gehirne, beschriftet mit den Namen der Opfer. Mir wurde schlecht, Panik stieg in mir auf. Der Boden unter mir schwankte, ich ging in die Knie, hielt mir die Ohren zu, um den Schrei, der den Raum füllte, aus meinem Kopf zu vertreiben. Erst dann begriff ich, dass ich es selber war, der schrie. Ich rappelte mich auf, stolperte aus dem Raum und rannte zum Fahrstuhl, fort von diesem Ort des Grauens. Ich stürzte in die Kabine, hämmerte verzweifelt auf das Bedienfeld ein. Nach endlosen Sekunden schloss sich die Tür. Ruckelnd setzte sich der Lift in Bewegung.

Am ganzen Körper zitternd, lehnte ich mich an die Wand. Ich musste hier raus, bevor er mich fand, bevor er auch mich erschlug und in seinen Keller schleppte, um mich auszuweiden. Wo war er? Stand er oben vor der Fahrstuhltür und wartete auf mich? Ich schluckte trocken, versuchte die Angst, die mich zu überwältigen drohte, niederzuringen.

Ein Ruck, die Kabine stoppte, die Fahrstuhltür glitt knirschend zurück. Ich schnellte vor, hinaus in die Dunkelheit, die Arme zum Schutz erhoben, um den erwarteten Angriff abzuwehren. Schmerzhaft prallte ich gegen einen Stuhl, der vorher nicht hier gestanden hatte; ich stürzte über ihn und fiel zu Boden. Erst jetzt bemerkte ich, dass ich nicht im Festsaal war, sondern in einem Wohnzimmer. Offenbar hatte ich in meiner Panik den falschen Knopf gedrückt und war in das oberste Stockwerk des Hauses gefahren. Hastig stand ich auf, um zurück in den Fahrstuhl zu gelangen, doch die Tür glitt zu, bevor ich sie erreichen konnte. Verzweifelt zerrte ich an der verschlossenen Fahrstuhltür, um in das Innere der Kabine zu gelangen, suchte panisch die Wände neben dem Lift ab, doch vergeblich, ich konnte kein Bedienfeld entdecken. Ich saß in der Falle.

Langsam drehte ich mich um. Ich zwang mich zur Ruhe: Ich wusste, wenn ich mich gegen den Mörder behaupten wollte, dann durfte ich nicht den Kopf verlieren. Meine Panik würde mich ihm in die Hände spielen – nur wenn ich ruhig blieb, könnte ich ihm entkommen. Denn ich spürte, er war mir nahe, näher als zuvor.

Ich sah mich um. Der Raum war geschmackvoll eingerichtet, mit einer Mischung aus Antiquitäten und modernen Möbelstücken, die mir gefiel. Über einem Sideboard, auf dem eine teure Musikanlage stand, hing ein Portrait von Charlie Parker, daneben ein abstraktes Gemälde. Beherrscht wurde der Raum von einer Sitzgruppe mit einem flachen Couchtisch in der Mitte. Ein leeres Glas und eine ungeöffnete Flasche Wein standen darauf bereit, daneben lagen ein Korkenzieher und ein antiquarisches Buch – eine Einladung, sich zu setzen, zu trinken, zu lesen. Der Titel des Buches sagte mir nichts, zwei lateinische Wörter, die ich nicht verstand; und auch den Namen des Autors, Eugen Bleuler, hatte ich nie zuvor gehört.

Eine Stimme in mir sagte, ich solle mich setzen, den Wein öffnen, das Buch lesen; doch die Vorstellung, hier lesend auf den Mörder zu warten, schürte meine Angst. Ich musste hier raus! Gehetzt sah ich mich um. Es gab sicherlich noch einen zweiten Weg hinab in die Halle. Mir fiel die Treppe ein, ich würde sie finden und alles hinter mir lassen.

Zwei Türen führten aus dem Wohnzimmer hinaus. Ich öffnete die erste, spähte vorsichtig durch den Spalt und betrat, als ich keine Bewegung sah, den angrenzenden Raum. Im Licht des Mondes, das durch die Fenster fiel, erkannte ich ein großes Schlafzimmer. Das Bett in der Mitte des Raumes war ungemacht, Kleidung lag auf dem Boden, so als habe sich jemand hastig umgezogen. Ich wollte mich schon abwenden, um weiter die Treppe zu suchen, als ich stutzte: Ich kannte die Kleidungsstücke, die dort lagen! Geschockt hob ich die Jacke auf und betrachtete sie. Ich musste mich irren! Das konnte nicht sein! Doch dann entdeckte ich den kleinen Riss an der Seite unterhalb der Tasche. Ich war an einem Nagel hängen geblieben, als ich einen Weidezaun überquert hatte. Dies war meine Jacke, es gab keinen Zweifel. Wie kam sie hierher? Ich sah mir die anderen Kleidungsstücke an. Auch die Hose gehörte mir, das Hemd mit den silbernen Knöpfen, die Krawatte. Mir war schwindelig, als ich unter der herabhängenden Bettdecke den Pullover entdeckte, den ich so gut kannte. Wann hatte ich ihn ausgezogen? Ich sah an mir herab und entdeckte überrascht Kleidung an mir, die ich nicht kannte.

239

Dann sah ich das Blut: eine klebrige, verkrustete, braunrote Masse, die eine Seite des Pullovers bedeckte und die an meinen Händen haften blieb, als ich sie berührte. Auch an der Hose entdeckte ich Blut. Geschockt starrte ich auf meine Kleidung. Was war geschehen? Mir wurde schwindelig, ich tastete nach Halt, richtete mich schwankend auf. Gegen die nahende Ohnmacht ankämpfend, stolperte ich zur Tür.

Dann hörte ich seine Stimme: »Du kannst mir nicht entkommen.«

Ich fuhr herum. Es war ein Flüstern gewesen, leise, doch deutlich zu verstehen. Der Raum hinter mir war verlassen.

»Gib auf. Ich kriege dich.«

Erneut fuhr ich herum. Die Stimme war nahe gewesen, sehr nahe. Ich öffnete den Mund, versuchte zu sprechen. »Wo bist du?«

»Hier. Bei dir.«

Niemand war zu sehen.

Ich spürte, wie das Blut aus meinem Kopf wich. Panisch irrte mein Blick durch den Raum. Was ging hier vor sich? Ich taumelte zur Seite, spürte unvermittelt ein Hindernis, stolperte rückwärts über einen Hocker und fiel zu Boden.

»Steh auf! Sieh mich an!«

Ohne mich umzudrehen, kroch ich weiter auf die Tür zu, zog mich am Griff hoch und wankte in den Nebenraum, kaum mehr fähig zu stehen.

»Bleib hier! Du kannst nicht fliehen.«

Ich torkelte weiter, doch ich wusste, dass die Stimme recht hatte: Ich konnte nicht fortlaufen, ich musste mich ihm stellen; es war der einzige Weg, der mir noch blieb. Schwankend blieb ich stehen, die Hand auf die Rückenlehne des Sessels gestützt, an dem ich mich festgehalten hatte. Langsam drehte ich mich um.

Der Raum war leer.

Ich räusperte mich. »Wo bist du?«

»Komm hierher, zum Vorhang links von dir.«

Ein schwerer Samtvorhang hing dort an der Wand. Ich ging langsam auf ihn zu und schob ihn zur Seite.

Im gleichen Moment sah ich ihn: Die Hand erhoben, stand er vor mir, eine groteske Gestalt mit verzerrtem Gesicht und weit aufgerissenen Augen. Ich schrie auf, wich zurück, doch dann, mit der Kraft der Verzweiflung, stürzte ich vor und griff den Fremden an. Schmerz durchzuckte mich, als wir aufeinanderprallten. Auch er griff mich an, auch er schrie, synchron zu mir, als wäre er mein Zwillingsbruder.

Ein Schlag ertönte, dann klirrten Scherben, das Bild des anderen zersprang und stürzte gemeinsam mit mir zu Boden. Und noch während ich fiel, begriff ich, und das Wissen um die Wahrheit öffnete in mir einen Abgrund, der mich verschlang.


Früh am nächsten Tag, die Sonne schob sich gerade über die Kante der Hügelkette, wurde die Tür der Polizeiwache am Marktplatz aufgezogen. Ein groß gewachsener, elegant gekleideter Mann mittleren Alters betrat den Raum, ein freundliches Lächeln auf seinen Lippen. »Guten Morgen, die Herren.« Sorgfältig klopfte der Mann seinen schneebedeckten Mantel ab und trat an den Tresen.

Die beiden Polizisten, müde von der langen Nachtschicht, sahen sich stumm an. Der Mann ließ sich von ihrem Schweigen nicht irritieren. »Ich wollte mich nur erkundigen«, sagte er und schlug kurz die Augen nieder, »ob ich gestern Nacht wieder hier gewesen bin.«

Die Polizisten nickten.

»Und Sie sind mit mir hinauf zu meinem Haus gegangen?

Und Sie haben so wie immer keine Leiche gefunden …?« Er lächelte verkniffen, als die beiden Polizisten erneut nickten, dann griff er, um Entschuldigung bittend, in seine Tasche und holte sein Portemonnaie hervor. »Es tut mir wirklich leid. Ich hatte zu viel getrunken.« Er schob einen großen Geldschein über den Tresen. »Für Ihre Umstände.«

Einer der beiden Polizisten stand auf und griff nach dem Schein, um ihn in eine bereitstehende Kaffeekasse zu stopfen. »Das muss aufhören«, sagte er und sah den Mann mahnend an.

Der Angesprochene nickte, und ein Schatten lief über sein Gesicht. »Ja. Das muss aufhören.« Er lächelte wieder, steckte das Portemonnaie zurück und knöpfte seinen Mantel zu.

»Was haben Sie mit Ihrer Hand gemacht?« Der zweite Polizist wies auf den Verband, der die rechte Hand des Mannes bedeckte.

Der Mann sah an sich herab, so als ob er den Verband noch nicht bemerkt hätte. »Das?« Er winkte ab. »Nichts Besonderes. Eine kleine Verletzung. Ich bin in einen Spiegel gelaufen.«

Der Polizist lächelte. »Passen Sie auf sich auf. Nicht, dass noch was passiert.«

Der Mann lächelte zurück. »Keine Sorge. Was soll schon passieren? Einen schönen Tag noch! Oder besser: einen schönen Feierabend.«

Ein letztes Mal nickte der Mann den beiden Polizisten zu, dann verließ er die Wache und ging quer über den Marktplatz davon.

Als einer der beiden Polizeibeamten wenig später nach Hause fuhr, sah er in der Ferne eine einsame Gestalt durch den Schnee stapfen. Es war der Mann, er ging auf der Straße den Hügel hinauf, dem Herrenhaus entgegen.

# Letzte Bergfahrt

Jilliane Hoffman

The icy blast of wind screamed as it tore through the pines in the snow-covered canyon. Meredith Heller grasped the side railing of the chair lift with one gloved hand and clenched her ski poles in the other just as the angry wind slammed the chair, rocking the old triple back and forth with a loud creak, two hundred feet above rock and pointy treetops.

Heulend fegte eine arktische Windbö durch die Kiefern in der verschneiten Schlucht. Meredith Heller klammerte sich an den Bügel des Sessellifts und drückte die Skistöcke fester an sich, als die wütende Bö den Dreiersessel erfasste und das alte Gestell fünfzig Meter über Felsen und Baumwipfeln zum Schaukeln brachte. Mit siebzig Stundenkilometern jagte der Wind ächzend und klagend über den menschenleeren Berg, peitschte imposante Schneewehen auf und bog uralte Baumstämme um wie Grashalme. Schaudernd hielt Meredith den Atem an und vergrub die eiskalte Nase tiefer in ihrem Schal. Sie war eine ausgezeichnete Skiläuferin, doch paradoxerweise war sie kein Freund von großen Höhen. Und ganz gleich, wie oft sie mit ihren 28 Jahren schon mit dem Sessellift hinauf ins Paradies gefahren war: Wenn sie auf dreitausend Metern Höhe in einem Drahtgestell an einem Stahlkabel über dem Abgrund baumelte, reichte ein leichter Windstoß, und sie fing an zu beten. Sie atmete erst weiter, als das Schaukeln aufhörte. Den böigen Windstößen und dem bedrohlichen Anblick des bleigrauen Himmels nach zu urteilen, zog der Schneesturm, der für den Abend angesagt war, schneller herauf als erwartet. Meredith hoffte nur, dass die vom Wetterdienst angekündigten dreißig Zentimeter Neuschnee bis zum Après-Ski und zur Happy Hour warteten und dann herunterkamen, bevor am Morgen die Lifte öffneten.

»Es ist so still hier oben«, sagte der blasse Mann auf der anderen Seite des Dreiersessels. Der Platz zwischen ihnen war leer. Der Mann war von Kopf bis Fuß in Weiß gekleidet – Stiefel, Skihose, Jacke, Handschuhe, Mütze, Schal. Das schneeweiße Ensemble war etwas seltsam, für einen Mann zumindest, und aus irgendeinem Grund musste Meredith an *Einer flog über das Kuckucksnest* denken. »Hier hört man meilenweit nichts, wette ich.« Er sah Meredith an, als hätte er gerade erst bemerkt, dass sie dort neben ihm saß. »Einfach perfekt, finden Sie nicht?«

Meredith nickte. Hier oben, in diesem Teil von Deer Creek, war das Panorama wahrlich atemberaubend – sie überblickte praktisch die ganze Kette der Colorado Rockies –, und die Makellosigkeit der Landschaft hatte beinahe etwas Unheimliches. Die andere Seite des Berges war mit Hütten, Blockhäusern, Ferienwohnungen oder Hotels verbaut. Hier gab es nur Nadelwälder, gewaltige Kiefern und unendliche Flächen blendend weißen Schnees, so weit das Auge reichte. Hier waren die Abfahrten, die Meredith liebte – schwarze Pisten für erfahrene Skiläufer, unberührt von den Massen und gefährlichen Anfängern. Und die Einsamkeit trug ihren Teil zu dem Gefühl von Abenteuer bei, dem Gefühl, eins mit der Natur zu sein. »Es ist so friedlich hier oben, ja«, antwortete sie, »das gefällt mir auch.«

Der Mann lächelte. Seine Lippen waren aufgequollen und sehr, sehr rot. Es sah aus, als wäre ihm der Labello ausgegangen und er hätte sich den ganzen Tag die Lippen geleckt, damit sie nicht aufsprangen. Sie waren so trocken, dass sich ein wunder, dunkler, blutroter Umriss gebildet hatte, und sein Lächeln wirkte seltsam groß und deformiert, wie bei einem Zirkusclown. Darüber trug er eine weiße Skibrille mit verspiegelten Gläsern, so dass sie seine Augen nicht erkennen konnte. Das Einzige, was sie sah, war ihr eigenes

Gesicht, wie es ihn anstarrte. »Ich wette, hier oben kann man stundenlang schreien, ohne gehört zu werden«, sagte er. »Oder gefunden zu werden. Unheimlicher Gedanke, nicht?«

Meredith lief es eiskalt über den Rücken, und die Gänsehaut hatte nichts mit der Kälte zu tun. »Wie bitte?«, entgegnete sie und rutschte einen Viertelzentimeter weg von ihm, auch wenn sie längst keinen Platz mehr hatte. Normalerweise unterhielt sie sich gern mit Fremden, wenn sie gemeinsam den Berg hinauffuhren. »Wo kommen Sie her? Was machen Sie beruflich?« Solche Dinge. Allerdings hatte sie noch nie eine Unterhaltung wie diese geführt. Und bis zum Gipfel lagen noch einige gemeinsame Minuten vor ihr. Na wunderbar. Es war, wie wenn man zu Hause in New York zur Rushhour neben einem Spinner oder notorischen Schwätzer in der überfüllten U-Bahn landete – bis die Türen aufgingen, saß man in der Falle. Unauffällig sah Meredith sich um – die lange Kette der Sessel, die hinter ihr durch den grauen Himmel kroch, war leer, genau wie die vor ihnen. Es war kurz nach vier, die letzte Bergfahrt. Sie hatte es schon an der Talstation merkwürdig gefunden, dass der Kerl ausgerechnet zu ihr in den Dreiersessel sprang, wo doch sonst kein Mensch in der Schlange stand und er einen ganzen Sessel für sich haben konnte. Zuerst hatte sie gedacht, er wollte wahrscheinlich nur mit ihr quatschen, doch dann hatte er neun Minuten lang kein Wort gesagt. Bis eben.

»Ich bin Schriftsteller«, erklärte der Mann mit einem kurzen Lachen nach einer langen, unangenehmen Pause. Bis auf die scharlachroten Lippen und die Gläser seiner verspiegelten Brille war er vor den schneebedeckten Rocky Mountains praktisch unsichtbar. Die bleiche Haut verschmolz mit dem Rest seiner Kluft und dem weißen Hintergrund. »Ich schreibe Thriller, wissen Sie. Sie müssen nicht nervös werden – ich bin immer auf der Suche nach Inspiration, egal wo ich bin. Und gewöhnlich inspirieren mich die unwahrscheinlichsten Orte.«

»Oh«, antwortete Meredith, »Schriftsteller. Das klingt aufregend …« Aus irgendeinem Grund fühlte sie sich kein bisschen besser. »Habe ich vielleicht eins Ihrer Bücher gelesen? Sind Sie berühmt?«

Der Mann lachte. »Noch nicht, aber ich gebe mir Mühe. Mir fehlt nur der eine große Wurf. Allerdings muss ich dazu sagen, dass ich in einem sehr speziellen Genre schreibe – Horror Schrägstrich Thriller. Nicht gerade Oprah Winfreys Lieblingsthema. Sie müssen meine Bücher schon suchen, sonst finden Sie mich nicht.«

»Aha.« Meredith wusste, dass die Höflichkeit gebot, diesen Mann, der sich nach so zweifelhaftem Ruhm sehnte, nach seinem Namen zu fragen – oder wenigstens nach dem Namen eines seiner Bücher. Doch Meredith beschloss, nicht höflich zu sein.

»Lesen Sie gerne Thriller?«, fragte er.

Meredith schüttelte den Kopf. »Ehrlich gesagt – nein, nicht so gerne.«

»Wie steht's mit Horror?« Er beugte sich etwas zu ihr herüber und senkte die Stimme, als wollte er ihr ein Geheimnis anvertrauen. »Gruseln Sie sich gerne?«

Wieder schüttelte sie den Kopf. »Tut mir leid. Ich stehe mehr auf Frauenromane – Candace Bushnell, *Sex and the City*, die Art von Unterhaltung. Gruseln ist nicht meine Vorstellung von Spaß. Bei Horrorfilmen sehe ich mir nicht mal die Vorschau an.«

»Ich könnte Sie bekehren. Ich wette, Sie würden meine Thriller aufregend finden«, sagte er scharf und zog sich wieder auf seine Seite des Lifts zurück. Vor ihnen tauchte die Bergstation auf. »Geben Sie auf Ihre Ski acht«, warnte er, als er den Sicherheitsbügel hochklappte. »Wissen Sie, tief drinnen wollen sich alle Menschen gruseln. Seien Sie doch mal ehrlich, ja? Ist das nicht der Grund, warum Sie ganz allein hier oben sind?«

Sie schüttelte den Kopf, während sie auf dem Sitz zurückrutschte und sich für den Ausstieg wappnete. Höchste Zeit, hier wegzukommen, weg von dem Spinner und hinunter zu ihren faulen, die blauen Pisten liebenden Freunden, die längst mit heißer Schokolade und kühlem Bier beim Après-Ski saßen. Meredith ignorierte die küchenpsychologische Frage des selbsternannten Stephen King. »Nein, tut mir leid, Mister, Horror ist wirklich nicht mein Ding. Nehmen Sie's nicht persönlich.«

»Tue ich nicht, Meredith«, erwiderte er in dem Moment, als ihre Skispitzen den Schnee berührten.

Merediths Herz setzte einen Schlag aus, und der Schauer auf ihrem Rücken gefror zu Eis. Der Sessel beförderte sie mit einem Schubs aus dem Lift, und sie fuhr an der Liftstation vorbei, kam strauchelnd zum Halt und wäre beinahe gegen den Pfosten mit der Karte des Skigebiets gefallen. *Hatte sie richtig gehört?* »Woher wissen Sie, wie ich heiße?«, rief sie, als er an ihr vorbei zur Gabelung der Pisten weiter unten fuhr. »Hey! Woher wissen Sie, wie ich heiße?«

Er lachte und schüttelte den Kopf. »Sie hatten recht! Sie lassen sich wirklich schnell Angst einjagen!« Im Vorbeifahren zeigte er auf ihren Anorak. »Ihr Skipass«, rief er. Mit roten, aufgequollenen Clownslippen lächelte er sie noch einmal an, bevor er sich von der Pistenkante abstieß und in einem schwarzen Hang verschwand, der durch ein Schild als »Devil's Trail« markiert war.

Meredith fühlte sich schmutzig, als hätte sie ein Spanner beim Duschen beobachtet. Sie spähte über die Pistenkante und sah zu, wie der Fremde mit hohem Tempo durch die Bäume wedelte und in einer Schneewolke hinter der Kurve verschwand. Auf keinen Fall würde sie die gleiche Piste nehmen. Den Devil's Trail konnte Mr. Horror ganz für sich und seine bleichen, unheimlichen Gedanken haben.

Es hatte angefangen zu schneien. Dicke, große, schwere Flocken, die festklebten, sobald sie landeten. Eigentlich war es noch recht hell, doch die stürmischen Böen würden die Sicht erschweren. Höchste Zeit für die Talabfahrt. Meredith schob sich die Schneebrille übers Gesicht und fuhr hinüber zu einer Piste namens »Trapper's Falls«, die mit einem doppelten schwarzen Diamanten als extrem schwere Abfahrt gekennzeichnet war. Der Karte nach schien es nicht die direkteste Route ins Tal zu sein, aber wenigstens bot sie einen Sicherheitsabstand zum Devil's Trail und dem Spinner in Weiß, falls er anhielt und weiter mit ihr plaudern wollte. Vielleicht war es nicht das günstigste Wetter, um allein eine Buckelpiste zu nehmen, aber sie hatte keine große Wahl. Sie sah sich um, bevor sie sich auf den Weg machte. Der Sessellift fuhr nicht mehr. Die Sonne ging unter und tauchte den Hang in Schatten, so dass der Schnee harsch und gefährlich eisig wurde. Keine Menschenseele war in Sicht. Noch immer wurde sie dieses Gefühl nicht los, das ihr die Nackenhaare sträubte, diese unangenehme, schmutzige Ahnung.

*Tief drin wollen sich alle Menschen gruseln. Ist das nicht der Grund, warum Sie ganz allein hier oben sind?*

Als Wirtschaftsprüferin war Meredith Heller kein Mensch, der gerne Risiken einging. Sie trug ihre Röcke stets bis zum Knie oder länger, setzte in Geldanlagen auf Sicherheit und fuhr einen zehn Jahre alten Honda. Sie spielte nicht, rauch-

te nicht, trank nicht viel; sie nahm nicht einmal eine Kopf-
schmerztablette – falls sie nicht gerade unter einer uner-
träglichen Migräne litt –, solange der Arzt sie nicht
verordnet hatte. Sie wählte die Republikaner, hielt bei Gelb
an der Ampel, hatte nie ohne Kondom Sex, und zur großen
Freude ihrer Freunde und alten Zimmergenossen von der
Penn State war sie stets die designierte Fahrerin. Was dachte sich die risikoscheue, unter Höhenangst leidende Meredith also dabei, auf den höchsten Gipfel eines einsamen
Berges hinaufzufahren und im schwindenden Tageslicht
mutterseelenallein eine schwarze Doppeldiamant-Abfahrt
zu nehmen, um zurück in die Zivilisation zu kommen?

Sie konnte nicht abstreiten, dass der *Nervenkitzel* eindeutig ein emotionales Hoch darstellte. Und ja, manchmal
nahm ihr die Angst den Atem, wenn sie mit gefühlten acht-
zig Stundenkilometern den Berg hinunterjagte und sich
vorstellte, was passieren könnte, wenn sie die Kontrolle
verlor und gegen den Baum knallte, den der Herrgott ihr
plötzlich direkt vor die Nase gepflanzt hatte. Befeuert von
der reinen Angst, schoss das Adrenalin wie Heroin durch
ihre Adern, beschleunigte ihren Puls, brachte jede Faser
ihrer Muskeln in Spannung und ließ jede Synapse ihres
Gehirns mit Lichtgeschwindigkeit funken. Dann verfehlte
sie den Baum um Zentimeter, und es fühlte sich wie Kilometer an, weil sie Superwoman war. Die Angst verlieh ihr
übermenschliche Kräfte. Und das machte Spaß. So sehr,
dass sie, wenn sie unten auf den sanften blauen Hängen der
Zivilisation ankam, direkt den nächsten Lift ansteuerte, um
gleich noch einmal hinaufzufahren. Vielleicht hatte der
weißgekleidete Fremde doch recht. Vielleicht gruselte sie
sich tatsächlich gerne, und die Angst zu überwinden wie
eine Titanin half ihr, physisch und mental gegen all das zu

rebellieren, was sie in ihrer konservativen, sicheren Welt nicht sein wollte.

Doch sie verscheuchte die psychoanalytischen Gedanken. Jetzt war nicht die Zeit dafür. Den Wind im Gesicht, schob sie sich über die Kante und schlug den Weg nach Trapper's Falls ein.

Die Buckel waren tief und so spät am Nachmittag praktisch zu unbehauenen Eishöckern gefroren. Den ersten Teil schaffte sie einigermaßen gut, doch das Schneegestöber wurde dichter, und der Wind hatte aufgefrischt. Außerdem war sie müde, was unweigerlich zu Fehlern führte. Ein verstauchter Knöchel oder ein Kreuzbandriss war das Letzte, was sie gebrauchen konnte. Die schlechte Sicht zwang sie, langsam zu fahren; die Dunkelheit würde längst hereingebrochen sein, bevor sie im Tal ankam. Eine unbeleuchtete Nachtabfahrt war nichts, was Meredith freiwillig getan hätte, und sie spürte, wie ätzende Panik in ihrem Magen aufbrodelte, die überzuschäumen und ihre Eingeweide zu zerfressen drohte.

*Was war noch mal ihre bescheuerte Theorie vor nur einer halben Stunde gewesen, von wegen, die Angst verlieh ihr übermenschliche Kräfte?* Laut Pistenkarte hatte sie noch drei schwarze Doppeldiamant-Buckelhänge vor sich, wenn sie Devil's Trail vermeiden und nicht querfeldein durch den Tiefschnee fahren wollte. Sie säuberte ihre Skibrille, die vom Schweiß beschlagen war, und sah auf die Uhr. Es war fast fünf, und sie hatte keinen einzigen Menschen auf dieser Piste gesehen. Falls der Spinner nicht gestürzt war, war er wahrscheinlich längst im Tal. Sie beschloss, dass es das Beste wäre, den Devil's Trail hinüber zu den Conundrum Tracks zu nehmen – eine leichte blaue Piste – und von dort aus so schnell wie möglich ins Dorf abzufahren. Mit ein bisschen

Glück schaffte sie es nach unten, bevor die Sonne ganz verschwunden war.

Ein enger Hohlweg schnitt hinüber zum Devil's Trail. Der Teufelsweg war eine schwarze Piste, doch kein Doppeldiamant, was hieß, dass ihr wenigstens die zeitaufreibenden, anstrengenden Buckel erspart blieben. Nur eine schmale, extrem steile, kurvige Abfahrt mit vielen Hindernissen wie Bäumen und Felsblöcken und zugefrorenen Bächen – Aufgaben, mit denen sie fertig wurde.

Jetzt schneite es richtig. *Verdammt.* Einen Blizzard konnte sie wirklich nicht gebrauchen. Sie erreichte die Gabelung, an der sich die Wege trennten. Ein schwarz-grünes Schild zeigte die beiden Richtungen an. In der einen ging es zu Jackie's Pitfall, einer mit einem schwarzen Diamanten gekennzeichneten Piste, die in noch einsamere Gefilde führte. In der anderen Richtung lag Devil's Trail. Sie sah sich um, bevor sie sich mit den Stöcken abstieß. Auch hier war niemand unterwegs. Das schwindende Licht drang nur hier und da durch das dichte Dach der Bäume über ihr. Sie war fest entschlossen, zumindest aus dem Wald zu kommen und den Übergang zu den Conundrum Tracks zu erreichen, bevor die Sonne unterging. Wenn sie den Rest im Dunkeln fahren müsste, hätte sie die Hälfte des Weges hinter sich und könnte wahrscheinlich im Tal den Ort sehen. Dann könnte sie sich an den Lichtern des Dorfs orientieren. Vielleicht dauerte es eine Weile, aber sie wusste, dass es zu schaffen war. Sie biss die Zähne zusammen und holte Schwung, als sie über einen schmalen Pass und an einer umgefallenen Kiefer vorbeifuhr. Hier kam sie viel schneller voran als auf den Buckeln. Doch plötzlich nahm sie etwas im Augenwinkel wahr. Eine Art Bewegung, verschwommen in ihrem peripheren Gesichtsfeld. Ein Bär? Ein Reh? Ein Elch? Ein weiterer Skiläufer? Etwas hatte sich bewegt, da war sie sich sicher. *Bitte mach, dass es kein Bär ist,* dachte sie. Sie drehte den Kopf, um nachzusehen …

Es dauerte weniger als eine Sekunde. Ihr linker Ski blieb hängen … an einem Grasstück?, einem Ast?, einem Stein? Die Skispitzen überkreuzten sich, und das war es. Sie verlor die Kontrolle und stürzte gut zehn Meter den Hang hinunter, Arme und Beine überall; ihr unbehelmter Kopf verfehlte nur um Haaresbreite einen eingeschneiten Felsblock am Pistenrand. Sie landete auf dem Rücken und blickte durch eine Lücke zwischen den Baumwipfeln in den grauen Himmel hinauf. Der Schnee fiel ihr in dicken, schweren Flocken ins Gesicht. Ihr tat alles weh, doch es fühlte sich nichts gebrochen an, Gott sei Dank. Sie brauchte eine Minute, bis sie wieder Luft bekam. Langsam setzte sie sich auf und wischte sich den Schnee von der Brille. Der linke Ski hatte sich beim Sturz gelöst und lag hangaufwärts, nur etwa zehn Meter entfernt, doch an der steilen Stelle hätte es genauso gut ein Kilometer sein können. Von ihren Stöcken war nichts zu sehen. *Verdammt.*

Und dann sah sie ihn – er stand am Fuß des Hangs und wartete. Der bleichgesichtige Spinner in Weiß. Sie blinzelte. Hätte er sich nicht genau in dieser Sekunde bewegt, hätte sie ihn überhaupt nicht bemerkt – er verschmolz perfekt mit dem wirbelnden Schnee wie ein unheimlicher Yeti.

Wieder stellten sich Meredith die Haare im Nacken auf. Sie entwirrte ihre Beine und versuchte, den rechten Ski und das rechte Bein parallel zum Berg zu stellen. Dann stützte sie sich statt auf die Stöcke direkt am Hang ab. Wenn sie es schaffte, aufzustehen und in den Ski zu kommen, konnte sie parallel den Hang hinaufsteigen, um den anderen Ski zu holen, und dann die Abfahrt ohne Stöcke angehen. Sie hatte keine Ahnung, was der Spinner von ihr wollte, und auch keine Lust, es herauszufinden. Mit genug Tempo würde sie einfach an ihm vorbeirauschen, so schnell, dass er keine Chance hätte zu reagieren. Sie sah sich noch einmal nach ihren Stöcken um. Inzwischen wurde es schnell dunkel, und im Schatten konnten die Stöcke überall sein. Sie drückte sich hoch und fiel. Der Hang war sehr steil, und bei den sinkenden Temperaturen im schwindenden Licht hatte sich die oberste Schneeschicht in Eis verwandelt. Es war schwer, Halt zu finden. *Keine Panik. Ganz locker bleiben.* Sie holte tief Luft und versuchte es noch einmal. Der Ski rutschte weg, und sie fiel wieder hin. Vielleicht sollte sie den Ski einfach abnehmen und zu Fuß den Hang hinaufkraxeln, um oben in beide Skier zu steigen?

Sie warf einen Blick nach unten und sah, dass der Spinner sich tatsächlich bewegte. Er hatte begonnen, seitlich den Berg hinaufzusteigen, in ihre Richtung. Fraglos eine mühsame Aufgabe, doch bei ihm wirkte es, als würde es ihn kaum Kraft kosten. Die ätzende Panik in ihrem Magen breitete sich mit einem Mal aus und erreichte ihre Arme und Beine, die zu zittern anfingen. *Warum kam er zurück? Was zum Teufel wollte er von ihr? Wollte er den guten Samariter spielen oder so etwas?* Sie hörte wieder die seltsamen Worte, die er im Sessellift gemurmelt hatte.

*Ich bin immer auf der Suche nach Inspiration, egal wo ich bin. Und gewöhnlich inspirieren mich die unwahrscheinlichsten Orte.*

»Alles in Ordnung!«, rief Meredith zu ihm hinunter. »Alles gut. Fahren Sie weiter, Sir. Ich brauche keine Hilfe, vielen Dank!«

Doch er stieg weiter herauf.

*Mein Gott. Was ist bloß los mit dem Typen?* Als sie sich wieder vom Hang abdrückte, fiel ihr Blick auf ihren Skipass. Er war an ihrem Reißverschluss befestigt, den sie bis unters Kinn gezogen hatte. Direkt unter ihre Nase sozusagen, die ganze Zeit …

*Deer Creek Resorts*
*13. Januar 2010*
*Tageskarte*
*Heller, M.*

Ihr Vorname stand nicht darauf.

Eine sehr, sehr unangenehme Ahnung ergriff von ihr Besitz. Sie bückte sich und trat mit dem freien Skischuh auf die Bindung des rechten Skis. Das Zittern in den Beinen war inzwischen so stark, dass sie fürchtete, sie würde nicht laufen können, wenn sie sich aufrichtete. Verstohlen blickte sie den Hang hinunter.

Er stieg immer noch herauf.

»Ich brauche Ihre Hilfe nicht!«, schrie sie, während sie aufstand und sich in Skistiefeln den Berg hinaufmühte, den rechten Ski in der Hand. »Lassen Sie mich in Ruhe! Ich will, dass Sie mich in Ruhe lassen!« Zwei Meter weiter rutschte sie wieder aus, landete auf dem Hintern und verlor ihren Ski, der den Hang hinunterrutschte. Der Fremde blieb stehen und fing ihn mit einem seiner Stöcke ab. Er hob ihn auf.

»Bitte, ich möchte Ihre Hilfe nicht! Lassen Sie mich … lassen Sie mich in Ruhe!«, schrie Meredith.

Er nahm ihren Ski und warf ihn den Berg hinunter. Meredith musste mit ansehen, wie er gegen einen Felsblock prallte, zwischen die Bäume glitt und im Dunkel verschwand. Der Mann hatte sich aufs Neue an den Aufstieg gemacht. Meredith stand wieder auf und blickte sich verzweifelt um.

Der Ski oben am Hang war nutzlos geworden. Selbst wenn sie auf einem Ski abfahren könnte, sie hatte ihn noch lange nicht am Fuß, und die Zeit lief ihr davon. Die Angst ließ ihre Gedanken aufheulen: *Weg hier! Er kommt, um dich zu holen! Vergiss das Skifahren, die Cocktails und den Rückflug am Montag! Weg hier, jetzt sofort! Lauf!* Sie sah hinaus in den Tiefschnee jenseits der Piste. *Der Wald! Im Wald kann er dich nicht finden! Lauf!*

Und genau das versuchte sie. Doch die Skistiefel waren schwer und hart und klobig. Es war schon schwierig, darin zu gehen, wenn man in der Schlange zum Büfett in der Hütte stand. An einem steilen, eisglatten Hang war es fast unmöglich. Sie versuchte zu rennen und fiel wieder, rutschte diesmal auf dem Hintern abwärts, während sie verzweifelt versuchte, sich mit den Fingern im frisch gefallenen Schnee festzuhalten. Es war, als würde sie ins Maul eines Hais rutschen, der sie fressen wollte. Sie glitt über fünf Meter ab, bevor ihr Fuß an einem vereisten Grasstück Halt fand. Jetzt war der Mann nur noch knapp zwanzig Meter entfernt von ihr.

»Lassen Sie mich in Ruhe!«, schrie Meredith. »Hilfe! Hilf mir doch jemand, bitte.« Aber es war kein Mensch in der Nähe.

*Ich wette, hier oben kann man stundenlang schreien, ohne gehört zu werden …*

Er stieg immer weiter herauf. Jetzt war er nah genug, dass Meredith seine roten, geschwollenen, deformierten Clownslippen sehen konnte. Er lächelte sie an.

Noch einmal kam sie auf die Füße und begann, mit ungelenken Astronautenschritten in die Deckung des Waldes zu laufen. Tränen liefen ihr übers Gesicht und gefroren im Wind. Auch hier war der Hang tückisch, doch die Bäume machten das Vorankommen leichter, da sie ihr wenigstens Halt boten. Dafür war der Schnee nicht präpariert und stellenweise hüfttief.

Das Herz schlug ihr bis zum Hals. *Bitte lass mich nicht stolpern und stecken bleiben. Bitte, lieber Gott!* Sie versuchte, einer Art Loipe zu folgen, die waghalsige Skifahrer zwischen den Bäumen gepflügt hatten. Zumindest war der Schnee hier fest und hart. *In welcher Richtung waren die Conundrum Tracks? Wo war der Skilift? Die Pistenwacht? Das Handy ... Ruf Hilfe. Benutz dein Hirn, Meredith! Herrgott! Benutz dein Hirn!* Im Laufen riss sie den Reißverschluss der Anoraktasche auf und zog das Telefon heraus. Sie versuchte, nicht zu schreien, damit er sie nicht hörte. Wahrscheinlich war er noch dabei, den Hang hinaufzusteigen. Doch es würde nicht lange dauern, dann war er hinter ihr im Wald. Mit ungeschickten Fingern klappte sie das Handy auf. Sie brauchte nicht hinzusehen, um die Tasten zu finden. Sie tippte 911 und drückte sich im Laufen das Gerät ans Ohr. Das Geräusch ihres eigenen panischen Keuchens klang so laut und donnernd wie tausend umfallende Bäume. Nichts. Kein Klingeln. Nichts. Sie sah das Handy an und schüttelte es. Es war tot. *Ihr Handy war tot ...*

»Meredith?« Irgendwo hinter ihr rief in hohlem Singsang eine Stimme. Er. Sie hatte keine Ahnung, wie nah er ihr schon war. Sie durfte den Skispuren nicht nach unten folgen, dachte sie, denn vielleicht wartete er dort auf sie. Vielleicht wollte er ihr den Weg abschneiden. Sie musste querfeldein durch den Tiefschnee in der Hoffnung, auf der anderen Seite eine Schneise zu finden ... einen Weg, der nach unten in den Skiort führte. Vielleicht die Conundrum Tracks. Sie könnte auf dem Hintern den Berg hinabrutschen, das Risiko der Felsen, Bäume und Abhänge in Kauf nehmen.

Doch falls er immer noch auf Skiern war, wäre sie ein leichtes Ziel. Er würde sie sehen, wenn sie den Berg hinunterglitt, und hätte sie auf Skiern schnell erreicht. *Nein, nein!* Sie musste sich verstecken. Verzweifelt sah sie sich um. Doch überall lag Neuschnee, egal, wo sie hinging. Egal, wo sie hinging, sie würde Spuren hinterlassen ...

Bis vier Uhr an diesem Nachmittag hatte Meredith an Karma geglaubt. Was man sät, das wird man ernten. Guten Menschen passierten gute Dinge, und wirklich Schlimmes passierte – meistens – nur wirklich bösen Menschen. Banker, die sich bereicherten, verloren am Ende alles; Betrüger wurden selbst betrogen. Doch jetzt, als sie im immer tiefer werdenden Schnee auf der Flucht vor einem Verrückten war, während sich über ihr in der einbrechenden Nacht ein Schneesturm zusammenbraute, kam sie zu der Erkenntnis, dass es nicht stimmte. Serienmörder und Psychopathen und Monster gab es wirklich. Und wie die schlimmsten Vampire der Literatur fielen sie über ganz normale, nette Menschen her, egal ob sie zu sterben verdient hatten oder nicht.

Die Après-Ski-Welt war so weit weg und doch so nah. Direkt unter ihr, am Fuß des Berges. Meredith konnte das Partyvolk fast hören. Sie roch förmlich den Zimt im heißen Apfelmost, der durch die frische Abendluft zog, schmeckte die warmen Brezen auf der Zunge, die Käseplatte und den Schnaps. Sie fragte sich, ab wann man sie vermissen würde. Ob Susanne sich fragte, wo sie in diesem Moment war, oder ob sie schon mit einem neuen Bekannten flirtete und Pläne für den weiteren Abend schmiedete. Sie fragte sich, wann ein Suchtrupp nach ihr ausgeschickt würde. Heute Nacht noch? Oder würde Sue nach Hause gehen, sich mit ihrer neuen Eroberung vor dem Kamin amüsieren und ihre liebe Freundin Meredith vergessen? Oder würde sie denken, Meredith hätte selbst jemanden gefunden? Und würde es morgen früh zu spät sein? Meredith stolperte über den Stamm einer umgefallenen Kiefer, landete auf dem Handgelenk und verdrehte sich das Knie. Sengender Schmerz schoss ihr das Bein hinauf. Sie biss sich auf die Zunge, um vor Schmerz und Angst nicht laut aufzuschreien.

Sie konnte nicht mehr fliehen. Die Zeit war um. Sie hatte keine Wahl, als sich ein Versteck zu suchen. Meredith griff nach ein paar Zweigen und warf sie mit dem unverletzten Arm so weit sie konnte nach unten, in die entgegengesetzte Richtung, in der Hoffnung, er würde die Geräusche hören und ihnen folgen. Dann sah sie sich verzweifelt um. Die Nacht war hereingebrochen, und es war fast unmöglich, noch etwas zu erkennen. *Das hieß, dass es für ihn genauso unmöglich war, oder?* Ein schwacher Lichtstrahl des neuen Mondes fiel auf den ausgehöhlten Stumpf einer ehemals großen Eiche. Das musste ein Zeichen sein. Zum Glück war Meredith schmal gebaut. Sie stieg in die enge, schwarze Höhle, rollte sich ganz klein zusammen und klaubte Äste, Blätter, Schnee und was ihr sonst noch in die Hände kam zusammen, um den Eingang zu tarnen. Sie atmete in ihren Handschuh und versuchte, das Keuchen zu unterdrücken. Falls er sie nicht sah, könnte er sie hören. Im Wald war es so unglaublich still. Und falls er sie nicht hecheln hörte wie einen erschöpften Hund, sah er vielleicht den warmen Hauch ihrer Atemluft, der in kleinen Wölkchen aus dem Baumstamm stieg. Sie musste sich zusammenreißen.

Minuten vergingen. Weitere Minuten vergingen. Meredith wagte es nicht, ihre Embryonalhaltung zu verändern, um auf die Uhr zu sehen, auch wenn ihre Beine längst steif waren und schmerzten. Wie lange konnte sie so hier draußen bleiben? Würde sie die Nacht überstehen, oder würde sie erfrieren? Sollte sie doch noch versuchen, zu entkommen und die Piste zu erreichen, die sie auf der anderen Seite des Waldes vermutete? Wenn sie bis zum Morgen wartete, wären die Pistenraupen unterwegs, und sie könnte Hilfe holen. Am Morgen war es wieder hell. Menschen waren auf den Pisten – Zeugen. Falls er sie bis zum Morgen nicht fand, würde er abziehen müssen …

Sie hörte ihn zuerst. Das Knirschen seiner Stiefel auf dem harschen Schnee, der mürrische, doch kontrollierte Atem. Sie hielt die Luft an und betete.

Es nutzte nichts. Die Hacken seiner weißen Skistiefel blieben direkt vor ihrem Versteck stehen, Zentimeter von ihrem Gesicht entfernt. Sie quietschten auf dem festgepackten, vereisten Schnee, als er sich um die eigene Achse drehte.

»Ich glaube, ich habe meine Inspiration gefunden«, verkündete er triumphierend.

Dann hockte er sich hin und spähte in den Baumstumpf, in dem sie sich versteckte. Er lächelte sie mit seinen roten Clownslippen an, als sie wimmerte. »Hallo, Meredith«, flüsterte er. »Sag, hast du schon Angst?«

Im schwachen Licht des Mondes sah sie das metallische Aufblitzen des Messers, das er aus der weißen Jacke gezogen hatte. Sie sah die blassen, rotbraunen Blutflecken auf den Innenseiten seiner Handschuhe und fragte sich, welche schrecklichen Dinge er getan hatte, dass sie dort gelandet waren.

Und das Allerletzte, was Meredith Heller sah und hörte, war ihr eigener verzerrter Schrei, der von der teuren verspiegelten Brille eines Verrückten reflektiert wurde.

Ja, sie hatte Angst.

*Aus dem amerikanischen Englisch*
*von Sophie Zeitz*

# Der Heimweg

Sebastian Fitzek*

* Diese Geschichte ist der Prolog des Thrillers *Abgeschnitten,* dem Gemeinschaftswerk von Sebastian Fitzek und Michael Tsokos, der 2012 bei Droemer erschienen ist.

**W**o steckst du denn?«

Die Stimme ihrer Mutter passte zu den frostigen Temperaturen. Die Kopfhörer von Fionas Handy schienen die Kälte wie ein Magnet anzuziehen. Ihre Ohren waren schon so taub, dass sie die Stöpsel darin kaum noch spürte.

»Bin gleich zu Hause, Mama.«

Sie kam etwas ins Schlingern, als sie durch eine vereiste Bodensenke radelte. Ohne sich umzudrehen, prüfte sie, ob ihr Schulranzen noch sicher im Korb des Gepäckträgers verstaut war.

»Wann ist *gleich*, junge Frau?«

»In zehn Minuten.«

Ihr Hinterrad drehte durch, und sie überlegte, ob sie vor der Kurve besser absteigen sollte. Die unvermeidliche Rutschpartie war der einzige Nachteil dieser praktischen Abkürzung durch den Wald. Ihr flackerndes Vorderlicht warnte sie immer erst in letzter Sekunde vor Hindernissen auf dem kurvenreichen Pfad. Aber wenigstens war der Boden hier nicht so verschneit wie auf dem Fahrradweg entlang der Königsallee.

»Zehn Minuten? Meine Liebe, du hättest schon vor einer Stunde zum Abendessen zurück sein sollen.«

»Ich hab Katrin noch Vokabeln abgefragt«, log Fiona. In Wahrheit hatte sie den Nachmittag bei Sandro verbracht. Aber das musste sie ihrer Mutter ja nicht auf die Nase binden. Die dachte eh schon, Sandro hätte einen schlechten

Einfluss auf sie, nur weil er volljährig war und einen Stecker durch die Augenbraue trug.

*Wenn die wüsste.*

»Es piept, Mama. Mein Akku hat nur noch 2 Prozent.« Diesmal sagte sie die Wahrheit. Ihre Mutter seufzte.

»Beeil dich, aber nimm ja nicht die Abkürzung, hörst du? Du weißt, was ich dir gesagt habe.«

»Ja Mama«, keuchte Fiona genervt und zog im Fahren den Lenker nach oben, um ihren Vorderreifen über eine Wurzel zu heben. *Mann, ich bin dreizehn und kein Baby mehr!* Wieso mussten ihre Eltern sie nur immer wie ein Kleinkind behandeln? Es gab kaum einen sichereren Ort auf der Welt als nachts im Wald, hatte Sandro ihr erklärt.

*Logisch. Welcher Killer friert sich schon den Arsch ab in der Hoffnung, dass zufällig ein Opfer vorbeiradelt?*

Wahrscheinlich wurden Menschen eher am helllichten Tag in einer Polizeiwache überfallen; trotzdem glaubten alle, sämtliche Gefahren würden ausschließlich im Dunkeln lauern. Das war genauso schwachsinnig wie diese ewigen Warnungen vor Fremden. Die meisten Sexualstraftäter waren Verwandte oder Bekannte, oft sogar die eigenen Eltern. Aber da warnte einen natürlich niemand davor, besser nicht zu Mama und Papa ins Auto zu steigen.

»Beeil dich, Finchen«, waren die letzten Worte ihrer Mutter, dann verabschiedete sich der Akku endgültig mit einem letzten, langgezogenen Piepser.

*Finchen.* Wann hörte sie endlich mit diesem bescheuerten Kosenamen auf?

*Oh Mann, wie ich meine blöde Familie hasse. Wenn ich doch nur schon von zu Hause ausziehen könnte.*

Sie trat wütend in die Pedale.

Der Pfad vor ihr wurde schmaler und schlängelte sich in

einer Fragezeichenkurve zwischen dicht stehenden Kiefern in einen größeren Forstweg. Kaum hatte Fiona den Schutz der Bäume verlassen, erfasste sie ein schneidender Wind, und ihre Augen begannen zu tränen. Daher sah sie die Rücklichter des Wagens zuerst nur sehr verschwommen.

Der Kombi war grün, schwarz oder blau. Irgendetwas Dunkles, aus der Entfernung konnte sie das nicht erkennen. Das große Auto stand mit laufendem Motor neben einem Stapel geschlagener Baumstämme. Die Heckklappe war offen, und Fiona konnte im schwachen Kofferraumlicht sehen, dass sich etwas auf der Ladefläche bewegte.

Ihr Herz begann zu rasen, wie immer, wenn sie aufgeregt war.

*Komm schon, du bist doch keine Memme. Du warst schon oft in solchen Situationen. Weshalb nur hast du immer wieder Angst bei so was?*

Sie fuhr wieder schneller und hielt sich am äußersten Rand des Weges. Als sie nur noch zehn Meter entfernt war, passierte es. Ein Arm fiel aus dem Kofferraum.

Zumindest hatte es in dem unnatürlichen Licht des Wagens auf den ersten Blick so ausgesehen. Tatsächlich baumelte der Arm über dem verschmutzten Nummernschild, der Rest des Körpers lag noch auf der Ladefläche.

»Hilf mir«, hörte Fiona den Mann im Kofferraum krächzen. Er war alt, jedenfalls nach Fionas Maßstäben, für die alles über dreißig schon in die Kategorie scheintot fiel. Er sprach so leise, dass die Geräusche des Dieselmotors seine Stimme fast vollständig verschluckten.

»Hilfe.«

Eine innere Stimme warnte Fiona, es nicht zu tun. Einfach weiterzufahren und den Mann nicht zu beachten. Aber dann hob er seinen Kopf, seinen *blutverschmierten* Kopf, und streckte den Arm nach ihr aus. Fiona musste an ein Poster an Sandros Wand denken, auf der die Klaue eines Zombies aus einem Grabhügel stach.

»Bitte nicht weggehen«, krächzte der Fremde, jetzt etwas lauter.

Sie hielt an, stieg vom Rad und beobachtete ihn zögernd aus einigem Abstand.

Seine Augen waren völlig zugeschwollen, Blut tropfte ihm aus dem Mund, und sein rechtes Bein wirkte unnatürlich verdreht.

»Was ist passiert?«, fragte Fiona. Ihre Stimme flatterte genauso wie ihr Puls.

»Ich wurde überfallen.«

»Hier?«

»Ich war joggen.«

»Um diese Uhrzeit?«

Fiona trat näher. Im Licht der Kofferraumbeleuchtung konnte sie nicht viel erkennen, nur dass der Unbekannte einen Sportanzug und Laufschuhe trug.

Dann fiel ihr Blick auf den Kindersitz im Kofferraum, und das gab den Ausschlag. »*Lass dich nicht täuschen. Die wahren Psychopathen sehen immer aus wie Opfer. Sie nutzen dein Mitleid aus*«, hatte Sandro ihr eingeschärft. Und der verstand mehr vom Leben als ihre Mutter. Vielleicht war der Typ wirklich böse? Bestimmt hatte er es verdient, so zusammengeschlagen zu werden.

Sie schüttelte den Kopf und beendete damit ihr inneres Zwiegespräch.

*Und wenn schon, das ist nicht meine Angelegenheit. Das soll jemand anderes übernehmen.*

Fiona setzte sich wieder auf den Sattel, da begann der Mann zu weinen.

»Bitte, bleib. Ich tu dir doch nichts.«

»Das sagen sie alle.«

»Aber sieh mich doch an. Merkst du denn nicht, dass ich Hilfe brauche? Ich fleh dich an, ruf mir einen Krankenwagen.«

»Mein Handy ist alle«, erwiderte Fiona. Sie zog sich die Stöpsel ihrer Kopfhörer aus den Ohren, die sie in der Aufregung ganz vergessen hatte.

Der Mann nickte erschöpft. »Ich hab eines.«

Fiona zeigte ihm einen Vogel. »Ich werd Sie nicht anfassen.«

»Musst du auch nicht. Es liegt vorne.«

Der Mann krümmte sich wie unter Magenkrämpfen. Er schien vor Schmerzen zu zittern.

*Scheiße, was mach ich jetzt?*

Fiona krallte ihre Finger um die Griffe des Lenkers. Sie trug dicke Lederhandschuhe, dennoch konnte sie das kalte Chrom spüren.

*Soll ich? Oder soll ich nicht?*

Ihr Atem schlug dampfende Wolken vor ihrer Nase. Der Schwerverletzte versuchte sich aufzurichten, sank aber kraftlos auf die Ladefläche zurück.

»Bitte«, sagte er noch einmal.

Fiona gab sich einen Ruck.

*Ach, egal. Wird schon schiefgehen.*

Die Stützen ihres Fahrrades fanden auf dem unebenen Weg keinen Halt, also legte sie es quer auf den Boden. Fiona achtete darauf, nicht in die Reichweite des Mannes zu kommen, als sie an seinem Wagen vorbeiging.

»Wo?«, fragte sie, als sie die Fahrertür aufgemacht hatte.

Sie sah eine Halterung für die Freisprechanlage, aber kein Handy darin.

»Es liegt im Handschuhfach«, hörte sie ihn krächzen.

Sie überlegte kurz, ob sie einmal um den Wagen herumlaufen sollte, entschied sich dann aber dafür, über den Sitz auf die Beifahrerseite zu langen.

Fiona beugte sich tief in den Wagen hinein und öffnete das Handschuhfach.

*Kein Handy.*

Natürlich nicht.

Statt eines Mobiltelefons fiel ihr eine angebrochene Packung mit Latexhandschuhen entgegen und eine Rolle Paketklebeband. Ihr Puls ging in einen Stakkato-Rhythmus über.

»Hast du es gefunden?«, hörte sie die Stimme des Mannes, die auf einmal sehr viel näher klang. Sie drehte sich um und sah, dass er sich gedreht hatte und im Kofferraum direkt hinter den Rücksitzen kniete. Nur einen Sprung von ihr entfernt.

Von da ab ging alles sehr schnell.

Fiona ignorierte die Latexhandschuhe, ihre eigenen mussten ausreichen. Dann griff sie unter den Sitz. Die Waffe war genau dort, wo Sandro es gesagt hatte. Geladen und entsichert. Sie hob den Lauf, kniff das rechte Auge zusammen und schoss dem Mann ins Gesicht.

Dank dem Schalldämpfer hörte sich der Schuss an, als ob sie einen Korken aus einer Weinflasche gezogen hätte. Der Mann fiel zurück in den Kofferraum. Fiona warf die Waffe wie verabredet im hohen Bogen in den Wald. Dann hob sie ihr Fahrrad wieder auf.

Zu dumm, dass ihr Akku alle war, sonst hätte sie Sandro schnell eine SMS geschickt, dass alles geklappt hatte. Um ein Haar hätte sie das Ganze nicht durchgezogen, nur weil sie plötzlich Mitleid mit dem Arsch bekommen hatte. Aber versprochen war versprochen. Außerdem brauchte sie das

Geld, wenn sie endlich von zu Hause abhauen wollte. »Der Scheißkerl hat es verdient«, hatte Sandro ihr noch mit auf den Weg gegeben. Und dass es das letzte Mal sein würde, dass sie so etwas für ihn erledigen müsste, was ja auch irgendwo logisch war. *Immerhin werde ich nächste Woche vierzehn. Dann bin ich strafmündig und könnte für so was in den Bau wandern. Wenn sie mich heute erwischen, werde ich höchstens von irgendeinem Sozialarbeiter vollgelabert.* Geiles Rechtssystem, Sandro kannte sich echt gut aus mit Gesetzen, Jura und solchem Kram. Er verstand einfach mehr vom Leben als ihre Mutter.

Fiona lächelte bei dem Gedanken daran, ihm alles genau zu berichten, wenn sie ihn morgen wieder sah. Das Paketklebeband hatte sie gar nicht gebraucht, um den Loser vorher zu fesseln. Jetzt musste sie sich aber beeilen, um schnell von hier wegzukommen. Schließlich stand das Abendessen auf dem Tisch.

# Biographisches und Graphologisches

Petra Busch – geboren 1967 in Meersburg – studierte Mathematik, Informatik, Literaturgeschichte und Musikwissenschaften – promovierte in Mediävistik – arbeitet als freie Texterin, Journalistin und Autorin – mehrfach ausgezeichnet für verschiedene Arbeiten – 2010 erfolgreicher Debütroman *Schweig still, mein Kind*. Petra Busch lebt mit ihrem Mann in Ettlingen.

S. 86    Die leicht kalligraphisch anmutende Schrift mit herausfallender Anfangsbetonung steht wie ein Kunstwerk im Raum. Petra Busch führt einen gepflegten Lebensstil, mit dem sie sich von der Masse abhebt und Geschmack und Ästhetik ausdrückt. Die Kurvigkeit und die Fülle der Buchstaben verraten ihre sinnenhafte Aufnahmefähigkeit und ihr reichhaltiges Gefühlsleben. Sie verfügt über eine große Bewusstseinsweite mit einer bildhaften Vorstellungskraft. Ihre Erfahrungen kombiniert sie geschickt miteinander und bringt sie in ein geordnetes System. In Träumen und Gedanken erschafft sie eine Welt der Phantasie und Verstrickungen, in die sie ihre Leser mitnimmt. Sie bewegt sich gekonnt auf gesellschaftlichem Parkett, wobei ihr schauspielerisches Talent sich vor Publikum am schönsten entfaltet und sie sich freut, wenn sie dabei im richtigen Licht steht.

◊

**Michael Connelly** – geboren 1956 in Philadelphia – studierte Journalismus und Kreatives Schreiben in Florida – arbeitete als Polizeireporter – erhielt 1992 den Edgar Award für sein Thrillerdebüt *Schwarzes Echo*, den ersten Band der Harry-Bosch-Serie – zählt mittlerweile zu den erfolgreichsten Thrillerautoren der USA. Michael Connelly lebt mit seiner Familie in Florida.

*S. 108*    Ungestüm und flüchtig fegt die Schrift über das Blatt. Mit Michael Connelly stellt sich ein Individualist vor, der sich wenig um Konventionen schert und seine künstlerisch-kreativen Ambitionen routiniert und gekonnt auslebt. Er beansprucht einen weiten Lebensraum und sucht ständig neue Herausforderungen für seine genialen Einfälle und Schöpfungen. Die Längenunterschiede mit hohen Oberlängen und tiefen Unterlängen zeugen von einem großen Lebensdrang und einer gewissen Exzentrik, die langen und hohen t-Striche von einem Streben nach Dominanz, mit dem er innere Spannungen überspielt. Insgesamt wirkt die Schrift durch die weiten Wort- und Zeilenabstände großzügig, luftig und leicht. Connelly gelingt es, seine lebhaften Antriebe zu kontrollieren und durch geistige Distanzierung eine intellektuelle und ästhetische Ordnung zu gewinnen.

☙

**Torkil Damhaug** – geboren 1958 in Lillehammer – studierte Medizin, Psychologie, Sozialanthropologie und Literatur – arbeitete in Akerhus als Psychiater, bevor er 1996 mit dem Schreiben von psychologischen Thrillern begann – mehrere Bestseller in Norwegen – internationaler

Durchbruch mit *Die Bärenkralle*, 2010 folgte *Die Netzhaut*. Torkil Damhaug lebt mit seiner Familie in Lørenskog.

*S. 70* Mit großen, etwas kantigen Buchstaben wird das Blatt durch eine weite Raumaufteilung gefüllt. Torkil Damhaug ist ein Mann mit einer individualistischen Grundhaltung, der seinen Freiraum braucht und diesen notfalls mit Nachdruck gegen fremde Einflüsse verteidigt. Sein Gegenüber hält er auf Abstand. Selbstbewusst und willensstark präsentiert er sich seiner Umwelt, wobei er nicht ganz frei von emotionalen Spannungen ist, die in ironisch-skeptischen Äußerungen ihr Ventil finden können. Er verfügt über ein sicheres analytisch-rationales Denkvermögen. Mit eindeutigen und klaren Argumenten bringt er seine Vorstellungen herüber, die er kurz und prägnant schildert. Der dichte farbige Strich beweist seine Aufnahmefähigkeit für sinnenhafte Reize und die Fähigkeit, die Annehmlichkeiten des Lebens zu genießen.

Sebastian Fitzek – geboren 1971 in Berlin – studierte Jura und promovierte in Urheberrecht – arbeitete für verschiedene Radiostationen und bis heute in der Programmdirektion des Berliner Senders 104.6 RTL – seine Psychothriller *Die Therapie, Amokspiel, Das Kind, Der Seelenbrecher, Splitter, Der Augensammler* und *Der Augenjäger* sind allesamt Bestseller – übersetzt in über 24 Sprachen. Sebastian Fitzek lebt in Berlin.

*S. 10* Die eilige, verknappte Schrift mit einem feinen, differenzierten Strich und leichten Druckschwankungen gehört zu einer Art von Menschen, die man heute gern als »workaholics« bezeichnet. Sebastian Fitzek ist immer in Aktion, mit Euphorie und Ehrgeiz hält er Ausschau nach neuen Wegen und Herausforderungen, die er anpacken kann, ohne sich einen Moment der Ruhe und Kontemplation zu gönnen. Die reduzierten Buchstaben und das luftige Raumbild verraten sein abstraktes und scharfsinniges Denkvermögen, verbunden mit schöpferischer Intuition. Sein feines Gespür für Möglichkeiten öffnet ihm Wege, die andere nicht erkennen. Auf geistiger Ebene ist er flexibel und ideenreich, was sich in der Treff- und Stilsicherheit seiner Texte widerspiegelt. Er kommuniziert diplomatisch geschickt, bleibt dabei persönlich zurückhaltend und passt sich nicht allen Trends an. Es ist ihm wichtig, Distanz zu wahren und sein empfindliches Innenleben vor allzu großer Vereinnahmung zu schützen.

◊

Markus Heitz – geboren 1971 in Homburg – studierte Germanistik und Geschichte – arbeitete als freier Journalist – gilt mit Zyklen wie *Ulldart* oder *Die Zwerge* sowie Vampirthrillern wie *Kinder des Judas* und *Judassohn* als Großmeister der deutschen Fantasy – wurde mehrfach mit dem Deutschen Phantastikpreis ausgezeichnet. Markus Heitz lebt mit seiner Familie in Zweibrücken.

S. 144   In dieser farbigen, etwas düsteren Schrift dominiert eine unruhige Beweglichkeit, die durch die Richtungsschwankungen und die auffallenden Manierismen ein lebhaftes und mystisches Gesamtbild ergibt. Markus Heitz ist kein Mensch, der sich mit dem Alltagsgeschehen zufriedengibt. Ihn faszinieren die dunklen Seiten des Lebens und die Magie der geheimnisvollen Unterwelt. Mit Leib und Seele ist er der Erforschung fremder Kulturen verhaftet. Die nach links gerichteten Abbiegungen lassen erkennen, dass er frühe Kindheitserfahrungen und historische Überlieferungen mit in sein Weltbild einbaut. Die überlangen, schalenartigen Unterlängen zeugen von einem außergewöhnlichen persönlichen Stil und den poetisch-mystischen Neigungen des Autors, die er in Wünschen und Träumereien, oft abseits der Realität, in seinen Arbeiten darstellt.

꙰

Jilliane Hoffman – geboren 1967 auf Long Island – studierte Jura – war stellvertretende Staatsanwältin in Florida – beriet Spezialeinheiten der Polizei, von Drogenfahndern bis zur Abteilung für organisiertes Verbrechen – ihre Thriller *Cupido, Morpheus, Vater unser* und *Mädchenfänger* wurden zu internationalen Bestsellern. Jilliane Hoffman lebt mit Mann und Kindern in Fort Lauderdale, Florida.

S. 244    Die Anfangsgirlande in der Schrift wirkt wie eine einladende Geste, die Welt der Jilliane Hoffman zu betreten. In der Größe und Fülle der Gestaltung drücken sich ihr Gemütsleben und der unwiderstehliche Drang zum Ausdruck subjektiver Empfindungen aus. Mit ihrer suggestiven Begabung kann sie die Realität auf gekonnte Weise abstrahieren, umformen und so in der ihr eigenen Darstellungsweise hervorbringen. Sie liebt die rhetorische Pose, mit der sie die Menschen umgarnt und ihre Aufmerksamkeit auf sich zu ziehen weiß. Ihre schöpferischen Kräfte und originellen Gedanken lässt sie nicht frei spielen, sondern ordnet sie einem bestimmten, ihr eigenen ästhetischen Ideal unter. Die arkadigen Umbildungen und Umformungen an manchen Buchstaben zeigen Tendenzen zum Selbstschutz, indem sie nicht alles verrät und sich nicht gern in die Karten schauen lässt.

❧

Michael Koryta – geboren 1983 – studierte Rechtswissenschaften – arbeitete für die Lokalzeitung und war Mitarbeiter eines Privatermittlers – sein Debütroman *Tödlicher Abschied* erhielt 2003 den Preis für den besten Detektivroman der Private Eye Writers of America – zuletzt erschien *Blutige Schuld*. Michael Koryta lebt in Bloomington, Indiana.

S. 164    Durch die Skriptschrift, verfasst in Großbuchstaben, wie sie von Technikern und Architekten verwendet wird, wirkt die Schrift von Michael Koryta auf den ersten Blick schematisch geordnet und regelmäßig. Anfangs werden Wortabstände und Zeilenführung noch einigermaßen gut durchgehalten, im weiteren Verlauf wird die Schrift lebendiger und unruhiger, mit schwankenden Zeilen, Änderungen der Größenverhältnisse, der Lage sowie der Enge und Weite der Buchstaben. Hier bricht der wahre Michael Koryta aus dem Rahmen, den er sich mit der Skriptschrift gibt, um sich dem Leser gegenüber verständlich zu machen. Jedoch ist er kein Mensch, der sich starr an Normen und Konventionen hält; vielmehr ist sein Wesen von Lebhaftigkeit und Neugier geprägt, und er möchte seinen Reichtum an Ideen verbreiten. Der weiter werdende Linksrand im Schriftstück gibt einen Hinweis auf seine Ungeduld und seine Unlust, einen handschriftlichen Text zu verfassen,

und er zeigt, dass er rasch mit dieser Aufgabe fertig werden
will.

◊

Jens Lapidus – geboren 1974 – arbeitet in Stockholm als Strafverteidiger für eine der renommiertesten
schwedischen Anwaltskanzleien – deutsches Debüt 2009
mit *Spür die Angst*, dem ersten Teil einer geplanten Stock-
holm-Crime-Trilogie. Jens Lapidus lebt mit seiner Frau
und seinem Sohn in Stockholm.

S. 212   Die Buchstaben in der Schrift von Jens Lapidus
scheinen über das Blatt zu jagen. Sie zeugen von einem raschen Denker, der hochgradig motiviert und initiativ seine
Vorhaben in Angriff nimmt. An der wechselnden Schriftla-
ge und den originellen und luftigen Verbindungen sind sein
differenzierter Intellekt und seine geistige Wendigkeit und
Kombinationsgabe zu erkennen. Sie befähigen ihn, schnell
in verschiedene Themenkreise umzuschalten und unter-
schiedliche Gedankengänge miteinander zu verbinden. Er
verfügt über eine schöpferische Intuition und eine facetten-
reiche Gestaltungsfähigkeit, die er geschickt in seinen Werken einsetzt. Seine Aussagen sind kurz und knapp, die Argu-
mentation oft hart und bestimmt. Trotz starker Antriebskraft
kontrolliert Jens Lapidus seine Emotionen und beachtet das
persönliche Terrain seiner Mitmenschen.

◊

Val McDermid – geboren 1955 in Kirkcaldy / Schottland – wuchs in einer Bergarbeiterfamilie auf – studierte Englisch in Oxford – arbeitete als Krimikritikerin – als Jurymitglied mehrerer Krimipreise ist sie eine zentrale Figur in der britischen Krimiszene – ihre Reihe mit Profiler Tony Hill und Carol Jordan bildet die Vorlage zur Fernsehserie »Hautnah – Die Methode Hill« – zuletzt erschien *Vatermord*. Val McDermid lebt in Manchester und in einem kleinen Dorf an der englischen Nordseeküste.

*S. 30*   Auffallend sind die Beweglichkeit aller Schriftelemente und der differenzierte Strich, der seinen Charakter von mager und scharf zu weich und verbunden wechselt. Mit Val McDermid tritt uns eine temperamentvolle Person entgegen, die einen eigenwilligen und individuellen Lebensstil führt. In ihrer vielgestaltigen Welt agiert sie couragiert und flexibel und entwickelt rasch interessante und ideenreiche Konzeptionen, mit denen sie sich in unterschiedlichen Aktionsfeldern etabliert. Die hohen und mageren Oberlängen verraten ihre ehrgeizigen geistigen Ambitionen, der differenzierte Strich ihre ausgeprägte Denk- und Assimilationsbegabung. Hieraus resultieren Kreativität und Improvisationsgabe. Val McDermid ist eine interessante Frau mit vielen Talenten und Gesichtern. Ihre lockere und spritzige Art und ihre diplomatische Einfühlsamkeit machen sie zu einer angenehmen Gesprächspartnerin. Auf der anderen Seite setzt sie sich kritisch mit ihrer Umgebung auseinander und kann sehr wehrhaft um ihre Rechte kämpfen.

◊

*Judith Merchant* – geboren 1976 in Bonn studierte Germanistik – arbeitet als Dozentin für Literatur an der
Uni Bonn und in der Erwachsenenbildung – 2009 gewann
sie für *Monopoly* den Friedrich-Glauser-Preis in der Sparte Kurzkrimi und für *Der Himmel über Krefeld* den Kre-
felder Kurzkrimipreis – 2011 erscheint ihr Romandebüt
*Nibelungenmord*. Judith Merchant lebt mit ihrer Familie
in Königswinter.

*S. 196*    Mit schwungvollen und wuchtigen Zügen füllt die
Handschrift das Blatt. Judith Merchant besitzt einen enor-
men Tatendrang, sie liebt die Herausforderung und geht
kraftvoll und mit Leidenschaft an ihre Vorhaben heran. Sie
steht mitten im Geschehen und genießt die aus ihren kreativen Fähigkeiten und Werken resultierende Aufmerksamkeit. Ihrer Umgebung präsentiert sie sich spontan, und sie
findet leicht Kontakt, indem sie direkt und ohne Angst auf
andere zugeht. Der kommunikative Austausch mit Gleich-
gesinnten ist ihr wichtig, wobei sie nicht gern das Heft aus
der Hand gibt. Die Winkel in der Schrift zeigen Spannung
und Festigkeit, mit der sich Judith Merchant durchzusetzen
weiß und ihre Meinung behauptet. Das große Mittelband
mit der teils ungewöhnlichen Buchstabengestaltung steht
für ihren originellen Einfallsreichtum, den sie mit Hang
zum Außergewöhnlichen darstellt.

❧

*Steve Mosby* – geboren 1976 in Horsforth / Eng-
land – studierte Philosophie – schreibt schon seit seiner
Kindheit leidenschaftlich gern – mit *Der 50/50-Killer* gelang
ihm der Durchbruch als hochklassiger Thrillerautor – zuletzt

erschien *Spur ins Dunkel*. Steve Mosby lebt mit seiner Familie in Leeds.

*S. 182*   Die geordnete und übersichtliche Gestaltung des Schreibraumes mit den schlichten Formen verrät einen besonnenen Menschen mit gepflegten Umgangsformen. In seiner Vorgangsweise wirkt Steve Mosby diszipliniert und ordnungsbewusst. Er denkt exakt und präzise, aufs Wesentliche konzentriert. Nichts wird dem Zufall überlassen, sondern genau analysiert und durch klare und eindeutige Aussagen bewiesen. Von Unnützem und Überflüssigem lässt er sich nicht ablenken, sondern setzt seine Kräfte ökonomisch ein, wodurch er ein gutes Durchhaltevermögen entwickelt und sehr belastbar erscheint. Im Auftreten begegnet er seinen Mitmenschen sicher und gewandt. Innerlich ist er zurückhaltend, den Kern seiner Persönlichkeit verbergend, wie man an der Steillage und den arkadigen Umbildungen im Mittelband erkennen kann. Wenn man die Unterschrift betrachtet, so fällt auf, dass hinter der korrekten Fassade noch andere, lebhaftere Impulse stehen.

◊

Markus Stromiedel – arbeitete als Journalist für die »ZEIT« und die »Frankfurter Rundschau«, bevor er in die Filmbranche wechselte – war Chefdramaturg bei der Bavaria Film, Creative-Producer für Columbia TriStar und Writing-Producer für Studio Hamburg – seit 1999 freier Autor und Drehbuchschreiber für viele erfolgreiche Krimis und Fernsehfilme – erfolgreiches Romandebüt 2008 mit *Zwillingsspiel* – zuletzt erschien *Feuertaufe*. Markus Stromiedel lebt in Bonn.

S. 228   Die weichen und weiten Schriftzüge zeigen das Bild einer ausgewogenen Persönlichkeit, bei der sich Herz und Verstand die Waage halten. Markus Stromiedel verfügt über eine gute Beobachtungsgabe, sein routinierter, aufs Wesentliche konzentrierter Denkprozess verbindet sich, wie man an der Vereinzelungstendenz in den Worten erkennt, mit spontanen, kreativen Einfällen und einer erlebnisgebundenen Vorstellungswelt. Dies verleiht ihm eine lebendige Ausstrahlungskraft. Die übersichtliche Raumgestaltung und die steile Lage der Buchstaben beweisen, dass er seine Vorhaben sorgfältig plant, einteilt und dadurch dem Leser klare und eindeutige Aussagen liefert. Im Dialog ist er ein angenehmer Gesprächspartner, der seinen Mitmenschen mit einfühlender und interessierter Aufmerksamkeit begegnet. Ein gutes soziales Umfeld ist ihm wichtig, wobei er, wie man an den weiten Abständen der Wörter sieht, für andere nicht immer erreichbar ist und sich Freiräume schafft.

◊

Thomas Thiemeyer – geboren 1963 – studierte Geographie und Geologie in Köln – arbeitete zunächst als Illustrator – 2004 erschien mit großem Erfolg sein Debütroman *Medusa*, danach folgten die Bestseller *Reptilia*, *Magma*, *Nebra* und *Korona*. Thomas Thiemeyer lebt mit seiner Familie in Stuttgart.

S. 56   In der zügigen, rechtsgeneigten Schrift fällt besonders der breite Strich ins Auge, der sehr plastisch, wie mit einem Pinsel gemalt, den Künstler und Illustrator verrät. Die Buchstaben sind nicht miteinander verbunden und formal gestaltet, ohne Schnörkel und Schleifen. Jeder Strich, auch der i-Punkt, sitzt auf dem richtigen Platz und zeigt, dass der Autor, bei allem Eifer und der Gabe, visuelle Eindrücke zu sammeln, rationell vereinfacht und seine Gedanken sortiert und analysiert. Trotz aller Schlichtheit wirkt die Schrift nicht langweilig, sondern lebendig und gekonnt; sie ergibt das Gesamtbild eines offenen und lebensbejahenden Menschen mit einem großen Fundus an Begeisterungsfähigkeit und einem natürlichen und farbigen Vorstellungsvermögen. Thomas Thiemeyer besitzt Stil und Freude am Gestalten und versteht es, den Lesern in anschaulicher und deutlicher Ausdrucksweise seine Werte zu vermitteln.

# Copyright-Vermerk

Klüpfel / Kobr, Andreas Föhr,
Friedrich Ani, Nicola Förg,
Petra Busch Ingrid Noll u.a.

# Maria, Mord und
# Mandelplätzchen

24 Weihnachtskrimis
von Sylt bis zur Zugspitze

Erst 1, dann 2, dann 3, dann 4, dann steht der Mörder
vor der Tür! Und das nicht nur in der Nachbarschaft:
Gemeuchelt, vergiftet und die Waffe gezückt wird innerhalb ganz Deutschlands – und das zur Weihnachts-
zeit! Besinnlichkeit war gestern, denn jetzt lehren uns
die besten Regiokrimi-Autoren das Fürchten. Sehen
Sie sich also vor, wenn es an Heiligabend bei Ihnen an
der Haustür klingelt …

Knaur Taschenbuch Verlag